À CHAQUE *seconde*

Image de couverture : © shutterstock – Stasia 04
Couverture : Camille Decoster

Pour la présente édition,
Collection dirigée par Arthur de Saint Vincent

34-36 rue La Pérouse
75116 Paris
www.hugopublishing.fr

Collection New Romance® créée par Hugues de Saint Vincent,
dirigée par Arthur de Saint Vincent
Ouvrage dirigé par Sylvie Gand

ISBN : 9782755669800
Dépôt légal : juillet 2023
Imprimé en Espagne par Liberdúplex

NOÉMIE
DANI

À CHAQUE *seconde*

Hugo Poche

NEW ROMANCE®

À Laura,
grâce à qui le droit n'a (presque)
plus de secrets pour moi.

À toutes les femmes
que la société oppresse.

AVERTISSEMENT :

Bien que cette histoire ne soit pas « sombre », certains sujets évoqués peuvent heurter la sensibilité. Afin de ne pas trop en dévoiler ici, je vous invite, si vous le souhaitez, à prendre connaissance de ces sujets à la dernière page du roman.

CHAPITRE 1

ROBIN

Le temps est gris, comme souvent à Paris. Les nuages s'amoncellent sur la ville. Appuyé contre la rambarde métallique, je profite de quelques instants de paix qu'offrent les jardins suspendus du nouveau Palais de Justice. Un café entre les mains, je laisse mon regard se perdre sur Montmartre qui s'élève au loin. La fatigue pèse sur mes épaules. Dieu merci, c'est Julie, une de mes collègues, qui est de permanence pour les déferrements ce week-end. Une ultime audience à huis clos et je file retrouver Honfleur, ses façades colorées, mais surtout, *oui surtout,* la mer. J'ai enchaîné les soirées de travail sur des dossiers. Je n'ai qu'une hâte, sauter sur mon bateau pour le week-end. Enfin… Mon *co-bateau.* Puisque je vis au sein de la capitale et que l'entretien est complexe, c'est Marcel, un marin à la retraite résidant sur place, qui s'en charge. En échange, il navigue avec comme bon lui semble la semaine.

Malgré les kilomètres qui me séparent de la Manche, je ne regrette pas mon achat une seule seconde. J'avais déjà mon permis bateau depuis des lustres, mais je n'osais pas investir jusqu'à l'année dernière. J'en avais marre. Marre de tout, surtout de moi-même. Besoin de changer d'air, de remettre mon corps en mouvement dans le présent. Oublier ce que je venais de perdre pour toujours. Casser ma routine parfaite en m'offrant un accès à la liberté.

– Toutes les parties sont là, monsieur le juge.

Sans même me retourner, je sais à qui appartient cette petite voix. Je me redresse, avale les quelques gouttes de café restantes, puis je me tourne vers la stagiaire fraîchement arrivée au Palais de Justice.

– Il faut vraiment m'appeler par mon prénom.

– Bien, monsieur Lefebvre.

Elle ne plaisante même pas. Je crois que c'est la première fois que je rencontre une personne aussi stressée. Dans les bureaux, je veux dire. Concernant les gens qui attendent mes verdicts, j'ai l'habitude de leurs angoisses, de leurs pleurs et de leurs cris, et parfois de leur tentative de négociations de dernière minute. Et plus que tout : de leurs mensonges. Tout le monde ment. C'est une question de point de vue.

En attendant, la gosse est plantée sur le seuil de la baie vitrée à danser d'un pied sur l'autre. Je force ma bouche à s'incurver en un sourire désabusé que j'espère tout de même sympathique. Elle ne va pas tenir longtemps si personne ne la met en confiance. *Pas dit que je sois le mieux placé, cependant.*

– Pour quel tribunal est-ce que j'exerce, Florine ?

Ses joues rougissent comme des coquelicots. J'ai lu son CV, je sais qu'elle est brillante. Je ne cherche pas à la piéger malgré mon ton sec.

– Correctionnel.

– Et à quoi sert le tribunal correctionnel ?

– À juger les délits dont la peine est inférieure à dix ans, tels que les homicides involontaires, les vols, les agressions sexuelles, les escroqueries, les…

Elle connaît bien sa leçon.

– C'est parfait, merci. Dernière question, quel est mon prénom ?

– Ro…

– Ce n'est pas un gros mot, l'encouragé-je.

– Robin.

– Bien. Tu vas y arriver.

– Je n'ai pas l'habitude… Je ne suis que stagiaire en secrétariat.

Je m'apprête à lui dire qu'elle est un maillon essentiel lorsque Laura, une de mes collègues, passe la tête dehors.

– Ah, tu es là ! s'exclame-t-elle en me repérant. On t'attend, tu viens ? Je ne compte pas dormir ici.

La greffière doit avoir à peu près mon âge et son comportement est le contraire de celui de Florine, et ce depuis son premier jour. Dès qu'elle sort de salle d'audience, elle jure comme un charretier. C'est tout juste si elle ne me claque pas des baffes dans le dos en me proposant d'aller boire une bière. Cela dit, elle est efficace. Jamais d'oubli ni d'erreur, pas même une coquille sur un procès-verbal.

– Allons-y.

Je jette mon gobelet à la poubelle, lisse ma cravate dans un geste habituel bien que parfaitement inutile, puisque je dois revêtir ma robe de magistrat.

Encore une affaire d'agression sexuelle. Il arrive que l'humain, et particulièrement l'homme, me dégoûte profondément. Je ne compte plus le nombre de verdicts que j'ai rendus pour des cas similaires. Aujourd'hui il s'agit d'une femme de quarante ans, intimidée par son employeur, facteur qui aggrave la peine de ce dernier. Il est parfois peu évident de garder son sang-froid, car même si je dois rester neutre, je ne suis pas une machine. Qu'il s'agisse de regards, de détails ou de propos, certains événements me révulsent plus que d'autres. L'important est de conserver une expression impassible en toutes circonstances. Plus facile à dire qu'à faire, surtout quand la victime me fixe, les yeux débordants de remerciements silencieux et humides, après la prononciation de la condamnation. Je lève la séance, puis je sors par l'accès réservé au personnel menant aux bureaux, accompagné de ma collègue. Elle est bien plus petite que moi, je la dépasse d'une bonne tête. Ses cheveux châtains coupés en carré rebondissent sur ses épaules lorsqu'elle tente de marcher à mon rythme.

– Certains hommes mériteraient qu'on leur broie les couilles au moulin à légumes, ronchonne Laura.

Charmant.

– C'est vrai.

– Tu viens boire une bière après le travail ?

– Non, merci.

– M'en doutais. Tu files vers la mer ?

Elle m'agace un peu avec ses questions, alors je me contente de hocher la tête. Discuter de tout ce qui concerne le travail ne me dérange jamais, mais j'ai horreur d'aborder ma vie privée. Elle n'a rien de trépidant, et dans « vie privée », il y a « privé ».

Loin de se démonter, ma collègue surenchérit en poussant la porte qui mène à nos bureaux.

– Je crois que tu fais flipper la stagiaire.

– Il n'y a pas de raison, grogné-je.

Elle m'adresse un sourire moqueur par-dessus son épaule. Je me retiens de soupirer. J'ignore pourquoi les gens ont tendance à me craindre. Mon mètre quatre-vingt-dix ? Mon attitude distante ? Je ne suis pourtant pas méchant, je veille à respecter toutes les limites de chacun. Suis-je devenu un vieux con aigri ? Étais-je ainsi avant… *elle* ? Je chasse cette idée de mes pensées, puis je regagne mon espace de travail et le tas de dossiers qui attend que je m'occupe de lui. Un coup d'œil sur ma montre m'indique qu'il est trop tard pour en ouvrir un maintenant. Mon moi perfectionniste hurle au scandale, et je suis prêt à céder. Non. J'ai besoin d'une pause, de quitter Paris et toute cette charge mentale pendant deux jours. Je reprendrai à mon retour, la pile ne va pas s'envoler. Un an que je rembourse l'emprunt pour l'achat de ce foutu bateau, et je peine encore à lâcher.

Déterminé à en finir pour aujourd'hui, j'éteins mon ordinateur, range impeccablement mon bureau, salue tout le monde, puis je regagne ma voiture. Mon sac de voyage est déjà dans le coffre, ce qui m'évite de perdre du temps en passant à l'appartement. Je m'installe derrière le volant en faisant glisser le nœud de ma cravate, décide de la retirer. Je la balance sur le siège passager, ouvre deux boutons de ma chemise. *Là, je respire mieux.* De grosses gouttes commencent à s'écraser sur le pare-brise. J'espère ne pas me coltiner la pluie jusqu'à Honfleur. Je m'apprête à démarrer lorsque mon téléphone sonne. C'est Victor, un de mes cadets. Celui qui est aux antipodes de mon caractère, que j'adore tout de même. Je ne le leur dis jamais (j'ai deux frères et une sœur), mais ce n'est pas parce que je ne cours pas après les nouvelles que je ne me soucie pas d'eux. C'est juste que… soit je n'y pense pas, soit le temps me manque.

– Allô ?

– Salut Robinou ! Comment tu vas ?

Tout compte fait, c'est peut-être à cause de ce genre de sobriquet déplorable que je n'appelle pas davantage. Victor me nomme « Robinou », Baptiste me gratifie de « Robinet », et Louna des deux selon l'humeur.

Je l'ignore afin de ne pas l'encourager.

– Bien, merci. Et toi ?

– J’ai fait une connerie, chuchote-t-il.

J’en déduis que Camélia, sa moitié, traîne dans les parages.

– Rien qui implique de cacher un cadavre, j’espère ? Sinon, tu sais que c’est non.

– Oh, ce n’est pas à toi, dont le Code civil coule dans les veines, que je demanderais, c’est clair.

J’ai envie de rectifier « Code civil » par « Code pénal » puisqu’il s’agirait d’un meurtre, mais il va me traiter de rabat-joie, donc je me mords la langue.

– Alors ?

– Les jumelles réclamaient un perroquet.

– Elles n’ont que quelques mois, Victor.

– Oui, bah c’est ce que j’ai compris dans leurs gazouillements, moi ! Bref, je désirais leur faire plaisir, tu me connais… Mais Cam’ a pété un plomb et elle a raison. C’est l’horreur cette bestiole.

Je ne sais plus si je dois rire ou pleurer. Une chose est sûre, Camélia a les nerfs solides.

– Je ne vois pas où tu veux en venir… Qu’est-ce que tu attends de moi ?

Je ne suis pas une référence pour prodiguer des conseils conjugaux, pas plus qu’animaliers.

– Ça se fait cuire, tu crois ? demande mon frère. Toi qui es du genre pragmatique…

– Tu es un grand malade.

– Mouais, bon. Je vais trouver une autre solution.

– Il vaudrait mieux, en effet.

– Merci frangin, tu es le meilleur. Je file, c’est l’heure de nourrir les monstres !

J'ignore s'il parle de ses filles ou des animaux, mais venant de Victor… tout est possible. Conscient que je ne m'étends pas en bavardages inutiles, mon frère raccroche sans tarder. Je range mon téléphone, puis je m'insère dans la circulation. Sortir de Paris un vendredi soir est synonyme d'enfer. Je prends mon mal en patience et tapote sur la console centrale au rythme de la musique diffusée à la radio. Si j'avais su, j'aurais mis un livre audio. Les titres s'enchaînent, à l'image des bouchons qui se succèdent. L'animateur s'amuse à alterner morceaux récents et anciens. *Bon sang, je vieillis. Ça a dix ans, ça ?*

Peu à peu, la circulation devient plus fluide. Perdu dans mes pensées, je ne prête même plus attention aux chansons.

Jusqu'à… ces accords. Cette voix si particulière. Ces souvenirs qui remontent à la surface. *Elle* ne jurait que par cette artiste : Paloma Faith. Je ne l'avais jamais entendue à la radio. « Only Love Can Hurt Like This[1] » occupe tout l'espace au sein de l'habitacle au point que je me sens à l'étroit, au bord d'étouffer. J'éteins le poste, ouvre la fenêtre afin de renouveler l'air. Ce n'est pas suffisant. Je la revois virevolter en chantonnant dans les couloirs de la fac. Ma meilleure amie me manque. Habituellement, j'évite tout ce qui me fait penser à elle.

À nos années étudiantes.

À ce que j'ai compris trop tard.

---

1. « Seul l'amour peut blesser comme ça ».

CHAPITRE 2

ERIKA

Le Pérou est un pays magnifique. Et pourtant, même après avoir posé nos valises sur la côte depuis un an, près de la frontière du Chili, je peine à m'y habituer. Ce n'est pas Paris. Ça, non. Quelques semaines après notre mariage, l'idée complètement folle de partir au bout du monde a germé dans l'esprit de Ben. J'ai accepté sans réfléchir, poussée par le besoin vital de changer de cap. Le projet de base était d'élever des lamas. Dans la tête de mon époux, c'était simple. La réalité s'est révélée beaucoup plus compliquée et il nous a fallu seulement dix semaines pour nous rendre compte que c'était un peu « too much ». J'entends encore ma mère et ma grand-mère hurler à mon départ précipité. Précipité, mais nécessaire. Je tournais en rond au sein de la capitale, malgré la diversité de mon activité de l'époque. Dire que j'ai tout donné durant des années afin de devenir greffière… Que j'y suis arrivée, ayant même le bonheur extrême de travailler près de la personne que j'aimais le plus dans cette ville avant de rencontrer Ben. Robin détesterait ma vie actuelle. Lui si posé, si réfléchi. Cet homme que je considérais comme mon meilleur ami est aux antipodes de Ben. *Meilleur ami, tu parles.* Mon cerveau tentait de se persuader qu'il n'était qu'un très bon ami, tandis que mon cœur avait parfaitement conscience de ne battre que pour lui. Jusqu'à ce qu'il me repousse. Je chasse ces pensées appartenant au passé, néanmoins je ne peux ignorer la pointe de regret qui monte en moi lorsque je songe à cette période de mon existence.

En ce moment, je télétravaille pour une plate-forme de téléprospection. J'enchaîne les contrats courts sans rien trouver de sérieux. Inintéressant, mais il faut bien manger, comme déclarerait ma grand-mère. Ben, lui, a déniché une place dans l'agroalimentaire pour une durée limitée. Il s'épanouit, alors que nous ignorons totalement de quoi sera fait demain. *Et j'ai accepté ça...* Je dois bien reconnaître que le mode de vie *carpe diem* dont il prône les avantages me correspond de moins en moins. De là à l'avouer haut et fort…

Appuyée contre la balustrade du balcon, je laisse mon regard se perdre sur l'océan Pacifique. Les saisons péruviennes diffèrent des françaises. Ici, l'automne est d'avril à juin et les températures sont constamment douces. Je sursaute lorsque deux grandes mains ceignent mes hanches. Ben se colle contre mon dos, son menton sur mon épaule.

– Joyeux dix-huit mois de mariage, bébé.

Il se souvient donc de mon existence ?

Ben sait que je déteste ce surnom. Je grogne tandis qu'il pouffe de rire avant de déposer un baiser dans mon cou.

– On va même fêter les demi-années, maintenant ? demandé-je en me retournant.

Y en aura-t-il d'autres ? J'ai l'impression que plus le temps passe, plus je m'éveille à côté d'un étranger. Nos centres d'intérêt divergent petit à petit. Un peu à l'image d'un bateau qui prend l'eau : lentement, mais sûrement. Je me transforme en jolie petite plante verte. De celles que l'on prend plaisir à regarder, mais que l'on entretient presque à contrecœur.

Je passe mes bras derrière sa nuque, son nez effleure le mien. *Depuis quand son odeur ne me semble plus familière ?*

– Je veux bien fêter chaque jour. Du moment qu'on est ensemble.

Personne ne pourrait soupçonner ce côté fleur bleue derrière ces yeux noirs et cette carrure massive. Pourtant Ben a une facette très *gnan-gnan* qui me plaisait au début. Désormais, il l'oublie souvent, cette facette. Il sort beaucoup alors que je préfère rester à la maison et il a ce besoin d'être entouré lorsque je chéris les heures de solitude. Nos différences ne seraient pas un problème s'il cessait de m'en faire le reproche. Je me demande de plus en plus régulièrement pourquoi je reste accrochée à la chimère qu'est notre union. Robin le haïrait probablement pour toutes ces raisons. J'aurais dû être en mesure de constater son aversion à l'égard de mon mari s'il ne m'avait pas planté un couteau dans le dos entre-temps. Je ferme les yeux, espérant ainsi refouler ces pensées malvenues. *Il me manque et ce constat me tue.*

– J'aimerais qu'on discute de quelque chose, chuchote Ben.

– Ah ? Quoi donc ?

À la lueur qui danse dans ses iris, je redoute le pire. Mon estomac se tord bizarrement.

– Je sais qu'on en avait déjà parlé, mais…

Bon sang. Non. Tout, mais pas ça. Je me renfrogne, serre les dents. Je connais ce regard. Je l'ai vu chez d'autres. Il poursuit sans remarquer mon trouble :

– J'ai envie d'être père, je crois.

Voilà. Qu'est-ce qui a pu clocher chez moi ou dans mes propos pour qu'il revienne sur sa décision ? J'ai été parfaite avec lui. Je l'ai suivi au bout du monde, j'ai assuré à grand renfort de sourires que tout allait bien quand ma vie parisienne me manquait. J'ai offert tout ce que je possédais pour donner une chance à notre histoire. L'unique point non négociable a toujours été celui des enfants.

– Tant mieux pour toi, réponds-je du tac au tac.

Mes muscles se crispent sous la tension. Je n'y peux rien, même si c'est presque douloureux. Je sais que ça passera. Choqué par mon ton, Ben comprend que je ne plaisante pas. Il recule afin de m'observer, ses paumes posées sur mes épaules.

– Rika ? Qu'est-ce que tu as ?

La voilà, la goutte qui fait déborder le vase.

– On était d'accord.

– Mais… enfin… Je… Bébé…

Il tente de m'enlacer de nouveau, j'effectue un pas en arrière.

– Ne m'appelle pas comme ça.

– Je ne pige rien.

Je garde le silence, ignorant comment réagir. Quelle suite donner à cette conversation qui n'en est pas une ? Discuter de ce sujet est inutile. Me concernant, il n'existe pas. Je n'ai aucune envie de devenir mère.

– Il fallait peut-être y songer avant de m'épouser ? Navrée de te décevoir.

– Je ne sais pas ce qu'il se passe, je ne te reconnais pas…

La meilleure défense, c'est parfois l'attaque. De grosses larmes montent sous mes paupières, pourtant j'ai la certitude qu'elles ne sortiront pas de mon corps. Je ne pleure jamais devant lui. La seule personne devant qui j'y parviens, c'est Robin, et il n'est plus là. La vie fait en sorte de vous apprendre à ravaler les sentiments.

– Parle-moi, Erika… chuchote-t-il sans chercher à m'approcher.

L'expression fermée de son visage trahit sa tristesse et son incompréhension. Malheureusement pour lui, *pour nous*, je sais que le mal est fait. Un de ceux qu'on ne répare pas, malgré le temps et l'affection. Je refuse qu'il refoule son besoin de devenir père par amour pour moi, de la même manière que je ne serai jamais mère à seule fin de le satisfaire. Le constat qui franchit la barrière de mes lèvres est pathétique :

– Tu vas être en retard au bureau.

Hébété, Ben secoue la tête. Ses épaules s'affaissent lorsqu'il expire longuement.

– On pourra discuter de tout ça ce soir ?

J'acquiesce en silence, faute de mieux. Il esquisse un pas en avant, hésite à m'embrasser puis se ravise, un peu gauche.

– Bon, euh… à ce soir, alors.

Je le regarde s'éloigner. Mes yeux ne le quittent pas quand il attrape sa veste sur le dossier du canapé. Au fond, tout au fond de moi, je sens que ce qui vient de se produire casse le dernier lien qui nous unissait. Nos ambitions divergeaient depuis des mois, cette fois, elles n'ont strictement plus rien en commun. Ce qu'il attend de moi est au-dessus de mes forces.

J'ignore combien de temps je reste plantée sur le balcon, le cœur vide. La sonnerie de mon portable me ramène sur terre en un sursaut. « Only Love Can Hurt Like This » de Paloma Faith semble tout à fait à propos. Je l'attrape sur la table de jardin qui me sert de bureau, constate qu'il s'agit de ma mère. C'est étrange qu'elle appelle en plein milieu de l'après-midi (pour elle), en principe elle téléphone en fin de journée. Pourvu qu'il ne soit rien arrivé à ma grand-mère. Elle n'est plus très en forme du haut de ses quatre-vingts printemps. D'ailleurs je culpabilise beaucoup de la distance qui me sépare d'elle en cas de problème.

– Allô ? *Nonna*[2] va bien ? m'enquiers-je de but en blanc.

Ma voix tremble légèrement à cause du surplus d'émotions depuis que Ben a changé de cap concernant notre avenir.

– Oui, oui ! Ne panique pas, tout va bien, ma chérie. Je voulais juste prendre de tes nouvelles.

– Alors tant mieux. Ici, tout roule.

Comme sur des roulettes carrées.

Je tente d'avaler la boule qui enfle dans ma gorge en me servant un verre d'eau.

– Tu es malade ? interroge ma mère.

– Non. Je… Je me demandais si ça te ferait plaisir que je rentre un peu en France ?

– Bien sûr que oui ! Quelle question ! Vous avez les dates ?

Non, puisque Ben n'est même pas au courant.

– Pas encore.

– Tu es étrange, Erika… Tu es certaine d'être dans ton assiette ?

2. « Mamie », en italien familier.

J'aimerais lui avouer que mon couple est en train de sombrer, que nous sommes dans une impasse que je connais par cœur. Mais ma mère est assez « vieille France », avec des valeurs d'une autre époque. Je ne peux pas lui annoncer de cette façon.

– J'ai mal dormi à cause du chien des voisins, et là j'ai une réunion en visio, je vais devoir t'abandonner…

– On se rappelle vite. Je t'aime ma puce.

– Embrasse Mamie pour moi.

Elle promet de le faire, puis je raccroche. Tout garder pour moi est un fardeau que je peine de plus en plus à porter. Avant, quand mon ciel devenait noir, je me réfugiais chez Robin. Il était le pilier de ma vie, celui sans qui tout s'effondrait. J'étais folle de lui, bien qu'il n'ait jamais partagé mes sentiments. Je me demande même s'il les avait remarqués avant que je tente de l'embrasser sur un coup de tête, en revenant d'une soirée un peu arrosée. Je le revois poser ses mains sur mes épaules afin de me stopper dans mon élan. Je me suis confondue en excuses, puis je me suis mise à pleurer. Je crois qu'il a imputé l'incident à l'alcool, mais ce qui est certain, c'est que nous n'avons plus jamais évoqué le sujet. Je suppose que le fait qu'il me laisse épouser un autre homme sans un mot était une démonstration suffisante de son indifférence. Pire, il m'a trahie quand j'avais le plus besoin de lui.

Je chasse cette nouvelle intrusion, tente de démarrer mon ordinateur afin de me mettre au travail. Manque de chance, rien ne se produit. Ce n'est pas mon jour. La seule chose qui me fasse envie est de me rouler en boule sous ma couette et de dormir. Ce que je fais. J'appelle brièvement ma responsable en prétextant une fièvre subite, et je retourne me coucher. Épuisée, je sombre en un clignement de paupières.

Il est près de quinze heures lorsque j'émerge avec l'impression d'être ivre. Perdue dans ma propre chambre, quelques secondes me sont nécessaires afin de me remémorer le début de journée. Habituellement, Ben m'envoie plusieurs messages au cours de la matinée. Un coup d'œil sur mon téléphone m'indique que ce n'est pas le cas aujourd'hui. Je lâche le portable qui s'écrase mollement sur le matelas, avant de me laisser tomber contre l'oreiller.

Suis-je un cas désespéré ?

Si seulement j'avais une amie à qui parler. Ben a des collègues physiques, qu'il fréquente tous les jours et qui sont désormais des amis. Moi je n'ai rien.

Je sors de la douche une heure plus tard. J'ai fourni un effort en maquillant légèrement mes yeux marron, même si j'ignore pour qui, puisque je ne vois personne. Mes cheveux sont encore humides, tant pis si mes boucles brunes gouttent sur mon tee-shirt.

Progressivement, la lune succède au soleil. Je n'ai toujours aucune nouvelle de mon mari. Le pire, c'est que ça ne m'émeut pas vraiment. J'ai la certitude qu'il va bien, si j'en crois la photo qu'il vient de poster en story Instagram. Il sourit, entouré de ses potes dans un bar. Tant mieux pour lui.

Les heures défilent, et après avoir rangé l'appartement de fond en comble (afin de ne pas ruminer) puis regardé un film, je décide d'aller me coucher. Dormir permet d'étouffer la douleur, les questions et les souvenirs.

Je me réveille en sursaut quand Ben bute contre le lit avant de s'effondrer près de moi. La tête dans un épais brouillard, je distingue tout juste l'heure sur le radio-réveil. Quatre heures du matin. J'allume la lampe de chevet en m'asseyant avec difficulté, les membres engourdis par le sommeil.

– Eri… kaaa ? gémit mon époux, complètement ivre.

– Je suis là.

– J'ai besoin… d'une…

– Bouteille d'eau ? tenté-je afin de l'aider.

Il marmonne en retirant ses chaussures.

– Pause, bébé. J'ai besoin d'une pause.

– Tu es bourré, on en parlera demain.

J'éteins, tandis qu'il allume de son côté, peu enclin à rendre les armes.

– On aurait pu en discuter tout à l'heure, mais madame a décidé de ne pas me faire confiance. Je n'y peux rien si je veux une descendance !

Son ton est agressif, je crois qu'il ne sortira rien de bon de cette conversation.

– Je te fais confiance, Ben. Mais s'il te plaît, parlons-en calmement demain.

– Non. Tu… (Il ricane, un doigt sur ses lèvres.) Tu sais quoi ? Je regrette notre mariage. Tu n'es plus la Erika que j'ai épousée il y a un an.

J'ai conscience que c'est dû à l'alcool, mais j'ai la sensation de prendre une gifle.

– D'accord.

– Tu te fous de tout, sauf de toi.

– C'est une blague, j'espère ?!

– Non. Toi et *lui*.

Cette fois, c'est un coup au ventre fictif que je reçois.

– Tu ne sais pas ce que tu racontes, cinglé-je. Il me semble que je suis ici, paumée dans un pays à l'autre bout du monde parce que TOI tu le désirais !

– Et depuis tu te fanes. Tu penses que je n'ai rien remarqué ? Il suffit d'agiter ne serait-ce qu'un microsouvenir de ta vie parisienne pour que tu te recroquevilles, crache-t-il. Il te manque, c'est ça ? C'est à cause de *lui* que tu ne veux pas de gosses avec moi ?

– Tu dis n'importe quoi. Je n'ai plus de nouvelles de Robin depuis notre mariage.

Robin ne m'aime pas, et j'ai cessé d'espérer lorsque la vie m'a offert une issue de secours en m'envoyant Ben. Quand il n'y a plus rien à attendre, autant essayer d'avancer…

– Ça ne répond pas à mes questions.

Ses yeux me scrutent avec intensité. Il croise les bras sur son torse, le dos appuyé contre la tête de lit.

– Elles sonnent plus comme des accusations. Mon refus de devenir mère n'a rien à voir avec qui que ce soit, je te le jure.

C'est moi, juste moi. Est-ce si grave que ça ? Est-ce que ça fait de moi une « mauvaise personne » ?

– Il te manque ?

– Je suis là, avec toi.

Un sourire triste étire le coin de ses lèvres.

– Parce que moi j'aime une femme qui depuis un an et demi murmure parfois le prénom d'un autre dans son sommeil.

CHAPITRE 3

ROBIN

Enfin seul.

Mon bateau était prêt lorsque je suis arrivé il y a une heure. Marcel m'attendait sur le quai, sa vieille cigarette roulée calée entre les lèvres. Nous n'avons que peu discuté, préférant tous les deux le clapotis de l'eau venant s'écraser contre l'embarcadère aux discours inutiles. À présent suffisamment éloigné de la terre ferme et avant la tombée de la nuit, je décide de couper le moteur, puis de jeter l'ancre. La mer est paisible, l'odeur d'iode enveloppante. Mes yeux se perdent sur l'horizon où ciel et flots se confondent. C'est seulement à ce moment précis que mes muscles se détendent. Plus aucun bruit, si ce n'est celui de la nature. L'air plus frais contraste avec la chaleur étouffante de Paris. Je prends conscience que je porte toujours mon costume puisque je ne suis pas repassé chez moi avant de partir. Peut-être qu'il serait temps de troquer ma chemise contre quelque chose de plus décontracté. À contrecœur, je m'arrache à la vue, contourne le poste de pilotage et descends retrouver mon sac, que j'ai jeté dans la cabine. L'intérieur n'est pas immense, mais tout est bien pensé. Le « salon » en L est aménagé d'une banquette convertible en lit deux places, ainsi que d'une petite cuisine. Au bout de cet espace se trouvent la salle de bains et les toilettes. Je chope un tee-shirt noir, un bas de jogging de la même couleur, vire mes chaussettes. Le frigo est plein pour le week-end, j'attrape une bière et me laisse tomber sur la banquette. La tête renversée en arrière, je me répète que cet investissement était vraiment une bonne chose. Bien sûr, décrocher du travail est plus facile à dire qu'à faire, et j'ai apporté un dossier que je dois boucler au plus vite, j'ai, d'ailleurs, prévu de le relire dans la soirée. Mais avant ça, mon estomac hurle famine. Je sors un sandwich, un bouquin, et je rejoins l'extérieur afin de profiter des derniers rayons du soleil. Plusieurs minutes de lecture ainsi que quelques retours aux chapitres précédents me sont nécessaires pour me remettre dans l'histoire. J'ai si peu de temps à consacrer aux loisirs que je perds quasiment chaque fois le fil, et pour du thriller, c'est embêtant. Je m'égare entre les lignes jusqu'à ce que les mots s'évaporent dans la pénombre et que mes yeux ne trouvent plus la force de lutter. Absorbé par l'intrigue, je ne me suis même pas rendu compte de la fraîcheur qui mord ma peau. Je regagne la cabine, prépare le lit, et je m'apprête à sortir le dossier lorsque mon téléphone se met à sonner. Je regrette de ne pas l'avoir mis en silencieux. Sa sonnerie stridente résonne comme une cacophonie déchirant le calme et la tranquillité que je venais chercher.

– Bonjour, m'man, dis-je en décrochant.

Je me retiens de soupirer. J'adore ma famille, mais là je souhaite juste la paix, c'est si compliqué à comprendre ?

– Oh toi, tu es en mer.

– Effectivement.

– Je ne t'embête pas longtemps. Ton père et moi sommes invités à un vernissage dans quinze jours, on s'est dit que ça serait une bonne occasion pour passer te voir ?

– Pas de problème.

– On ne voudrait pas te déranger…

Je roule des yeux, las d'entendre toujours les mêmes insinuations. « On ne veut pas t'ennuyer », « tu es peut-être accompagné », « tu as sûrement des projets »… Elle pense que je ne devine pas ses questions sous-jacentes ? Que je sois l'aîné et le célibataire endurci de la famille, ça les défrise. Je ne suis pas comme Louna, Baptiste ou Victor, mes cadets, à me confier à tout-va. Je crois dur comme fer à l'adage « Pour vivre heureux, vivons cachés ». Moins tu en dis, moins on t'embête. Sauf si tu es un Lefebvre, de toute évidence.

– Ça me fait plaisir, maman.

Cette affirmation semble la rassurer, le sourire s'entend dans sa voix quand elle répond :

– On en reparlera, alors. Je te laisse profiter de ton week-end marin. Bisous.

– Bonne soirée, passe le bonjour à papa.

Depuis qu'ils se sont séparés, puis remis ensemble, il y a un peu plus d'un an, ils sont toujours l'un avec l'autre à voguer d'expositions en visites diverses et variées. La retraite un brin anticipée de mon père leur offre la vie de couple qu'ils n'ont pas vraiment eue avec quatre gosses dans les pattes.

Je raccroche sans plus de cérémonie et éteins mon portable avant d'ouvrir l'épaisse pochette cartonnée qui contient l'affaire à instruire la semaine prochaine. Je tire la première feuille lorsqu'un bout de papier sorti de nulle part glisse sur le matelas.

– Qu'est-ce que…

Les morceaux volants ne me ressemblent pas. Je colle des Post-it, épingle, agrafe ou surligne, mais je ne laisse rien qui pourrait être perdu ou oublié par inadvertance. À première vue, ce n'est rien. Cependant, lorsque je le retourne, je constate qu'il s'agit d'un petit mot. Je fronce les sourcils, plus agacé que quelqu'un soit intervenu dans *mes* affaires que surpris.

« Et la mer et l'amour ont l'amer pour partage,
Et la mer est amère, et l'amour est amer »
Bon week-end...

Qu'est-ce que c'est que ce délire ?

J'ai déjà vu ça quelque part, mais impossible d'en retrouver l'auteur. Finalement, je rallume mon téléphone et regarde sur Internet. Il s'agit d'un poème datant de 1628 de Pierre de Marbeuf. Si c'est une blague, Laura va m'entendre. Je suis du genre sympa, mais il ne faut pas abuser. J'ai gentiment éconduit ma collègue l'année dernière, je ne compte pas m'adonner à ce genre de petit jeu à présent. Si elle pense que ça peut me plaire, elle se trompe lourdement. Je décide de laisser cette histoire en suspens jusqu'à mon retour et range le papier dans une poche de mon sac. Cependant… impossible de me concentrer. Je lis et relis sans cesse la même phrase, l'esprit ailleurs. Il me paraît étrange que Laura se permette ce genre d'audace, elle qui connaît mon amour de l'ordre et de la rigueur. Je dois en avoir le cœur net… Un grognement de mécontentement plus tard, puis la tonalité d'attente résonne au sein de la cabine.

– Robin ? s'étonne la greffière.

– J'ai quelque chose à te demander.

– À cette heure ?

Sa voix semble plus inquiète que pleine d'espoir. Le mot ne doit pas venir d'elle. Seigneur, elle va me trouver ridicule.

– Est-ce que tu aurais vu quelqu'un toucher au dossier Peyra ?

– Non, pourquoi ? Je t'ai seulement ajouté la photocopie de la dernière pièce fournie par l'avocat, comme tu l'avais sollicité.

– Et c'est tout ?

– Bah oui, c'est tout ! Qu'est-ce que tu as, enfin ? Tu n'es pas supposé être sur ton bateau perdu en pleine mer ?

– Si. Laisse tomber, excuse-moi de t'avoir dérangée.

Je raccroche sans attendre de réponse.

Ce n'est pas Laura, j'ai été stupide de la soupçonner. Malgré tout, je déduis qu'il s'agit de quelqu'un que je connais plus ou moins, car le mot est rédigé à l'ordinateur, sûrement pour m'empêcher de reconnaître l'écriture. Ou alors c'est un malade mental. J'ai beau réfléchir, je suis certain de ne pas avoir mentionné mon programme du week-end devant un prévenu ou une victime. Je ne pense pas que la formulation sur la mer soit un hasard, mais après tout…

Crevé, j'abandonne l'idée de travailler ce soir et file me doucher, les méninges en surchauffe. Je déteste ce genre de situation. J'ai déjà été menacé par le biais de lettres anonymes lors d'affaires périlleuses, mais des mots agréables… Jamais.

Je me couche, faisant tourner le papier entre mes doigts. Mes pensées fusent, mes souvenirs reviennent. Erika me laissait sans cesse des notes à droite à gauche dans un désordre horripilant. Elle était le chaos où j'étais la rigueur, mais aussi la douceur face à mon aigreur.

Le dépit écrase mes poumons, un long soupir m'échappe. *Un an et demi depuis son départ et je suis toujours en boucle là-dessus.*

CHAPITRE 4

ERIKA

C'est parfois curieux, le destin. Deux ans de relation, un an et demi de mariage, des mois de préparation afin de s'envoler au bout du monde, et finalement… Vingt-quatre heures pour bourrer son histoire dans deux valises, puis sauter dans un avion. Je me suis voilé la face trop longtemps. J'ai eu beau essayer, Paris me manque depuis que j'ai atterri ici. Une fois la décision prise, rester une semaine de plus au Pérou m'apparaissait comme impossible. Le besoin de rentrer au plus vite était presque viscéral. Ma mère n'est pas au courant de mon retour. Honnêtement, je me demande encore comment procéder. Lui avouer que mon couple est dans une impasse ? Que nous nous quittons ? Que je ne sais plus où aller puisqu'en désertant Paris j'ai tout perdu ? Qu'il ne demeure rien de mon ancienne vie ?

L'impression que mes pensées remplacent l'oxygène disponible au sein de l'avion compresse mes poumons. Pourtant, je préférerais rester assise ici, au-dessus des nuages, plutôt que d'affronter le futur proche qui m'attend sur terre. Un coup d'œil sur l'écran qui me fait face m'indique que j'ai encore une heure de vol pour me vautrer dans un déni confortable. C'est peu, mais c'est mieux que rien. Épuisée par cette dernière nuit sans sommeil, je cale ma tête contre la vitre et finis par m'endormir, bercée par le vrombissement de l'appareil.

L'aéroport de Paris-Charles-de-Gaulle est bondé, comme la majeure partie de l'année. Je récupère mes deux énormes valises contenant l'essentiel, puis je me dirige vers la sortie. Mon téléphone vibre, je l'extirpe de ma poche en râlant. Il s'agit d'un message de Ben que je supprime sans même le lire. Je n'ai plus d'énergie à consacrer à notre relation, qu'il a laissée mourir autant que moi. Dans le hall baigné de lumière, je croise une multitude de familles et de couples. À quelques mètres de moi, des amoureux se câlinent, visiblement très heureux de leur voyage imminent. J'étais là, à leur place, il y a dix-huit mois. Comment aurais-je pu prévoir que je serais de retour seule et perdue moins de deux ans plus tard ?

À quoi se résume ma vie à l'aube de mes trente ans ? Un concours de greffier réussi. C'est tout. Certains diront que ce n'est pas mal, alors que j'ignore si c'est encore ce que je suis capable de faire. J'aimais profondément mon métier, jusqu'à ce que… Je m'arrête net, paralysée par la violence de mon souvenir. Je ferme les yeux, cramponne fermement les poignées de mes bagages et me force à inspirer avec lenteur. *C'est du passé, Erika.*

– Tout va bien, mademoiselle ?

J'ouvre les paupières sur une vieille dame au dos voûté, la peau du front plissé par l'inquiétude.

– Oui, merci.

Malgré mon affirmation, elle reste plantée devant moi, son bras sur mon épaule. Je n'apprécie pas vraiment le contact mais n'ose pas reculer.

– Ne vous inquiétez pas, il reviendra, dit-elle avec douceur.

– J'espère que non, chuchoté-je.

– Oh, encore un salaud qui a brisé le cœur d'une jolie fille.

Je ne sais pas d'où vient cette femme ni d'où sort cette conversation surréaliste, cependant les deux ont le mérite de me tirer un sourire.

– C'est l'idée.

Même si, dans les faits, c'est peut-être moi qui ne suis pas à la hauteur et qui ai saccagé notre relation.

– Si je peux me permettre, il n'était sûrement pas digne de vous. J'espère que ça s'arrangera, ma jolie. Passez une bonne journée et souriez, la vie est belle malgré tout.

Je la regarde disparaître comme elle est arrivée. Ma grand-mère prétend que nous ne croisons personne par hasard. Quoi qu'il en soit, cette rencontre était aussi étrange qu'apaisante. Ben dirait qu'il s'agissait d'une sorcière. Robin resterait silencieux, puisque c'est le genre d'homme économe en mots. *Pourquoi je pense à lui ?* Mon cerveau aime-t-il me torturer à ce point ?

Pour des raisons inconnues, je loupe le bus qui devait me conduire jusqu'à ma Normandie natale. Ma mère partage sa maison avec ma grand-mère dans un petit village assez mal desservi, en périphérie de Honfleur. Il aurait de toute façon fallu que je prenne un taxi afin d'effectuer la fin du trajet, donc, n'ayant aucune envie de m'éterniser à l'aéroport en attendant le prochain autocar, je choisis de réserver un Blablacar dès à présent.

Près de trois heures plus tard, le chauffeur, ô combien bavard, me dépose devant le pavillon où j'ai grandi. Je le remercie à la va-vite, heureuse des quelques instants de silence qui m'attendent une fois la portière refermée.

Je ne comprendrai jamais comment les deux femmes de ma vie ont pu s'épanouir ici, alors que c'est si loin de leurs origines. Si je suis née en France et y ai toujours vécu, c'est l'Italie qui les a vues naître avant que ma mère ne rencontre mon père (un Normand pur souche) au cours de leurs études. Physiquement, j'ai tout de maman. Mes cheveux bruns, ma peau hâlée, mes yeux chocolat. De mon géniteur, je ne garde pas grand-chose. Tant mieux, car selon ma mère, ce n'était pas un homme très intéressant. Monsieur préférait les sorties, les potes et les vieilles voitures et a quitté maman bien avant ma naissance. J'ignore où il est à présent, mais je n'ai pas besoin de le savoir. Les liens du sang ne sont pas sacrés. Ceux du cœur le sont davantage.

Je n'ai pas le temps de pousser la barrière du jardin que la porte d'entrée s'ouvre.

– Erika !? s'exclame ma mère.

– Coucou m'man. Surprise !

Surprise ! Je suis célibataire, paumée et bientôt fauchée !

Elle se rue dans l'allée en petits cailloux jaunes avant de me serrer contre elle. Elle sent toujours bon, je dois reconnaître que son parfum me rassure comme lorsque j'étais gosse.

– Oh mon bébé ! Tu aurais dû me prévenir de ton arrivée… Où est Ben ?

Je ferme les yeux en grimaçant :

– Alors, c'est-à-dire que…

– Erika ! s'exclame une autre voix.

Je soulève les paupières, découvre ma grand-mère sur le seuil. Le temps ne semble pas avoir de prise sur elle. Ses cheveux sont constamment attachés en un chignon parfait, sa tenue impeccable.

– Nonna, réponds-je en souriant.

Je la salue en l'étreignant, talonnée par sa fille qui tire une de mes valises.

– *Mamma mia,* ça pèse une tonne ! Qu'est-ce que tu as mis là-dedans ? On dirait que tu viens pour des années… râle ma mère.

Ma légère toux embarrassée n'échappe pas à la doyenne.

– Entre, *mia cara*[3], tu vas nous raconter.

Je hoche la tête et la suis jusqu'au salon, qui n'a pas changé d'un millimètre. La déco est toujours la même, mélange de bibelots souvenirs et plus récents. Au mur, toute ma vie est encadrée. Une vraie frise chronologique de ma naissance à mon mariage. La dernière photo avec Ben me serre le cœur. Elles vont être tellement déçues.

– Tu as mangé ? Tu veux boire ? Te reposer ? balance ma mère façon mitraillette.

– Je veux bien un café, s'il te plaît.

Je prends place dans le fauteuil, tandis que Nonna s'installe sur le canapé. La cuisine communiquant directement avec le salon, je n'ai pas de répit pour les questions.

– Parle, Rika. Où est ton mari ? supplie ma mère.

– Toujours au Pérou.

Je me sens honteuse sans savoir pourquoi. Après ma conversation houleuse avec Ben, il était évident que notre couple fonçait droit dans le mur.

Le café est servi dans un silence qui m'angoisse terriblement. Les deux femmes me scrutent avec attention.

– Il arrive bientôt ? questionne la plus âgée des deux.

– Non.

3. « Ma chérie », en italien.

Mon talon tape nerveusement le tapis, mes doigts triturent l'anse de ma tasse. Elles ne vont pas oser me juger à haute voix, mais leurs regards le font déjà. Ça m'ennuie de les décevoir, même si je n'avais pas d'autre option. J'inspire brièvement et lâche dans un soupir :

– Nous sommes séparés.

– Quoi ? s'étonnent-elles à l'unisson.

Je baisse les yeux, à l'image d'un enfant que l'on gronde.

– Ce n'est pas une blague ? murmure ma mère, au bord des larmes.

– Non, maman. Je suis désolée.

– *Dio mio !* Est-ce qu'il t'a frappée ? questionne Nonna, l'air épouvanté.

– Non plus…

– Alors quoi ? Il ne voulait pas t'offrir une famille ?!

Quelle est la définition de famille, au juste ?

– J'ai lu une étude selon laquelle le sujet des enfants est celui qui crée le plus de tension au sein d'un jeune couple… C'est ça, ma puce ? Ça peut sûrement s'arranger, tu ne crois pas ?

Le souci principal de ma mère, c'est qu'elle lit *beaucoup* d'études, dans *beaucoup* de magazines à la noix.

Je les observe tour à tour, une boule au fond du ventre. J'ai l'impression d'être un prévenu face à un tribunal. Elles attendent ma réponse… Il suffirait que je leur avoue que je ne veux pas d'enfants, toutefois j'en suis incapable. Elles m'ont tout donné afin que je ne manque de rien. Elles se sont sacrifiées pour moi. Pour qui vais-je passer quand elles sauront que je ne souhaite pas emprunter leur chemin ? Ma confidence reste coincée en travers de ma gorge. Je peux à peine respirer.

– Oui, peut-être…, chuchoté-je. Je suis fatiguée.

– Va te reposer, ta chambre est toujours prête. Tu veux que j'appelle Ben ? propose maman.

Manquerait plus que ça.

– Je me débrouille, ne t'inquiète pas.

– Dors, on en reparlera, surenchérit ma grand-mère. Je suis sûre que ce n'est qu'un malentendu et que vous nous ferez de beaux enfants très bientôt.

Mon unique certitude, c'est que je ne vais pas pouvoir rester sous ce toit. Je dois bouger, pour moi, mais aussi pour les préserver de ce que je suis.

Pour aller où ? Je ne le sais pas encore.

CHAPITRE 5

ROBIN

Le dimanche soir arrive bien trop rapidement à mon goût. J'ai beau avoir flâné sur le port dans l'espoir de repousser le temps où je devrais rentrer, la tombée de la nuit m'a rattrapé en un clin d'œil. Le périphérique est bondé, les voitures avancent au ralenti. À croire que tous les Parisiens fuient la capitale le week-end puis reviennent s'enfermer à l'intérieur de leurs clapiers pour une nouvelle semaine de labeur. La pointe de la tour Eiffel se dessine à l'horizon. Encore une demi-heure, et je serai chez moi. L'avantage, c'est que j'ai eu le temps de finir la relecture de mon dossier entre deux bouchons. C'est rare, mais j'ai eu du mal à me concentrer après avoir trouvé le mot. Il s'agit peut-être d'une blague (qui ne me fait pas rire, au demeurant). Mon portable est resté silencieux depuis le coup de fil passé à ma collègue. Je referme la pochette ouverte sur le siège passager, puis je la range dans ma sacoche. Je suis prêt pour demain. À bien y penser, je suis *toujours* prêt, quelles que soient les circonstances. Je bosse sans arrêt et ne laisse jamais le hasard s'inviter au sein de mon quotidien. Le moindre grain de sable dans la mécanique bien huilée de ma routine n'est que la promesse d'embêtements. Exemple le plus probant : Erika. Je l'ai rencontrée pendant mes études, un jour où j'allais *par hasard* à la bibliothèque universitaire. Je suis *par hasard* tombé sur elle et un ami de l'époque qui travaillaient leurs cours. Elle était en première année de licence, nous terminions notre master. Six ans nous séparent, et *comme par hasard*, mon ami devait partir tôt, attendu par d'autres potes à une soirée à laquelle je ne comptais pas me rendre. Il m'a demandé de lui expliquer une notion assez pointue, je n'ai pas su refuser. J'aurais dû, je suppose. Erika était le genre de fille si solaire que la regarder trop longtemps aurait été dangereux pour la santé. D'ailleurs, je l'ai envoyée bouler plus d'une fois. Malgré mes efforts afin de préserver ma solitude chérie, elle est parvenue, au fil des rencontres imprévues, à se créer une place particulière dans ma vie. La sienne. À la fin de mes études, j'ai continué à la fréquenter. Ou plutôt, c'est elle qui venait à moi. Nous avions une sorte d'habitude, un peu à l'image d'un vieux couple que nous n'étions pas. Elle passait chez moi, invitant le soleil et le bordel à la maison. Je me souviens d'un soir où elle est arrivée particulièrement éméchée, avant de tenter de m'embrasser. Du moins… il me semble que c'était le but, car je l'ai stoppée lorsqu'elle s'est hissée sur la pointe des pieds. Je n'ai jamais compris les larmes qui ont roulé sur ses joues à la suite de cet incident, car elle n'en a jamais parlé. À cette époque, je n'avais que ma carrière pour unique horizon.

Ensuite, nous avons travaillé ensemble au tribunal, elle comme greffière, moi comme juge. Notre duo fonctionnait foutrement bien. Jusqu'à cette affaire qui l'a ébranlée, point de départ de la détérioration de notre lien. Si seulement elle avait… *Non.* Inutile de ressasser tout ça. Parfois, je la déteste si fort de m'avoir abandonné comme elle l'a fait que j'en ai mal au bide.

La nuit est tombée lorsque je pousse la porte de chez moi. Je mange rapidement, l'esprit préoccupé. Malgré mes efforts pour les chasser, mes pensées restent coincées dans le passé. J'ai gardé tous les Post-it qu'Erika me laissait. Ils sont précieusement stockés à l'intérieur d'une boîte. Je voulais m'en débarrasser, mais j'ai fini par oublier leur existence. *Ou presque.* Après avoir rangé, je pars à la recherche de cette fameuse boîte. Remisée au fond d'un tiroir de ma commode, elle ne risque pas de prendre la poussière. Je m'assieds sur mon lit, conscient que je commets une erreur. L'ouvrir ne m'avancera à rien. Je vais les jeter. Mais déjà, le couvercle repose sur le matelas, tandis que le coffret est sur mes genoux. Des tas de petits papiers y sont amassés.

Je les observe sans oser y toucher. L'amertume de son absence me consume. En dépit de tout bon sens, je finis par en saisir un et le déplie.

« Il faut que tu rachètes des speculoos, de quoi je vais me nourrir, sinon ? »

Je me souviens de l'avoir trouvé collé sur le réfrigérateur.

Elle avait cette habitude de se servir dans mes placards comme si elle vivait ici. Au départ, cette familiarité me gênait, puis je m'y suis fait. Dès lors qu'elle laissait l'endroit propre et rangé, pas de problème. Quant aux speculoos… c'était son péché mignon. Ça l'est toujours, j'imagine.

Sur un autre, elle m'indique avoir piqué mon chargeur de portable. J'en lis plusieurs tout aussi peu intéressants. Pourtant, impossible de m'en séparer.

Allez, un dernier pour la route.

« Bon anniversaire à la personne la plus importante de ma vie. Je passerai ce soir et on regardera "N'oublie jamais" pour fêter ça ! Ne mens pas, tu adores. »

Je ferme les yeux. Une douleur insidieuse étend ses tentacules sous mes côtes. *Elle me manque.* Comment a-t-elle pu s'en aller sans un regard en arrière ? Et j'étais « la personne la plus importante de sa vie » ? La blague. Je n'ai pas changé d'adresse ni de numéro de téléphone. Elle n'a jamais cherché à me contacter depuis qu'elle est partie à l'autre bout du monde avec son espèce d'éleveur de lamas. J'avoue que, même si elle l'avait fait, je n'aurais peut-être pas répondu. Je ne suis pas un pigeon à qui on balance des miettes. L'amitié doit être sincère, entière, partagée.

L'amitié. Je ne suis pas certain que ce soit ce que je ressentais pour elle. Je l'ai compris à la seconde où elle m'a annoncé son mariage par SMS. Elle n'a même pas eu le courage de me le dire en face. À la suite de cela, notre lien s'est effiloché. Elle ne passait plus me voir, consacrait tout son temps libre à celui qui allait devenir son mari. *Quel connard, ce type !* Pourtant, je ne pouvais pas la blâmer de s'éloigner. C'était son choix et il semblait la rendre heureuse. Sûrement plus que moi et notre relation inclassable.

J'espère qu'elle respire la joie et le bonheur. Lui, je m'en fous. Mais elle… Elle mérite ce qu'il y a de mieux malgré tout ce que je lui reproche. Il ne servait à rien de bousculer mon quotidien si c'était pour m'abandonner. Seigneur… Je parle de moi comme d'un labrador qu'on délaisse dès qu'il devient trop encombrant.

Las de tourner en boucle, je referme cette boîte de malheur et me couche.

Demain est un autre jour.

CHAPITRE 6

ERIKA

Revenir au sein de la maison familiale après avoir volé de ses propres ailes des années durant est quelque chose de très étrange. On est toujours chez soi, mais tout est différent. Les souvenirs semblent figés entre les murs.

Ma mère s'affaire déjà en cuisine alors qu'il n'est pas huit heures du matin. Je touille mon café en réfléchissant aux mots adéquats afin de lui annoncer que je compte m'en aller. Trois jours ici, et je tourne en rond.

– Je ne vais pas pouvoir rester, maman.

Elle cesse d'éplucher les légumes, relève le visage vers moi :

– Comment ça ?

J'étouffe. Je ne me sens pas à ma place.

– Je dois trouver du travail.

– Ils cherchent une serveuse au bar, tu sais, celui à la sortie de la ville.

Je ne compte pas revenir vivre ici. Je n'étais pas épanouie au Pérou malgré la diversité des petits boulots que j'ai enchaînés, donc ce n'est pas pour me terrer au fond de la Normandie. Ce qui me faisait vibrer, c'était le droit. J'ai envie de retrouver cette sensation, ce désir de me lever le matin. Le droit à Paris, précisément. Ben a raison, évoluer au sein de la capitale me manque. Plus que jamais, j'ai besoin d'un nouveau départ. Peut-être que j'ai abandonné trop vite, que je peux réessayer en dépit de cette affaire traumatisante qui m'avait poussée à faire une pause. Pause qui s'est tranformée en démission, mon histoire avec Ben et ses envies d'ailleurs étant venues précipiter mes choix.

– Je veux reprendre le droit.

– Tu en es bien certaine ?

Ma grand-mère arrive dans la cuisine et sort son petit déjeuner du placard.

– C'est ce qui t'a détruite, commente-t-elle.

Elle m'embrasse sur le haut du crâne avant de s'installer, tandis que je bois une gorgée de mon café.

– J'ai juste eu du mal à gérer émotionnellement une affaire. Ça va aller.

– Et si ce n'est pas le cas ?

– Eh bien je changerai de branche.

– Tu es sûre de toi ? demande ma mère.

Plus que jamais.

– Oui.

– Je ne veux pas jouer les rabat-joie, mais il faut aussi que tu songes à construire une famille, *tesoro*[4]. À bientôt trente ans…

Nonna ne s'arrête jamais. La famille, la famille, la famille. Se reproduire, construire, transmettre.

Afin d'éviter le conflit et d'avoir la paix, je hoche la tête.

– Tu as le temps, tu peux rester autant que tu le souhaites.

Pour subir les remontrances constantes de ma grand-mère ? Non merci. Je vais me débrouiller.

– En réalité… Je vais profiter de ce que mes valises ne soient pas encore vraiment ouvertes pour partir aujourd'hui.

– *Cosa*[5] *?!* s'exclament-elles à l'unisson.

– Je vais poser ma candidature pour un poste de vacataire au tribunal, ce sera plus simple si je suis sur place.

– Ta voiture est toujours au garage, si tu veux faire les allers et retours dans un premier temps.

Deux heures séparent la maison de la capitale. Je crains que ce ne soit deux heures de trop pour la vieille Alpine. Héritage de ma mère à mes dix-huit ans, j'ai dû la conduire à une ou deux reprises, au grand maximum. C'est une pièce de collection avec laquelle je me vois mal me déplacer en ville. *Surtout à Paris.*

---

4. « Trésor », en italien.

5. « Quoi ?! » en italien.

– Il y a beaucoup d'auberges de jeunesse, je vais m'en sortir.

Ma grand-mère jure en italien, ma mère arbore une mine triste avant de déclarer :

– Tu viens juste de rentrer, et…

Je l'adore, mais elle s'imagine toujours tout un tas de scénarios. Tant pis si je me renie un peu, je choisis de les rassurer :

– Vous l'avez dit… J'ai presque trente ans. Tout ira bien.

– Et Ben, alors ? s'enquiert la doyenne.

– C'est définitivement fini, Nonna.

Elle aura besoin de temps pour s'y faire, mais c'est ainsi. Je ne reviendrai pas en arrière. D'ailleurs, je crois que je nous ai rendu service à tous les deux, car je n'ai aucune nouvelle. Je lui ai envoyé un message pendant le trajet qui me conduisait ici en lui expliquant mon désir de prendre du recul. Il n'a même pas demandé où j'étais.

J'ai l'espoir naïf que l'on peut se séparer comme on s'est aimés. Facilement et avec respect.

Je passe la journée à prier pour que mon retour à Paris se déroule sous les meilleurs auspices. Ma mère la passe à tenter de me convaincre de rester. Ma grand-mère, pour sa part, ne cesse de parler de ses amies du club de Scrabble qui connaissent l'immense joie d'être arrière-grand-mère. Ses allusions sont aussi fines et discrètes qu'un tambour au milieu d'un concert de clarinette.

Il est tout juste dix-sept heures quand je décide de réserver un covoiturage. Pour ma défense, je commence à réellement m'asphyxier entre ces murs. Ballottée entre conseils non sollicités et reproches à peine déguisés, rester me semble impossible. Mes deux valises en main, j'embrasse les deux femmes en leur promettant de revenir les voir rapidement.

Presque trois heures plus tard, le véhicule de la jeune femme avec qui j'ai voyagé se gare à quelques rues de l'auberge de jeunesse située non loin de l'immeuble dans lequel je vivais avant mon grand départ. Parfois, il arrivait à Robin de me raccompagner après les cours, et nous passions par les mêmes rues que je foule actuellement. En face de l'auberge se trouve un pâtissier qui fait les meilleurs gâteaux aux speculoos du monde. Je me tourne à la recherche de la devanture ; mes yeux se posent sur une vitrine vide et dénuée de lumière. « À vendre » est affiché bien en évidence. C'est bête, mais ça m'attriste. Un peu comme si on me retirait l'accès à un souvenir.

J'entre dans l'auberge puis me dirige vers l'accueil, suivie par mes valises. Une femme d'une soixantaine d'années se lève quand je me penche sur le comptoir.

– Bonsoir, je cherche de quoi me loger quelques nuits.

J'ai des économies, ça devrait bien se passer.

– Je suis navrée, tout est complet.

Ah.

– Mince.

– L'été, c'est un lieu très prisé.

– Il ne reste aucune place dans aucune chambre ? Je peux m'accommoder de tout, je ne suis pas exigeante.

Elle jette un œil sur l'écran de son ordinateur avant de secouer la tête :

– Absolument rien.

– Zut.

J'aurais dû me renseigner en amont.

– Entre les festivals, les concerts et tout ce qui s'organise à Paris l'été, je crains que ce ne soit la même chose dans toutes les autres auberges…

Mince… J'avais choisi cet arrondissement car je le connais par cœur et que j'étais persuadée de trouver un lieu pour la nuit. Comme si quelqu'un m'attendait !

Note à moi-même : réfléchir avant d'agir.

Je la remercie puis regagne l'extérieur.

Et maintenant ? Comment tu fais, grosse maligne ?

J'ai vécu au Pérou alors que je ne connaissais pas le pays. J'ai élevé des lamas pendant quelques semaines et je me suis voilé la face pendant des mois. Je m'en suis toujours sortie, ce sera encore le cas aujourd'hui.

Je me pose dans un café le temps de regarder les annonces sur les sites dédiés. Si j'avais conservé des amis de la fac, demander un coup de main aurait été plus facile. Les hôtels corrects affichent tous complet. Les palaces hors de prix sont… hors de prix. Je ne compte pas me ruiner pour quelques nuits. À contrecœur, je réserve une chambre dans un petit hôtel d'un autre quartier. Je prends mon courage à deux mains, et puisqu'il fait encore jour, je m'y rends à pied. La façade ne correspond pas aux photos. Un frisson me parcourt malgré la chaleur de la fin de journée. J'ai un mauvais pressentiment. N'ayant pas d'autre option, je traverse et pénètre à l'intérieur du hall.

Du hall miteux. Comme dans un film d'horreur, un néon est cassé, l'autre grésille. L'accueil est sombre malgré le sourire avenant de l'homme qui me salue.

– Vous avez réservé ?

J'hésite à faire demi-tour. Mais pour aller où ?

– Oui. Au nom de Conti.

Il cherche sur sa feuille, raye mon nom, puis il saisit une grosse clé accrochée derrière lui.

– Vous verrez, c'est plus lumineux qu'il n'y paraît.

Je suis le réceptionniste jusqu'au premier étage, tirant avec peine mes valises. Il m'abandonne devant la porte après m'avoir précisé que l'eau chaude est parfois capricieuse.

C'est peu de le dire.

Le lit est fait, mais les draps sont jaunes. Une cigarette traîne à côté d'un cendrier. Les WC ne sont pas propres et j'entends une dispute éclater à l'étage du dessus.

C'est la première fois que je marche sur une moquette qui colle. Un violent sentiment d'insécurité me coupe les jambes. Une seule certitude : je ne peux pas dormir là. Ou je vais choper une maladie, ou je vais me faire trancher la gorge. Peut-être même les deux.

Au-dehors, la nuit commence à tomber.

Je dois prendre une décision. Vite.

CHAPITRE 7

ROBIN

Il fait presque nuit lorsque je pousse la porte de chez moi. J'ai traîné au bureau sans m'en rendre compte. Personne ne m'attend nulle part, je ne fais donc pas vraiment attention à mes horaires. Le célibat a de nombreux avantages : pas de contraintes, pas de disputes, pas de déceptions. L'inconvénient ? Personne à qui parler. Non pas que je sois un grand bavard, j'aime ma tranquillité. Mais parfois, le silence de l'appartement devient oppressant. Ce n'était pas le cas quand Erika était là. Il m'arrive de penser que je devrais essayer de sortir avec des collègues. Juste prendre un verre. Cependant, je n'en ressens aucune envie. Je n'ai jamais cherché à remplacer ma relation avec Erika par une autre. J'ai souffert une fois et ça ne se reproduira plus.

Mon estomac gronde. Manque de chance, mon frigo ne s'est pas rempli tout seul et je n'ai pas eu le temps d'aller faire des courses. Flemme de manger des pâtes ; je commande une pizza. La livraison est prévue d'ici vingt minutes, ce qui me laisse le temps de prendre une douche. Je note dans un coin de ma tête qu'il faut aussi que j'appelle Baptiste. Mon frangin râle régulièrement que c'est toujours lui qui prend de mes nouvelles, et il a raison. Le problème ne se pose pas avec Louna, nous échangeons quelques SMS par-ci par-là, lorsque je n'oublie pas de répondre… Quant à Victor, il téléphone sans prévenir même s'il n'a rien à dire.

L'eau chaude suffit à détendre mes muscles. Je profite quelques instants, me savonne, puis je me sèche au moment où l'on frappe à la porte. *Déjà ?* Le livreur est en avance. Tant mieux, j'ai la dalle. J'enfile un jean ainsi qu'un tee-shirt qui traîne sur le porte-vêtements et je regagne l'entrée.

– Super, je…

Je bugge sur le seuil de mon appartement. *Qu'est-ce que*... Mon traître de cœur s'agite, malmène ma poitrine. Erika est plantée là, avec deux valises presque aussi grandes qu'elle.

– Salut, Robin.

Est-ce un rêve ? Un cauchemar ? Une faille spatio-temporelle ? Comme si nous nous étions quittés la veille, Erika m'offre un sourire un peu gêné. Pourtant, dix-huit mois, neuf jours et treize heures se sont écoulés depuis qu'elle a quitté le continent.

– Qu'est-ce que tu fiches ici ? réponds-je sans esquisser le moindre mouvement.

– On peut dire que tu as toujours le sens de l'hospitalité.

– Et toi celui de l'amitié. Où est ton mari ?

Je me penche sur le palier, constate qu'elle est seule.

– Je vois.

– Je peux entrer ? demande-t-elle en dansant d'un pied sur l'autre.

Je réfléchis quelques instants. Est-ce que je peux ? Concrètement, oui. Il me suffit d'ouvrir la porte en grand. Est-ce que je le veux ? Pas vraiment. Je ne suis pas prêt à l'écouter me raconter sa vie après ces mois de silence. C'est au-dessus de mes forces.

– Non.

D'un geste du pied, je referme. C'est sans compter sur le caractère obstiné de mon ex-amie. Elle passe la main dans l'entrebâillement avant de me tendre son petit doigt :

– D'après la liste des règles des meilleurs amis, tu ne peux pas me laisser dehors.

– La règle de quoi ? grogné-je, déconcerté.

– Roh, tu n'as jamais regardé *The Kissing Booth* ? Les règles d'amitié entre Elle et Lee !

Elle en profite pour se faufiler à l'intérieur. Son parfum investit immédiatement les lieux. C'est doux et insupportable à la fois.

– Je ne regarde pas de séries.

Elle le sait, en plus.

– C’est un film. Trois, précisément.

Je la fixe en silence. La situation me semble surréaliste. Qu’est-ce qu’elle fait là à me parler de ces conneries alors qu’elle avait disparu de mon horizon ?

Je ne lui laisse pas le temps de m’embobiner :

– Qu’est-ce que tu veux, Erika ?

– Je suis dans la merde.

Son regard me fuit, sa voix basse trahit sa gêne. Elle pourrait presque me faire craquer. Problème, je la connais trop bien. Je croise les bras sur mon torse, scrute son visage. Ses cheveux ont poussé, sa peau bronzée semble douce.

– Et ?

– Je ne sais pas où aller.

– Ta mère ne vit plus à deux heures d’ici ?

Ses dents se plantent dans sa lèvre inférieure.

– Si, mais…

– Oh, laisse-moi deviner. Elle ne doit pas savoir que tu es seule, je me trompe ?

– Oui, tu te trompes, répond-elle avec agacement. Ma mère et ma grand-mère savent que Ben n’est pas avec moi, et que ce ne sera plus le cas.

J’encaisse cette double information. Il se sont quittés et sa famille (du genre conservateur à mort) est courant de leur séparation ? Chapeau.

– Alors en quoi est-ce mon problème ?

– Ça ne l’est pas, Robin. Je ne peux pas rester chez ma mère, et je n’ai nulle part où aller ce soir. Les hôtels dans mon budget sont tous pleins, ceux qui restent coûtent un rein, et j'aimerais ne pas y laisser toutes mes économies. Je te demande juste l'hospitalité pour cette nuit, ensuite je disparaîtrai.

Malgré moi, je pouffe de rire :

– Disparaître, c'est ta spécialité.

Elle encaisse le coup sans broncher, mais je vois que ça la blesse.

– T'es gonflé, rétorque-t-elle en rivant ses yeux aux miens.

– Moi ?

Erika ravale sa réplique, baisse le visage.

– Laisse tomber, je n'aurais jamais dû venir. Je te souhaite une bonne soirée.

Elle ouvre la porte sans m'accorder un regard. La connaissant, c'est parce qu'elle est au bord des larmes. Planté face au battant qui se referme sur elle, je ne suis plus certain de respirer. Est-ce sa présence ou son absence qui me prive d'oxygène ? Mes mains tremblent. En dépit de mes sentiments contradictoires, j'attrape la poignée et rouvre la porte.

– Attends. (Elle se fige sans se retourner.) Une pizza arrive d'ici quelques minutes, il y en aura assez pour deux. Après on verra.

Ses épaules s'affaissent de soulagement, alors que j'ai l'impression de commettre une grave erreur pour mon cœur.

CHAPITRE 8

ERIKA

– Merci, soufflé-je.

J'attrape mes valises que je tire à ma suite. Robin s'efface du seuil, m'offrant uniquement la vision de son dos dont les muscles sont tendus sous son tee-shirt. C'est drôle, de le voir habillé ainsi, lui qui passe le plus clair de son temps en costard. Malgré moi, mes yeux descendent sur la partie inférieure de son anatomie, et je dois reconnaître que son fessier est toujours aussi…

– Attendez, ne fermez pas ! s'écrie une voix sur le palier.

Nous nous retournons à l'unisson, il s'agit du livreur. Robin revient sur ses pas, salue et paye le jeune homme en quelques mots polis, mais dénués de chaleur humaine. *Du Robin, quoi.* En attendant, je reste plantée au milieu de l'entrée sans savoir quoi faire de moi. Tout est conforme à mon souvenir. Les quelques objets de déco sobres et chics n'ont pas bougé d'un millimètre, la poussière semble déserter cet appartement. Ordre et propreté règnent en maîtres.

Robin ferme à clé dans mon dos, tandis que le parfum délicieux de la pizza embaume la pièce.

– Laisse tes valises dans le couloir, dit-il d'un ton lugubre.

J'aurais sûrement mieux fait de ne pas venir. Qu'il ne soit pas ravi de me voir, je peux le comprendre après presque deux ans sans nouvelles, mais je ne saisis pas l'origine de son regard émeraude devenu si noir. Il est gonflé, quand même ! Comment ose-t-il m'en vouloir avec autant de virulence alors qu'il m'a lâchée sans raison apparente ?

– Tu viens manger ? demande-t-il depuis la cuisine.

Je le rejoins, incertaine quant à la conduite à tenir. Robin n'a plus rien de l'ami que je connaissais, celui qui était là, dont les silences m'apaisaient. Aujourd'hui, les mots qu'il préfère taire retentissent plus que jamais.

Je tire la chaise qui lui fait face avant de m'installer. Comment vais-je faire pour retrouver mon ancienne vie ? Que croyais-je trouver en venant ici ?

– Qu'est-ce qu'il s'est passé ? questionne Robin, après avoir avalé sa bouchée.

– Nous…

– Non, coupe-t-il en levant la main. En fait, je ne veux pas savoir.

Je clos les paupières en inspirant doucement. Il reprend :

– Dis-moi plutôt ce que tu comptes faire dans un avenir proche.

J'ai tout laissé derrière moi en abandonnant le Pérou, désireuse de retrouver les fondations qui étaient les miennes ici. Je n'ai pas énormément d'options, je les ai passées en revue lors du trajet qui me conduisait à Paris.

– Eh bien… Disons que puisque mon congé sans solde a été refusé lorsque j'ai quitté Paris, j'ai commis l'erreur de démissionner.

Un rictus sarcastique étire le coin de sa lèvre. Je l'ignore et poursuis sur ma lancée :

– Donc, si je veux pouvoir exercer de nouveau comme greffière, je dois repasser mon concours.

– Je sais.

– Je sais que *tu sais*, cinglé-je. Tu m'interroges, je te réponds. Nous sommes début juillet, j'ai bon espoir de trouver un poste comme vacataire parallèlement aux révisions en vue du concours.

J'ai d'ailleurs déjà envoyé ma demande pour le travail.

– Les inscriptions sont en novembre, le passage en juin.

– Je sais.

– Je sais que *tu sais*, répète-t-il sans l'ombre d'un sourire.

J'ai beau le fixer droit dans les yeux, aucune once d'amusement ne pétille au fond de ses iris.

Robin est le genre d'homme gentil et droit, mais il peut également se révéler une vraie tête à claques. Un juge par excellence.

– Pourquoi est-ce que tu ne restes pas chez ta mère le temps d'être en mesure de subvenir à tes besoins ?

– Je ne veux pas en parler.

Encore moins avec lui, alors qu'il me déteste. Quel intérêt ?

– OK.

– J'ai quelques économies, pas assez pour un an. Préparer le concours pour la seconde fois ne m'enchante pas, mais il n'y a pas d'autre solution. Ça m'apprendra, je suppose.

Ma réflexion le surprend, si je considère le léger haussement de sourcils que j'ai cru percevoir. Ou alors, il s'agit d'une forme de condescendance.

– D'accord, finit-il par répondre.

– Tu sais, même si retrouver mon métier sera peut-être long et difficile, je ne regrette rien. J'avais besoin d'une pause après l'affaire Mabert.

Ses mâchoires se contractent, il me fusille du regard. Puis, sans cérémonie, il quitte la table en marmonnant :

– Je vais préparer la chambre d'amis.

Avant, cette pièce s'appelait « ma chambre », mais je n'ai pas le temps de m'appesantir sur l'expression choisie que l'info me percute. Il veut que je reste ?! Ou alors, il va avoir de la visite.

– Tu attends quelqu'un ?

– Non.

– Laisse tomber. Je vais prendre une chambre d'hôtel.

Il ne se retourne pas, cependant je vois qu'il gonfle ses poumons avant de souffler très longuement par le nez.

– Je croyais que c'était au-dessus de tes moyens ?

– Tant pis, je paierai le prix. Ou je tenterai d'en trouver un au rabais.

Hors de question de lui avouer que j'ai déjà tenté l'expérience avant d'atterrir ici. Il serait trop heureux de mon échec.

– Les « pas chers » ont des tapis tachés de fluides suspects ou se font braquer.

– Tu exagères.

Ou pas. Pour la première fois depuis des jours, je sens un sourire naître sur mes lèvres.

– Comme tu veux, mais tu peux rester là cette nuit. Je vais poser les draps et le nécessaire sur le lit le temps que tu réfléchisses.

Il feint de partir, avant de pivoter légèrement dans ma direction. Ses grands yeux verts plongent dans les miens, au point de me mettre mal à l'aise. Je prends conscience de l'effort qu'il fournit en faisant un pas vers moi.

– Merci, Robin…

J'ai l'impression que la terre cesse de tourner lorsqu'il caresse mon visage du regard. Mes cheveux, mon front, mes yeux, mon nez, mon menton, et pour finir… ma bouche.

– Je vais me coucher, dit-il. Si tu restes, ne laisse rien traîner, si tu pars, claque la porte.

Son expression froide ne correspond pas à la chaleur de son regard quelques secondes plus tôt. Je l'ai peut-être rêvée. J'ai espéré si longtemps par le passé qu'il me détaille autrement que comme une amie que mon cerveau me joue des tours.

– Bonne nuit, chuchoté-je.

Il me souhaite la même chose via un petit grognement. *Enfin, je crois.*

J'attends plusieurs minutes, seule dans la cuisine. Mon ouïe est focalisée sur les portes qu'ouvre et ferme Robin. Lorsque l'appartement est silencieux et que mon souffle a retrouvé un rythme normal, je décide qu'il est préférable que je reste là ce soir. Naviguer la nuit me fout trop la trouille, en plus. Je range la cuisine, veille à ne laisser aucune miette.

Sur « mon » lit, je découvre que Robin a déposé une serviette de bain. Je souris en caressant le coton bleu. *Ours, mais prévenant.* En effet, une douche ne sera pas superflue. Je rejoins la salle de bains, laisse mon chemisier et mon short tomber près de la machine à laver en marche. L'odeur de la lessive de Robin m'enivre. Je me savonne rapidement, me sèche, puis, en me penchant pour ramasser mes vêtements, je remarque un petit papier qui dépasse juste de sous la machine, à côté de mes affaires. Impossible que Robin laisse traîner quoi que ce soit au sol sans se rendre malade, j'en déduis que ça devait se trouver dans mon short. Je le déplie en fronçant les sourcils.

« Et la mer et l'amour ont l'amer pour partage,
Et la mer est amère, et l'amour est amer »
Bon week-end...

Ah.

Ce n'était pas dans ma poche, c'est incontestable. Est-ce que Robin a rencontré quelqu'un ? Ce qui expliquerait son irritation en ma présence ? Je relis les quelques mots… Ils doivent être en froid. Peut-être que je contrarie ses plans de réconciliation… ?

Ça ne me regarde pas. Je suis certaine que lui en parler ne ferait qu'envenimer les choses, alors je replie le papier et le repose où je l'ai trouvé.

Je me couche sans tarder ; mon cerveau carbure à mille à l'heure. Je ne connais plus mon meilleur ami, et cette pensée me désole. L'idée qu'il soit amoureux me blesse davantage. Je me rends compte que je n'ai pas songé à Ben depuis que je suis arrivée là. Il avait probablement raison, Robin représente encore trop pour moi. Mais il est passé à autre chose depuis longtemps. Bien avant mon départ, d'ailleurs.

Bon sang, je ne me suis jamais sentie aussi misérable.

CHAPITRE 9

ROBIN

Globalement, mon appartement est bien insonorisé. En revanche, la cloison qui sépare la chambre d'amis de la mienne ne l'est pas. Ou peut-être que c'est moi qui focalise sur le moindre son produit par mon invitée. Mon fantôme revenu du passé, plutôt. Enfin… *elle,* quoi. Elle a pris sa douche puis s'est couchée. J'ai distinctement entendu le matelas grincer lorsqu'elle s'est assise sur le bord du lit. J'ai, avec une facilité déconcertante, visualisé une ultime goutte d'eau dévalant sa nuque pour s'échouer sous sa clavicule. Depuis qu'elle est arrivée, je ne parviens plus à penser. Je connais toutes ses manies, même les pires. Notamment celle de frotter systématiquement les revêtements de ses poêles avec le côté vert de l'éponge. Elle aime le cri du tyrannosaure. Elle boit son thé froid et prétend détester la pluie alors qu'elle renonce toujours au parapluie, car elle aime sentir les gouttes glisser sur son front.

Voilà. Mon cerveau est sens dessus dessous, et je me demande comment Erika peut réussir à me foutre le cœur et les nerfs en pelote par sa simple présence. C'était évident, que son couple avec ce ringard n'allait pas tenir la route. Elle s'est éloignée de moi dès qu'il est entré dans sa vie, fichant notre équilibre en l'air. J'ai rencontré le fameux Ben à une ou deux reprises, assez pour confirmer qu'il n'a jamais su voir Erika. La regarder, oui. Tout le monde en est capable. C'est une femme magnifique, mais il faut gratter la surface afin de la comprendre. J'ai longtemps cherché pourquoi lui. J'en suis venu à la conclusion qu'il n'y avait pas de raisons, si ce n'est un besoin de ressentir à nouveau après l'affaire Mabert. N'importe quelle émotion, mais au moins sortir la tête de l'eau. Notre relation ne lui suffisait pas. Je crois que je lui rappelais trop le travail, bien que pour cette affaire je n'avais pas eu à prendre part aux assises. J'ai tout suivi de loin, à travers elle. Je m'en souviens comme si c'était hier. Erika s'était retrouvée à remplacer au pénal une de ses collègues durant quelques mois. Ces longues semaines de procès l'ont marquée pour toujours. Personne ne peut rester de marbre face à une mère infanticide avec préméditation. L'horreur fait partie de nos métiers, nous le savons. Cependant, certains détails arrivent à nous mettre à genoux. Cela peut paraître ridicule vu de l'extérieur, mais le jour de la comparution, l'accusée portait un pull à fleurs brodées identique à celui qu'Erika arborait sous sa robe d'audience. Un simple bout de tissu peut devenir insupportable. L'esprit peut être pernicieux, surtout lorsqu'il vous fait croire qu'il est possible que vous ressembliez à un monstre. Dans les contes que l'on raconte aux enfants, les monstres sont facilement repérables avec leurs interminables dents, leurs oreilles immenses et déformées ainsi que leurs yeux injectés de sang. Dans la vraie vie, ils sont comme vous et moi. Donc oui, une similitude vestimentaire avec l'un d'eux peut rendre malade.

De l'autre côté du mur, Erika semble s'être endormie. J'expire longuement, toujours occupé à fixer le plafond. J'ai des tendances insomniaques depuis l'adolescence. Même quand je parviens à m'assoupir sans difficulté, les nombreux micro-réveils pourrissent ma qualité de sommeil. La faute aux études, puis au travail, je suppose. Les heures de la nuit défilent silencieusement, pourtant j'ai l'impression de distinguer ce souffle supplémentaire au sein de mon appartement. Ou alors, c'est juste moi qui respire mieux. *Catastrophe.*

L'aube illumine les murs d'une lueur dorée. Je n'ai pas fermé l'œil. J'ai tenté de lire, en vain. Las, les muscles ankylosés d'être resté statique, je me lève. J'étire mon dos et je décide qu'il serait bon d'aller courir afin d'ancrer mon corps dans la réalité plutôt que de ressasser le passé sans relâche.

J'enfile un short et un débardeur noirs, avale un café tout aussi noir puis rejoins l'extérieur. L'avenue est calme, le contour des immeubles se découpe au milieu du ciel rose de cette nouvelle journée. Je bascule ma montre connectée en mode sportif, cale mes écouteurs sur mes oreilles afin d'être certain qu'on me laisse tranquille. Les premiers mètres sont toujours difficiles après une nuit blanche. Je persévère jusqu'à ce que mes muscles brûlent sous l'effort. Les rues de Paris défilent, je bifurque par les petites ruelles, cours de quartier en quartier en slalomant entre les quelques passants. Mes poumons sont en feu, j'adore ça. Je tente en vain d'oublier que, lorsque je retournerai chez moi, Erika sera probablement encore là. J'ignore ce qui vaut le mieux. La torture de sa présence ou le doux supplice de son absence ?

Le temps file à toute allure. J'ai beau repousser l'instant, je dois rentrer pour me préparer avant de me rendre au tribunal. Je regagne mon immeuble, choisis d'emprunter les escaliers plutôt que l'ascenseur. Avec un peu de chance, je serai capable de dormir cette nuit. J'arrive sur mon palier, couvert de sueur et à bout de souffle. Je range mes écouteurs dans leur boîte, inspire un bon coup, puis j'ouvre la porte en priant qu'elle n'ait pas foutu le bazar partout. Je tends l'oreille, mais aucun son ne me parvient. Ma montre m'indique que je dois vraiment me magner si je ne veux pas être en retard au travail. Je me dirige en direction de la salle de bains dont la poignée se dérobe lorsque je pense m'en saisir. Bien sûr, je tombe nez à nez avec une Erika aussi fraîche que le petit jour. Ses boucles sont relevées en queue-de-cheval, les traits de son visage sont délicatement maquillés. Le pire ? Son parfum délicieux.

– Pardon, bredouille-t-elle.

Son examen ne m'échappe pas. Elle détaille mon torse, mes bras, mon cou, mes cheveux humides et en pagaille.

– Tu es prête ?

Elle semble se ressaisir, rive son regard au mien en carrant les épaules :

– Bonjour, déjà. Oui je le suis, je ne t'embête pas plus.

Malgré les aléas de la vie, elle n'a rien perdu de son mordant. Tant mieux. Pour elle. Tant mieux pour elle. Bref. Je déraille, le cerveau saturé d'endorphines.

– Parfait, parce qu'à ce rythme je vais finir par être en retard, dis-je avec sérieux.

– Disons que si tu t'enlevais du passage, te laisser la place serait plus évident, répond-elle d'un ton égal au mien.

Touché. J'effectue un pas en arrière, patiente jusqu'à ce qu'elle arrache ses yeux des miens avant de regagner sa chambre.

Je me douche en vitesse, tâchant d'ignorer son odeur horriblement agréable qui embaume la pièce.

L'objet de mes tourments est dans la cuisine, occupée à croquer dans une tartine, lorsque je sors, habillé et coiffé à la perfection.

– Ah, là je te reconnais mieux, s'exclame Erika. Je me suis permis d'ouvrir tes placards, ajoute-t-elle en agitant sa tranche de pain pour preuve.

– Tu as bien fait.

– Tu cours régulièrement ?

C'est vrai qu'elle ignore ma récente passion pour la course à pied. Elle connaît mon amour pour la mer, mon rêve de naviguer un jour à bord de mon propre bateau. En revanche, elle ne sait pas que j'en possède désormais un. Dix-huit mois sans se donner de nouvelles, c'est court et long à la fois.

Je me sers un café, attrape une pomme que je mangerai sur la route. Impossible d'avaler un petit déjeuner, surtout en sa présence. Appuyé contre le plan de travail, je bois une gorgée avant de lui répondre machinalement :

– Oui. Surtout quand je ne dors pas.

« Oui » tout seul suffisait ! Elle va sauter sur l'occasion de me poser douze mille questions…

– D'accord.

Étonné par tant de sagacité, je termine ma tasse d'une traite, la lave et la mets à sécher sur le côté de l'évier en silence.

– Je vais m'en aller, ne t'en fais pas, déclare Erika.

– Ce n'est pas ce qui m'empêche de dormir, réponds-je du tac au tac.

Pour la seconde fois aujourd'hui, ses yeux se rivent aux miens. Je lis au fond de ses prunelles un mélange de tristesse et de malaise.

Mes sentiments se troublent, se confondent. Je n'avais pas prévu ce cas de figure. Jusqu'à présent, c'est la colère qui me gouvernait à son sujet.

Ne la laisse pas partir.

Ne la laisse pas t'atteindre.

– Tu peux rester jusqu'à recevoir la réponse des services judiciaires pour ton contrat vacataire, si tu veux.

– Je ne voudrais pas… (Elle cherche ses mots…) Risquer de perturber ton quotidien.

Elle l'a chamboulé à la seconde où elle est entrée dans ma vie, de toute façon. Toutefois, je garde cette réflexion pour moi.

– Je suis un grand garçon. Je gère.

La sonnerie de mon téléphone empêche toute réplique de sa part. Je décroche sans regarder qui appelle.

– Robin ! Qu'est-ce que tu fabriques ?!

C'est Laura, ma collègue.

– J'arrive.

– Tu n'es jamais à la bourre, tu es malade ? Tout est OK ?

– Ça va, oui. Je me dépêche.

– À toute.

Je raccroche, agacé par mon retard.

– Je dois vraiment y aller. Fais comme bon te semble, mais si tu pars…

Ce sera la dernière fois, songé-je avant de me reprendre :

– … glisse la clé à l'intérieur de ma boîte aux lettres.

CHAPITRE 10

ERIKA

La porte d'entrée se referme sur Robin quelques secondes plus tard. La voix au téléphone était féminine. Une collègue, d'après ce que j'ai compris. Ou peut-être plus ? Il lui a répondu qu'il allait bien et qu'il se dépêchait. Est-elle l'autrice du petit mot trouvé hier ? Est-elle la cause de ses insomnies ? Inutile de me triturer les méninges, Robin ne dira rien. De plus, j'ai bien assez de choses à gérer dans l'immédiat… Par exemple, récupérer mes cours me permettant de tout reprendre durant les huit prochains mois dans l'optique de me présenter une nouvelle fois au concours de greffier. Je me souviens de les avoir entreposés chez ma mère lorsque j'ai quitté la France. Je range et nettoie méticuleusement la cuisine afin de ne pas contrarier le propriétaire. Me fâcher avec lui est la dernière de mes volontés. Malgré les non-dits qui pourrissent entre nous, je dois reconnaître que Robin est sympa avec moi.

Je ne sais pas ce que j'aurais fait s'il m'avait claqué la porte au nez quand j'ai débarqué. *Bon, OK, il a essayé.* J'ai conscience que nous nous sommes fait beaucoup de mal… Et si le ressentiment était la première chose qui gonflait mon cœur lorsque je pensais à lui depuis l'autre bout du monde, j'avoue que je suis désormais complètement perdue, ballottée par des sentiments contradictoires.

Je repose l'éponge au moment où mon téléphone sonne près de l'évier. J'essuie mes mains sur le torchon en avisant l'écran. Un frisson me traverse, je serre les dents. Il s'agit de Ben. Ben, avec qui je n'ai pas discuté depuis mon départ. J'avais besoin d'espace dans l'espoir d'y voir plus clair, et même si ce n'est pas tout à fait le cas, je ne peux pas le laisser sans nouvelles plus longtemps. Officiellement, c'est toujours mon mari. Nous allons avoir un paquet de paperasse à gérer pour changer ça, d'ailleurs. Je prends mon courage à deux mains, puis je décroche avant qu'il ne bascule sur la boîte vocale.

– Salut… dis-je avec douceur.

– Ah, enfin !

Ce n'est pas un reproche, juste du soulagement.

– Désolée, c'était nécessaire.

– Comment te sens-tu ? Où es-tu ?

– Je…

Il est possible que j'aie un peu oublié de lui dire que j'ai quitté le pays.

– Tu m'inquiètes, béb… Erika, pardon.

– Je vais bien, ne t'en fais pas.

Un ange passe, j'ai l'impression que Ben commence à comprendre.

– On pourrait se voir et discuter ? demande-t-il.

– C'est-à-dire que… Je suis rentrée en France.

Là, ce n'est plus « un ange » mais une colonie complète qui passe avant qu'il ne s'exclame :

– Tu t'es barrée ? Tu es chez ta mère ?

Lui annoncer que je suis chez Robin n'apparaît pas comme étant l'idée du siècle.

– Oui…

– Tu te fous de moi ? Tu aurais pu me le dire !

– Nous sommes séparés, Ben.

– Tu me quittes ?

– Ça me semblait évident, surtout après notre discussion, non ?

– J'étais bourré ! s'insurge-t-il. J'étais bourré, et quand je me suis réveillé, tu étais partie !

Peut-être que j'aurais dû agir autrement. Parler, parler et parler davantage avec lui. Mais à quoi bon ? Je sais sans l'ombre d'un doute qu'il pensait ce qu'il déclarait, alcool ou pas. Le sujet des enfants n'est pas anodin ni à prendre à la légère. Quoi qu'il prétende, s'il ressent le besoin d'être père, ça ne va pas disparaître. Et je le respecte suffisamment pour refuser de l'enfermer dans l'étau de *mes* choix.

– Je te déçois, tu l'as dit toi-même…

– Putain, gronde-t-il.

Je l'imagine arpenter le salon, tirant sur sa tignasse avec sa main libre.

– Tu as dit ne pas me reconnaître, aussi. Mais tu sais quoi ? Je peine également à me comprendre.

Un long soupir me répond.

– Erika… murmure-t-il.

– Je suis désolée que ça n'ait pas fonctionné.

Et je le pense vraiment. On s'entendait bien sur de nombreux points.

– Alors c'est terminé ? Je t'aime, j'aime notre vie ici, au Pérou.

Sa déclaration me pince le cœur, néanmoins j'ai conscience qu'il s'agit plus de la douleur correspondant à la perte d'un certain confort que d'un réel amour.

– Est-ce que je murmure le prénom d'un autre pendant mon sommeil, Ben ?

Une poignée de secondes s'écoule, puis il répond d'une voix enrouée :

– Oui.

– Je suis navrée. J'ai honte, même.

– Tu vas le revoir ?

Je regarde la pièce qui m'entoure avec une tristesse infinie que je n'explique pas. Je ne veux pas détruire Ben. Il ne comprendrait pas mes choix ni ce qui m'a poussée à venir ici.

– Non.

– Je ne sais pas si je dois te croire. Je ne te pensais pas capable de t'enfuir si vite, alors…

Je garde le silence, consciente que j'ai mérité ses soupçons. Je me sens terriblement nulle de lui mentir, cependant je préfère ne pas jeter de l'huile sur le feu. Il n'y a rien entre Robin et moi et notre situation est provisoire.

– Bref, reprend-il. Je ne t'embête pas plus longtemps… On se rappellera pour discuter du divorce quand la situation sera plus calme dans nos esprits, OK ? J'ai besoin d'assimiler tout ça.

– Bien sûr. À bientôt, prends soin de toi.

– Ouais, c'est ça. Passe le bonjour à ta mère et à Nonna de ma part.

– Je n'y manquerai pas.

Je raccroche, l'estomac au bord des lèvres. Je me déteste, mais je n'avais pas le choix. Ce serait un désastre s'il venait à penser que je me suis ruée dans les bras de Robin. On est loin, très loin de ce cas de figure.

Je regagne l'entrée avec la ferme intention de sortir m'aérer. Me balader au sein des rues parisiennes m'est si familier que je me demande comment j'ai pu m'en passer durant ces dix-huit derniers mois. Tout particulièrement cette brasserie à l'angle dans laquelle nous avions nos habitudes, Robin et moi. Leur *latte* y est délicieux. J'enfile mes chaussures, prends clés et sac à main, puis je m'y rends en flânant, heureuse de profiter du vent tiède qui caresse ma peau.

– Tiens donc ! Une revenante ! s'écrie Rebecca, à qui appartient le petit restaurant, lorsque je pousse la porte.

Cette femme est un bonbon sur pattes. Ses cheveux sont roses comme la barbe à papa, ses robes bouffantes abritent une personne solaire et constamment de bonne humeur. Je me suis toujours très bien entendue avec elle. Robin, moins, mais tisser des liens n'est pas son fort.

– Comment vas-tu ? dis-je en répondant à son étreinte chaleureuse.

– Très bien, et toi ? Tu es seule ?

Je ne sais pas si elle sous-entend l'absence de Ben ou celle de Robin, ce qui est assez gênant.

– Tu es mariée, n'est-ce pas ?

– Je suis seule, confirmé-je. Et je rêve d'un *latte*, s'il te plaît. Mon Dieu, ce qu'ils m'ont manqué !

Mon rire un peu forcé fait son effet. Elle se gargarise de mon compliment avant de filer derrière le bar afin de me préparer mon précieux. Elle me l'amène quelques instants plus tard, lorsque mon téléphone indique l'arrivée d'un mail. Vu l'expéditeur, je ne peux l'ignorer. Une réponse pour le travail quatre jours après ma demande ? C'est inespéré. J'ai dû la formuler pile lors d'une session de recrutement.

Chère Madame, gnagnagna...

Je vais à l'essentiel, découvre avec soulagement qu'ils ont besoin d'un greffier vacataire au Palais de Justice. A priori, c'est au pénal, mais je m'en sens capable. De toute façon, mes missions seront surtout de l'ordre de la paperasse et du secrétariat. Toutes les choses chiantes, mais dès lors que c'est rémunéré… ça me convient. Ma correspondante propose un rendez-vous téléphonique afin de fixer l'entretien qui comporte un test d'entrée d'une demi-heure. Rien que je ne sache faire, puisque j'étais titulaire avant de prendre une décision sur un coup de tête qui m'a conduite au bout du monde…

Je sirote l'onctueuse boisson, l'esprit plus léger. Tout s'arrange doucement. Je vais pouvoir repartir du bon pied. En tout cas, je croise les doigts. Il faut maintenant que j'appelle ma mère pour savoir quand je peux passer récupérer mes cartons contenant mes manuels. Je n'attends pas et lance l'appel.

– Coucou, m'man. Ça va ?

– Bonjour ! C'est à toi qu'il faut demander ça, tu es bien installée chez ta copine ? Elle n'était pas surprise de te voir après tout ce temps ?

Ah ça... C'est le moins que l'on puisse dire.

Cependant, je n'ai pas précisé à ma mère qu'il s'agissait de Robin. Elle a espéré durant des années qu'on se mette en couple, et selon ses principes, l'amitié homme femme n'existe pas. Elle piquerait une crise si elle savait que j'ai quitté mon mari, puis sa maison, pour demander de l'aide à mon ex-ami. Ai-je eu le choix ? Je ne supporte pas la pression qu'elle exerce sur ma vie de femme, et puisque je n'ose pas lui avouer ce à quoi j'aspire…

– Si, elle l'était. Mais tout va bien, t'inquiète. J'ai de bonnes nouvelles ! J'ai trouvé un poste vacataire au tribunal, et je vais me réinscrire au concours pour retrouver ma position de titulaire.

À ce propos, je viendrai bientôt chercher mes cours, si ça ne t'ennuie pas.

– Tes cours ?

– Oui, tu sais, mes manuels et mon tas de pochettes, classeurs, trieurs… J'avais mis le carton dans le grenier.

– Mais, ma puce… Quand tu es partie avec Ben, je l'ai donné à une association d'étudiants…

– C'est une blague ?

Je n'ai pas prévu de retourner à la fac ! Comment je fais pour repasser en candidat libre sans mes notes ?

– Je pensais te l'avoir dit. Je suis désolée !

Rien ne sert de m'énerver, ça ne les fera pas revenir.

– Bon… Tant pis. Je te laisse, bisous à Nonna.

– Et à moi aussi ? demande-t-elle d'une petite voix.

– Oui, maman. À toi aussi.

Tout de même agacée, je raccroche sans discuter davantage. Reprendre les cours en plus du travail me semble difficile… Je vais bientôt avoir trente ans, et franchement, je n'ai aucune envie de retourner sur les bancs de l'université.

Bon sang...

La bonne nouvelle, c'est qu'avec un emploi, je pourrai sûrement trouver une minuscule location, et par conséquent laisser Robin vivre sa vie.

– Tu veux autre chose, ma belle ? s'enquiert Rebecca.

– Non, merci. Je vais régler, s'il te plaît.

– Ne tire pas cette tête, on dirait le juge.

Hein ?

– Robin ?

– Ah, c'est vrai qu'il a un prénom.

Je souris. Rebecca l'a toujours appelé « le juge », ce qui l'agaçait prodigieusement. La serveuse se penche vers ma table et me souffle sur le ton de la confidence :

– Je crois que je ne l'ai plus jamais vu sourire depuis que tu es partie.

CHAPITRE 11

ROBIN

Mon portable vibre sur mon bureau.

WhatsApp : 5 notifications
Baptiste Lefebvre vous invite à rejoindre le groupe « La famille Lefebvre <3 »

Louna : Très bonne idée ce groupe !

Baptiste : C'est vrai,
ça sera plus pratique
pour tout le monde.

Victor : Du moment qu'on ne parle
pas de grille-pain…

Baptiste : T'es grave.
Regarde plutôt mon fils,
comme il est fier avec son dessin.

Louna : Mon neveeeeu !
Qu'est-ce qu'il a grandi !

Je sens que je vais adorer cette nouvelle application pour communiquer… L'avantage, c'est que les notifications sont faciles à gérer. J'accepte l'invitation tout en me rencognant au fond de mon siège.

Victor : J'y crois pas, Robin est là.
ROBIN EST LÀ.

Je tape une réponse en soupirant.

Moi : Je vois les messages, Vic'…
Je ne reste pas, je suis encore
au tribunal.

Louna : Si tard ?

C'est vrai que ça fait un moment que je suis seul. Il est presque vingt heures, et je ne m'en étais même pas rendu compte. J'éteins mon ordinateur fixe, range ma paperasse inutile, jette les Post-it qui ne serviront plus. En parlant de Post-it… J'ai ouvert l'œil toute la journée et n'ai remarqué aucun comportement suspect. C'était probablement une mauvaise blague de la part de Laura. Je ferme le capot de mon ordinateur portable que j'emporte afin de finaliser une affaire qui traîne en longueur.

Je quitte le Palais de Justice sous le ciel orangé du début de soirée. L'air encore chaud promet un été caniculaire. Je rejoins le parking où est garée ma voiture, desserre le nœud de ma cravate une fois installé au volant.

Où est Erika ? Je n'ai eu aucun message de la journée. Je ne sais pas si elle a décidé de partir ou si elle sera là quand je pousserai la porte. Je me pose un millier de questions le temps d'effectuer le trajet jusqu'à mon immeuble. Il faudrait que je songe à emprunter les transports en commun, mais le métro me colle des sueurs froides. Trop de monde, trop d'odeurs suspectes, trop de retards. Au moins, coincé au milieu des bouchons, je suis tranquille.

Pour une fois, la circulation est à peu près fluide. Une bonne partie des Parisiens décampent lors de la saison estivale, et rares sont les touristes qui se déplacent à bord de leur propre voiture. J'arrive sur mon palier en un temps record. J'ai oublié de manger ce midi, mon estomac se charge de me le remémorer à grand bruit. J'entre, incertain d'être heureux si elle a décidé de partir.

Ce n'est pas le cas, son parfum fruité me chatouille les narines.

– Rika ? appelé-je en posant ma sacoche près du meuble à chaussures.

Je range mes Derbies en cuir, ôte ma veste de costume que je pends sur le portemanteau.

– Je suis là ! s'exclame-t-elle en passant la tête par la porte de la cuisine.

Son visage est partiellement couvert de farine, quelques mèches folles s'échappent de son chignon flou. *Seigneur, elle m'a retourné la baraque.* Je la rejoins, la crainte au fond du ventre. Le désordre me contrarie beaucoup, je n'y peux rien. Je n'ai aucune envie de me prendre la tête avec ça ce soir.

– J'ai fait deux ou trois courses pour te remercier de m'héberger. Et… j'ai préparé le repas. Si tu n'aimes pas, je ne me vexerai pas.

Il faudrait se montrer difficile, Erika est une excellente cuisinière. J'adorais quand nous nous collions aux fourneaux ensemble.

– Merci.

C'est hélas tout ce que je trouve à dire.

– La farine, c'est parce que je tentais de te confectionner des biscuits, mais ils ont cramé.

Je la fixe, hésitant sur le comportement à adopter. Cette situation me paraît toujours aussi surréaliste. Elle est là, au milieu de ma cuisine, et elle a même préparé à manger pour moi.

– J'en fais trop, remarque-t-elle…

Elle s'est donné du mal, je ne vais pas la rembarrer.

– Je meurs de faim.

Un sourire sincère illumine son visage.

– Je t'attendais, je n'ai pas dîné non plus.

Bouger devient une nécessité. Faible moyen de reprendre un semblant de pouvoir sur la situation.

– Assieds-toi, je vais servir.

Je m'exécute en silence, tandis que je sens son regard étudier le moindre de mes faits et gestes.

– Tu as passé une bonne journée ? demande-t-elle lorsque je m'installe en face d'elle.

– Assez routinière, et toi ?

– Oui et non.

Je hausse un sourcil interrogateur en croquant dans la tourte. Un gémissement manque de m'échapper quand je reconnais les arômes du poulet et du curry. C'est divin.

– Développe ?

– Oui, car j'ai un entretien après-demain pour un poste au pénal. Non, car ma mère a balancé tous mes manuels de droit, et que j'ai peur de rater le concours si je m'y rends avec seulement mes connaissances. Ça fait quand même presque deux ans…

– Pourquoi ta mère a fait ça ? m'étonné-je en buvant une gorgée.

– Elle croit à l'amour toujours, alors… Elle pensait que ça ne me resservirait jamais.

– Je vois. J'ai gardé les miens, je peux te les prêter.

– Sérieux ?

Je hoche la tête.

– Merci, Robin… Tout ça, c'est… inespéré.

Je la regarde parce que je ne sais pas faire autrement. Elle mange, une expression radieuse au visage. Son poignet si fin conduit sa fourchette jusqu'à ses lèvres pulpeuses. Je me secoue mentalement avant de revenir au contenu de mon assiette.

– Si c'est bien au pénal, tu le sens comment ?

– Ça ira.

– Tu en es sûre ?

Hors de question qu'elle revive un traumatisme si elle se sent fragile à l'idée d'y retourner. L'avantage de son statut de vacataire, c'est qu'elle va principalement se coltiner les archives et l'envoi du courrier. Elle ne trempera pas directement dans les affaires.

– Oui, je pense que j'en suis capable. J'ai vrillé quand… (Elle se tait, se sert un verre d'eau.) Peu importe, c'est du passé.

– D'accord.

Qui suis-je pour l'inciter à se confier ?

– Je chercherai un logement dès demain, promis.

– Célibataire, ou presque, et sans dossier béton, ça risque d'être compliqué.

– Merci de me remonter le moral, ronchonne-t-elle alors que je me contente d'énoncer la vérité. Et je précise que *je suis* célibataire.

– Tu prévois de divorcer ?

La question vient de m'échapper, je la regrette aussitôt. Je me fiche de savoir ce qu'elle compte faire de sa vie ! Je m'apprête à m'excuser, mais elle me devance :

– Oui, bien sûr. C'est terminé.

Je me mords la langue au point d'en avoir mal dans l'unique but de retenir ce que je pense de cet aveu, qui malgré moi me ravit.

– Tu souris presque, Robin.

– Non. Tes choix me laissent indifférent depuis longtemps.

Elle plisse le nez, la tristesse envahit ses yeux. Ma défensive vient de la blesser. Est-ce que je devrais m'en excuser alors que c'est elle qui m'a abandonné ? Comment suis-je supposé me protéger si je fonds comme neige au soleil dès qu'elle ouvre la bouche ?

– L'indifférence… chuchote-t-elle. La spécialité de monsieur Lefebvre.

Elle se lève brusquement, faisant racler les pieds de sa chaise sur le carrelage. Je remarque que ses prunelles sont embuées, juste avant qu'elle me tourne le dos pour débarrasser son assiette. Je ne comprends pas son reproche… Autrefois, Erika était le centre de mon monde. Elle seule a compté, même si nous n'étions qu'amis. Enfin… « amis » était le mot fourre-tout pour décrire notre relation atypique. Il m'arrive de ressasser le soir où je l'ai empêchée de m'embrasser. À cette époque, j'étais concentré sur ma carrière. Je vivais avec des œillères, ayant pour seul horizon mon avenir professionnel. Sa présence à mes côtés m'était précieuse, et je crois que je n'avais pas la disponibilité mentale pour m'abandonner à une relation amoureuse qui risquait de me faire perdre son amitié. J'ai compris bien trop tard que j'avais rencontré ce qui s'apparentait à la bonne personne, au mauvais moment, et que ma chance était passée.

Je ne peux pas la laisser prétendre que je me résume à l'insensibilité. C'est injuste autant que faux. Agacé, le cerveau en compote, je me redresse à mon tour. Elle ne bronche pas. Alors, sans réfléchir, je me poste dans son dos. Mon corps ne la touche pas, mais nos chaleurs se confondent. Elle relève la tête, un frisson cavale sur sa nuque. J'aimerais qu'elle se retourne, lui dire tout ce qui me ronge, crever l'abcès une bonne fois pour toutes. Mais à quoi bon ? Les mots restent coincés au fond de ma gorge. Son odeur sature mes sens, grille quelques-uns de mes neurones. Je suis trop près. Les bras en appui sur l'évier, elle laisse son crâne retomber en avant.

– Robin, qu'est-ce que…

Qu'est-ce que je fabrique ?! Je recule comme si elle venait de me jeter de l'acide au visage, les idées plus confuses que jamais.

– Bonne nuit.

CHAPITRE 12

ERIKA

Impossible de dormir après mon accrochage avec Robin. Quand je me réjouis d'avoir une conversation normale avec lui, tout vole en éclats. Ses lèvres étaient sur le point d'esquisser un sourire, je ne l'invente pas ! Pourquoi ? Pourquoi est-ce que cette nouvelle le ravit d'une manière ou d'une autre ? Lui qui n'a jamais levé le petit doigt pour me retenir ici. Lui qui m'a fait croire à son amitié inconditionnelle… Mensonge.

Le jour perce à travers le volet, j'aurais pu compter chaque seconde de la nuit. J'ai rentabilisé mon état d'éveil en regardant les annonces immobilières. Robin a raison, la tâche promet d'être compliquée, les prix sont de plus en plus exorbitants. Cependant, partir au plus vite est une nécessité. Autant pour l'un que pour l'autre. Je doute que le juge puisse me supporter davantage, tout comme je ne suis pas certaine de pouvoir rester sans déraper. Jamais je ne l'avouerai, mais il fait renaître des sentiments que je pensais éteints. Avec le temps, j'avais fini par me persuader que ce que j'éprouvais à son égard s'était endormi. Je me suis fourvoyée. *Je suis définitivement une pauvre fille.* Un frisson me traverse juste en repensant à sa chaleur contre mon dos hier soir, alors même qu'il ne me touchait pas. J'ai eu envie de me retourner, de me blottir contre lui et de vider mon cœur. Tant de regrets me grignotent… Si seulement je n'avais pas craint de le perdre il y a quelques années, je lui aurais confessé mon amour. Mais j'ai préféré me taire et accepter notre amitié plutôt que de prendre le risque de tout gâcher. Mais aujourd'hui, c'est toujours là, logé au creux de mon ventre.

J'entends bouger au sein de l'appartement. Quelques instants plus tard, la porte d'entrée claque. J'en déduis, d'après l'heure matinale, qu'il n'a pas fermé l'œil non plus et qu'il est sorti courir. Ou peut-être qu'il est parti voir quelqu'un ?

Je profite de ma solitude pour investir la salle de bains. Je me lave rapidement, enfile une robe rouge basique, relève mes cheveux avec une pince. Un trait d'eye-liner sur mes paupières, un peu de mascara et le tour est joué. Je suis de retour dans ma chambre quand Robin revient de son excursion matinale. Il file directement à la douche, tandis que j'attends en silence, assise sur mon lit. Je préfère l'éviter, ne souhaitant pas le mettre en rogne dès l'aube. Moins on se croise, mieux ça vaudra pour tous les deux. Je sursaute lorsqu'il frappe à la porte.

– Rika ? demande-t-il avec précaution.

Je me racle la gorge, lisse les pans de ma robe, puis je lui ouvre. Son regard coule sur ma silhouette, il déglutit. Ses cheveux châtains encore humides contrastent avec sa chemise d'un blanc immaculé.

– Oui ?

– Si jamais tu sélectionnes des logements à visiter, tu pourrais m'attendre ? J'aimerais t'accompagner.

Sa requête me surprend, j'écarquille les yeux.

– Si ma présence t'est vraiment insupportable, je peux prendre une chambre d'hôtel. Je ne veux pas me disputer avec toi, murmuré-je.

– Moi non plus.

Alors c'est pour enterrer la hache de guerre qu'il propose de venir ?

– Je ferai au mieux. Au cas où, à partir de quelle heure es-tu disponible ?

– Dix-huit heures. Je pourrai travailler de la maison un peu plus tard au besoin. N'hésite pas à m'envoyer un SMS, j'ai toujours le même numéro.

– D'accord.

– Ton rendez-vous pour le poste est aujourd'hui, c'est ça ?

– Oui. À onze heures.

Il hoche la tête, ses yeux ne lâchent pas les miens.

– Alors bonne chance. (Il regarde sa montre.) Je file. À plus tard.

Inutile de répondre, il a déjà disparu.

Sans grande surprise au regard de mes compétences passées, l'entretien s'est déroulé à merveille.

La nana des ressources humaines des greffes s'est montrée désagréable et froide, mais ce n'est pas grave. C'est à se demander s'ils veulent vraiment recruter. Bref, j'ai le poste et je commence la semaine prochaine. Nous sommes mardi, j'ai l'espoir un peu fou de trouver un toit d'ici à la fin de la semaine. Je m'imagine mal arriver au Palais de Justice aux côtés de Robin, en plus de vivre avec lui alors qu'il a déjà envie de m'étriper à intervalles réguliers.

Midi sonne quelque part. J'achète un sandwich dans une boulangerie puis vais me poser sur un banc ombragé. Je me rends compte qu'en dehors de quelques soucis d'endormissement dus au décalage horaire, je n'ai pas pensé une seule fois à ce que j'ai quitté. C'est très étrange, cette sensation d'avoir vécu deux vies différentes en l'espace de quelques mois. Je ne nourris aucun regret, malgré la complexité de mon retour.

D'une main je mange, de l'autre je fais défiler les annonces. Je me résous à appeler trois personnes, qui sont disponibles aujourd'hui. *Coup de bol.* Et tous en soirée. *Double coup de bol.* Les deux premières sont du même quartier, la troisième est excentrée. Les photos sont plutôt jolies, mais j'attends de voir. Heureuse de constater que les choses rentrent peu à peu dans l'ordre, je décide qu'il serait sage d'aller m'acheter une nouvelle tenue pour le travail. D'abord, j'envoie un message à Robin :

J'ai trois appartements à visiter ce soir.
Le premier est à 19 heures
dans le 3e arrondissement.

Il répond trois heures plus tard, alors que je rejoins son immeuble, les bras chargés de sacs. L'un d'eux renferme un cadeau de remerciement pour lui. Une cravate d'un vert parfaitement assorti à ses yeux. *C'est d'un ringard, ma pauvre Erika !* Je ne sais pas si j'oserai la lui donner. Une fois dans l'ascenseur, j'ouvre son SMS :

Robin : OK. On partira de chez moi.

À vos ordres, chef !

Je soupire en rangeant mon téléphone. L'ascenseur s'arrête avant l'étage de Robin, une jeune femme monte avec son fils. Le petit doit avoir cinq ou six ans et me fixe avec insistance. Je tente de lui sourire gentiment, cependant je ne suis pas certaine du résultat.

– Mathis, chuchote sa mère en caressant la tête blonde de son chérubin. On ne regarde pas les gens comme ça, c'est malpoli.

– Ce n'est pas grave, assuré-je.

Elle m'offre un rire gêné, tandis que le gosse se contrefiche des recommandations de sa mère.

– Vous avez des enfants ?

Je déteste cette question. Que la réponse soit oui ou non, qu'est-ce que ça peut lui faire ?

– Non.

– Vous verrez, ils font parfois des choses étranges, hein, Mathis ? ricane-t-elle avec nervosité.

C'est dingue cette obsession de vouloir faire enfanter toutes les femmes que l'on croise ! J'ai envie de lui hurler que je n'en veux pas, mais je me retiens et la gratifie d'un sourire poli. Miracle, les portes s'ouvrent sur « mon » palier. Je les salue avant de m'enfuir sans traîner. Les gens sont épuisants. Le manque de sommeil n'arrange pas mon irritabilité. Exténuée, je vais m'allonger un moment.

Moment qui dure plusieurs heures, car c'est l'arrivée de Robin qui me réveille en sursaut. Je ne sais plus où je me trouve, pas plus que le jour ni l'heure. Ma tête tourne, je m'assieds sur le bord du lit le temps que mon corps reprenne ses marques.

– Erika ?

Ah oui, tout revient.

Je pars à sa rencontre, après m'être recoiffée brièvement.

– Je suis là.

– Et tu as fait une bonne sieste, visiblement, raille-t-il.

– Grillée.

– On y va ? Il est déjà dix-huit heures quinze.

Je ne saisis toujours pas ses motivations, mais j'acquiesce.

Est-il possible que l'ascenseur ait rétréci pendant ces trois dernières heures ? La carrure de Robin me semble encore plus imposante au sein de cet espace confiné. Aucun de nous ne parle, nos yeux sont rivés sur les chiffres lumineux du tableau. J'ai l'impression qu'une toute petite étincelle suffirait à faire exploser la cabine. Je profite de ce que son téléphone sonne pour le reluquer à la dérobée. Sa main libre est calée au fond de sa poche, sa cravate est plus droite que la justice. Un rictus amusé naît sur ses lèvres lorsqu'il lit ce que je présume être un message. Une jalousie profonde me prend à la gorge. Moi, tout ce que j'arrive à faire, c'est lui taper sur le système.

Je monte dans sa voiture en me demandant encore une fois pourquoi il s'inflige ça. Ces appartements, je pouvais les visiter seule. Peut-être qu'il pense que je vais les rayer de ma liste pour pouvoir rester chez lui en bon parasite ? Cette pensée me contrarie. Je me concentre sur les immeubles qui défilent à travers la fenêtre. Peu à peu, je commence à me détendre. Qu'importe ce qu'il croit savoir de moi, je vais bientôt repartir de zéro.

– Tout va bien ? s'enquiert Robin lorsqu'il s'arrête à un feu rouge.

– Oui, merci.

Il fronce les sourcils mais n'ajoute rien. Le feu passe au vert, la circulation reprend.

– Nous y sommes, dit-il en passant devant l'adresse indiquée sur le GPS. Descends, si tu veux. Je me gare et je te rejoins.

– C'est gentil.

Je ne me fais pas prier et m'extirpe du véhicule, trop heureuse de retrouver l'air libre. *Vive la pollution, à mort le parfum d'homme.*

Plus particulièrement celui de Robin.

CHAPITRE 13

ROBIN

Se garer à Paris est une horreur. Je rejoins Erika presque quinze minutes plus tard, alors qu'elle sort déjà de l'appartement. Enfin, si on peut considérer ça comme tel. Le sol carrelé de la cage d'escalier colle sous mes chaussures, et je ne sais pas que penser de cette odeur nauséabonde… Urine ou vomi ?

– Merci, madame. Je vous tiens au courant, dit Erika lorsque j'arrive à côté d'elle.

Je salue la vieille dame aux cheveux grisonnants qui me répond par un regard torve. *Sympathique, en plus.*

– Tu as déjà visité ? demandé-je à Erika.

– C'est qui, lui ? Vous aviez dit être célibataire, intervient la propriétaire.

Je me redresse, croise les bras sur mon torse et toise silencieusement mamie pénible. Je me retiens de respirer par la bouche pour ne pas me faire insulter en retour.

– Robin est un… (Elle cherche le terme approprié.) ami.

Était-ce une obligation de citer mon prénom ? Je ne crois pas. Cependant, je n'ai pas le temps de m'appesantir sur cette réponse que j'entends rétorquer :

– Ouais, il m'a tout l'air d'un proxénète.

Ah, on ne me l'avait jamais faite, celle-là.

J'imagine que mon costume est jugé louche dans son décor. Erika reste bouche bée quelques instants avant de se ressaisir. Elle éclate de rire. Personnellement, j'en ai ma claque. Je m'apprête à m'en aller lorsque, sans crier gare, mon « amie » se blottit contre moi et déclare à l'autre femme :

– C'est un très bon maquereau, vous devriez essayer, ça vous rendrait peut-être plus aimable ?

Je pourrais presque croire qu'elle me défend, mais je suis trop focalisé sur la surface de contact de nos deux corps. Sa poitrine contre la mienne ainsi que ses bras qui enserrent ma taille me brûlent. Je la repousse gentiment, incapable de réagir davantage.

– Je me tire.

Sans attendre, je regagne l'escalier que je dévale. Je ne comprends plus rien. Erika ne m'a pas décroché un mot pendant le trajet, et là… à quoi elle joue ? *Son maquereau, carrément !* Bien sûr, mon traître de cerveau m'envoie des images beaucoup trop explicites. *Je me déteste !* Tout comme je déteste ressentir l'empreinte de ses courbes qui traîne sur ma chemise.

– Robin ! crie-t-elle en me rejoignant dans la rue. Attends !

Ses chaussures claquent sur le bitume. Je prends conscience que je ne sais même pas où je vais. Je m'arrête net, pivote vers elle. Elle bute contre mon torse, un nouveau déferlement d'émotions m'envahit.

– Bon sang ! s'écrie-t-elle, à bout de souffle. C'était de l'humour !

J'aurais pu trouver ça drôle si sa proximité ne m'avait pas autant chamboulé. Je ne peux pas tolérer ça. Sa présence au sein de ma vie n'est que passagère.

– Où est le prochain appart' ? demandé-je d'un ton plus sec que je ne le voulais.

– Tu n'es pas obligé de venir.

– J'y tiens.

– Si c'est pour te montrer aussi agréable, crois-moi, je peux m'en priver.

– Évite juste de te coller à moi et ça ira.

Nous nous affrontons du regard, seuls au milieu de la foule. Nos souffles se calent sur le même rythme, et bon sang… ce qu'elle est belle quand elle s'énerve.

– C'est à deux rues de là. Allons-y à pied, balance-t-elle en me bousculant afin de prendre la bonne direction.

Je la suis en silence. Les façades claires se ressemblent toutes. Au bout de plusieurs minutes de marche, nous arrivons face à un hôtel particulier qui contraste en tous points avec l'immeuble dont nous sortons.

– Loin de moi l'envie de te vexer, mais c'est dans tes moyens ?

Elle grogne avant de répondre :

– Pour un placard sous le toit, oui.

Le hall de l'édifice est ultra chic, avec sa grande entrée en bois, son haut plafond, ses pierres taillées au sol ainsi qu'aux murs. Un homme d'une cinquantaine d'années surgit d'un petit cagibi que je n'avais pas remarqué sur notre droite.

– Bonjour, je suis Carl, le concierge. Vous venez pour la visite ?

– C'est exact, dit Erika en souriant.

Je me contente d'un hochement de tête. Le fameux Carl ouvre un portillon près de son bureau qui débouche sur une cage d'escalier étroite, bien que lumineuse.

– Il faut passer par celui-ci pour accéder aux combles, précise-t-il.

Nous le suivons jusqu'à un minuscule palier. La chaleur est considérable, presque étouffante. Deux portes nous font face et les marches s'arrêtent là, nous sommes donc arrivés.

– Je vous laisse entrer, propose le concierge en indiquant le battant de droite.

Erika s'avance, tire sur la poignée. Le tour est rapide, car il n'y a qu'une seule pièce aménagée d'un lit et d'une kitchenette.

– La douche et les toilettes sont de l'autre côté, mentionne Carl.

C'est tout juste si les WC ne sont pas à l'intérieur de la douche. La lumière grésille, inutile de préciser qu'il n'y a aucune aération. On installe réellement des humains là-dedans ?

– Ça pourrait faire l'affaire, déclare Erika.

Elle blague, n'est-ce pas ?

– À combien s'élève le loyer ? m'enquiers-je, même si ça ne me regarde pas.

– Il est à huit cent cinquante euros par mois, charges comprises, monsieur, intervient le quinquagénaire.

– Bien, merci.

– Je crois avoir tout vu, dit Erika. Merci pour la visite, je vous donne une réponse très rapidement.

Nous redescendons sur les marches grinçantes, je penche la tête à plusieurs reprises afin d'éviter de me cogner.

– Qu'en penses-tu ? m'interroge-t-elle une fois sortie.

Hors de question qu'elle vive là-dedans. Elle a besoin d'espace afin de s'éparpiller, de quelques mètres carrés supplémentaires pour danser et chanter à tue-tête.

– Tout dépend de ton appétit.

– C'est-à-dire ?

– Les salaires réservés aux vacataires ne sont pas énormes. Quand tu auras prélevé le loyer, tu n'auras plus grand-chose. Tout juste assez pour te nourrir. Si tu ne manges pas beaucoup, ça ira.

– Oh, et qu'est-ce que tu proposes ? cingle-t-elle en croisant les bras sur sa poitrine, ce qui a le malheur de rendre son décolleté plus imposant. Tu crois que j'ai le choix ?

– Il y a peut-être d'autres options.

– Tu as raison, c'est pourquoi la dernière visite est une colocation. Partager les frais sera moins lourd pour moi.

Une colo-quoi ?!

– Une colocation, répété-je calmement.

– Oui, tu sais, un truc avec plusieurs personnes. Des humains qui parlent, rient, vivent ensemble, quoi.

– Arrête.

Ses prunelles marron percent les miennes. Me chamailler avec elle est fatigant.

– Je ne comprends pas ce que tu cherches, Robin. Ma présence t'est insupportable, mais tu gâches mes chances de partir.

Elle dit vrai. Son retour ne cesse de me rappeler la douleur qu'est son absence quand elle me laisse, et je ruine ses visites de manière inconsciente.

– Où est ton dernier rendez-vous ?

– Pourquoi refuses-tu de me répondre ?

– Parce qu'il n'y a rien à dire.

Elle serre si fort les dents que je jurerais les avoir entendues grincer. Puis, enfin, elle m'indique l'adresse, à laquelle nous nous rendons en voiture.

Cette fois, l'appartement est situé au rez-de-chaussée. Erika frappe, une jeune femme ouvre dans un nuage de fumée qui sent tout, sauf le tabac.

– Ah ! Tu dois être Erika ! s'écrie-t-elle comme si elle la connaissait depuis l'enfance. Bertraaaand ! Elle est là et elle va te plaire, ajoute-t-elle en m'ignorant totalement.

La tension monte. Elle les a dénichées où ses annonces ? Un flash d'Erika en collants troués, les cheveux bleus et une bouteille à la main m'assaille. *Bordel.* Lorsque le fameux Bertrand déboule torse nu, c'est la goutte d'eau qui fait déborder le vase.

– Je vais me réveiller, ronchonné-je.

– Hey, salut ! s'exclame le blond dont les abdos sont si marqués qu'ils menacent de percer sa peau.

– Erika, heureuse de vous rencontrer, débite mon ancienne amie.

– *Erika, heureuse de vous rencontrer,* singé-je à haute voix. Allez, je t'attends dehors.

Je me retiens de rappeler à la nana que, d'après l'article 3421-1 du code de la santé publique, il est interdit de détenir du cannabis, et je quitte l'immeuble.

Erika en ressort près de vingt minutes plus tard. J'ai hésité à la laisser là une bonne cinquantaine de fois, mais je préfère qu'elle ne traîne pas seule avec l'insécurité ambiante. J'espère qu'un jour les femmes pourront se balader tranquillement dans toutes les villes. Dans l'immédiat, c'est mal barré. L'humain est vraiment une espèce assez peu intelligente.

– On peut rentrer, affirme-t-elle.

– Tu sens l'illicite à plein nez.

– Tu sens l'aimable à plein nez et je fais avec.

Je lâche l'affaire, épuisé par le poids de ma semaine et ces disputes incessantes. Je prends place derrière le volant, Erika sur le siège passager. Malgré tout, je constate que son parfum arrive à prendre le dessus. Je ne sais pas si c'est mieux, cela dit. Il est plus facile de la détester quand elle sent mauvais.

Le trajet du retour est semblable à celui de l'aller. L'objet de mes tourments observe le paysage urbain, je me concentre sur la route. Par chance, l'ascenseur n'attend que nous lorsque nous pénétrons dans le hall.

– Après toi, dis-je quand les portes de la cabine s'ouvrent.

Elle entre, je prends place en face d'elle, contre la paroi opposée.

– Je vais choisir le placard, je crois, dit-elle sans me considérer.

L'air est lourd entre nous. Les non-dits, et tout ce qui nous étouffe, pèsent davantage au sein de cet espace clos. Je la regarde, incapable d'arracher mes yeux à la contemplation de son visage. L'imaginer vivre là-bas me pétrifie.

Je mens. Je me voile la face. Ce n'est pas l'imaginer *là-bas,* c'est m'imaginer moi, sans elle, qui m'asphyxie.

– Je ne veux pas que tu partes, avoué-je sans réfléchir.

Elle m'offre à présent toute son attention. Il ne reste plus qu'un étage avant l'arrivée. J'avance d'un pas, elle réduit la distance en se redressant. Elle semble en apnée tandis que ma poitrine se soulève à un rythme effréné. Je dois rattraper la situation avant de faire n'importe quoi en l'embrassant.

– Pas comme ça, du moins. On va trouver une autre solution, ajouté-je d'un ton le plus froid possible.

Pourtant, tout brûle en moi.

CHAPITRE 14

ERIKA

– Je vais me coucher, je n'ai pas faim, dis-je en balançant mon sac à main près du meuble à chaussures.

Je refuse de rester une minute de plus avec Robin. *Je le déteste, je le déteste, je le déteste !*

Il ne prend pas la peine de me répondre, évidemment, pour quoi faire ? Pourquoi s'embêter à communiquer quand on peut se comporter comme un vieil ours solitaire ? Je me retiens de courir jusqu'à la chambre. Les larmes s'accumulent sous mes paupières et dans ma gorge. Je craque rarement, et jamais devant les autres, mais là je suis à bout. Je ferme la porte tout en retirant mes chaussures, puis je m'écroule sur le lit. Allongée sur le ventre, le visage contre l'oreiller, je sens la pression de ces derniers jours peser sur mes épaules. Trois jours ici suffisent à me chambouler en profondeur. Je commence à comprendre que j'ai peut-être commis la plus grosse erreur de ma vie en venant chercher de l'aide auprès de Robin. Tous les sentiments que j'éprouvais pour lui ne sont pas morts. Ils étaient juste enfouis et les voilà qui renaissent en dépit du mal qu'on s'est fait. Je me voile la face depuis si longtemps… Me l'avouer est tout juste tolérable. Qu'est-ce que ça change, de toute façon ? Je me heurte toujours au même iceberg qu'est son cœur. Les premières larmes roulent sur mes joues. Malgré moi, des flashs de mon adolescence bombardent mes pensées. Je me revois passer de la jeune fille heureuse et souriante qui croquait la vie à pleines dents à celle souffrante, perdue, et terriblement seule après… Je serre les dents afin de retenir la nausée qui me submerge. Ressasser ces souvenirs ne fera que remuer le couteau dans la plaie. Je ferme les yeux avec tant de vigueur que je risque d'être ridée à vie lorsque j'oserai les rouvrir. Rencontrer Robin quelques années plus tard à l'université était inespéré. Jamais je n'aurais pensé que notre relation deviendrait si particulière, si forte. *À sens unique.* Je n'étais pas de taille face à son ambition. J'ai eu beau tenter de percer sa carapace pour m'y creuser une petite place – ne serait-ce que toute petite –, j'ai échoué.

J'ai échoué tant de fois que je me demande quelles sont les raisons qui me poussent à encore me lever le matin. Mes sanglots trempent la taie d'oreiller. Je peine à respirer, mais je m'en moque. Trouverai-je un jour quelqu'un qui pourra m'aimer, au moins me tolérer, pour ce que je suis ? Ou serai-je éternellement contrainte de me rendre conforme à ce qu'on attend de moi ? Ma mère serait morte de déception si elle me connaissait vraiment… Ma grand-mère, n'en parlons pas.

Trois coups légers retentissent contre le battant. Je relève la tête, les poumons en feu. Je suis certaine d'être rouge comme une tomate, le mascara au milieu des joues et les yeux bouffis.

– Rika ?

Mon surnom dans sa bouche me tire un frisson. Je décide de ne pas répondre en espérant lui faire croire que je dors.

– Je sais que tu es éveillée, dit Robin.

Raté.

J'inspire un bon coup, toussote pour éclaircir ma voix.

– Qu'est-ce que tu veux ?

– Tu es… visible ?

– Non.

Un long silence s'ensuit, et lorsque j'imagine qu'il a lâché l'affaire, il demande :

– Et maintenant ?

Il ne va pas capituler. C'est un juge dans l'âme, après tout.

– Entre, ronchonné-je en séchant mes larmes autant que possible.

Je ne me fais pas beaucoup d'illusions sur le visage déconfit que je dois avoir, alors je roule sur le flanc afin qu'il ne me voie pas. Il s'assied sur le matelas, de l'autre côté du lit. Le son de sa voix m'indique qu'il me tourne également le dos :

– Je ne voulais pas provoquer tes larmes.

J'aimerais lui avouer que je suis la seule fautive dans l'histoire. Que je ne contrôle pas ce que je ressens et que sa présence m'apaise autant qu'elle me blesse, car ce qui bout en moi quand je pense à lui ne sera jamais réciproque. Mais j'en suis incapable.

– Tu n'es pas responsable.

– Vraiment ?

Il m'agace avec ses questions alors qu'il ne s'exprime pas sur ses sentiments.

– Ça te plairait de détenir un tel pouvoir sur moi ?

Il soupire longuement mais garde le silence. J'ignore s'il a entendu ma réflexion, alors je pivote dans sa direction. Un frisson cavale sur ma nuque quand je prends conscience que son regard est rivé sur moi. Il a troqué son costume pour le combo jean polo bleu marine. *Bien sûr, il est magnifique, mais là n'est pas la question.* Ses lèvres sont pincées lorsqu'il répond d'un ton grave :

– Absolument pas, Erika. Pour qui me prends-tu ?

Le rouge me monte aux joues.

– Je ne sais pas, avoué-je.

C'est la vérité. Quand je crois tenir un pan de sa personnalité, il m'échappe. L'ami que j'ai laissé il y a un an et demi était moins renfermé que l'homme qui est assis sur le lit.

Une pointe de tristesse envahit ses yeux, je regrette mon honnêteté.

– Tu sembles si différent, chuchoté-je par crainte de le blesser.

– Probablement parce que je le suis.

Contre toute attente, il s'allonge sur le dos, à côté de moi. La vision de son grand corps étendu près du mien surpasse une bonne partie de mes rêves. Je refoule mes pensées, rejette l'envie de me blottir contre son torse. Je suis certaine que son bras m'envelopperait à merveille. Je déglutis avec difficulté, chasse cette projection qui n'arrivera jamais.

– Certaines choses ont changé, d'autres demeurent, reprend-il, les mains calées sous son crâne.

– Comme ?

Il semble chercher ce qu'il va me confier puis se lance, le regard toujours rivé au plafond.

– J'ai acheté un bateau après ton départ.

Un sourire ravi étire mes lèvres. Il en parlait régulièrement, je suis heureuse qu'il ait sauté le pas.

– C'est une bonne chose. Où est-il ?

– Près de Honfleur.

Donc pas très loin de chez ma mère. Ce constat me trouble, mais en y réfléchissant, c'est probablement le port le plus proche de Paris. Rien de personnel ni de message caché, donc.

– Je serais ravie de le voir. Un jour. Enfin… à l'occasion, quoi. Si tu veux. Si…

Je panique et dis n'importe quoi. Je sais d'avance qu'il va refuser.

Mon cœur loupe un battement à l'instant où Robin bouge sur le matelas. Je frôle la syncope quand il s'installe sur son flanc gauche. Face à face. *Nous sommes face à face.* J'inspire exactement le même air que lui. Ses prunelles émeraude plongent dans les miennes.

– D'accord, dit-il. Je t'y emmènerai.

L'oxygène me manque pour formuler une phrase cohérente. C'est tout juste si j'en ai suffisamment pour irriguer mon cerveau.

– OK. Cool.

Voilà la réponse la plus pourrie de l'univers. Un sourire lent s'épanouit sur sa bouche. Nous restons de longues secondes à nous regarder comme s'il s'agissait de la première fois. Je n'en perds pas une miette, et tant pis si la douleur est l'unique gagnante à la fin. La courbe de ses cils, ses yeux, ses joues parfaitement rasées, ses lèvres charnues… Je ne lui trouve aucun défaut.

– J'ai une proposition à te faire, reprend-il.

– À quel propos ?

– Ton logement.

Je me renfrogne immédiatement. C'était trop beau pour durer.

– Je vais partir, ne t'en fais pas.

– Tu peux rester le temps de repasser ton concours. Tu me paieras un loyer si tu veux parce que je sais que tu y tiens.

Son offre me laisse sans voix.

– Sérieux ?

Il hausse les épaules avec nonchalance.

– Si tu as besoin d'aide pour relire mes notes, je serai là. Tu pourras mettre de l'argent de côté et tu n'auras pas à subir les odeurs de pisse, la chaleur sous les combles ou les torses musclés à outrance.

On pourrait presque croire qu'il est jaloux, mais il s'agit de Robin. Le pire, c'est que j'ai fait exprès de m'éterniser dans le hall de l'immeuble de ce couple. J'ai vite écourté le rendez-vous, mais je suis restée un bon quart d'heure une fois la porte fermée, juste pour l'embêter.

– Ton idée me touche.

– Mais ?

Je crains que tu ne me supportes pas, que ce soit trop pour mon cœur. Vivre près de l'être aimé sans pouvoir rien lui avouer m'apparaît comme de la torture pure. Sans prévenir, deux grosses larmes montent à l'orée de mes cils. Tandis que je m'apprête à congédier Robin, il lève la main et essuie mon œil avant que celui-ci ne déborde. La lente caresse de son pouce sous ma paupière me secoue de la tête aux pieds. Je tremble. Rien à voir avec le froid.

– Reste, murmure-t-il si doucement que je crains de l'avoir imaginé.

Son doigt traîne sur ma joue, je ferme les yeux d'aise.

D'aise, d'amour, de confusion.

La chaleur qu'il dégage est agréable, son odeur rassurante. Bouger ou parler risquerait de provoquer sa fuite, alors je savoure en silence. Qu'importe les conséquences.

Sans m'en rendre compte, je sombre dans le sommeil.

CHAPITRE 15

ROBIN

Elle s'est endormie sous ma caresse. Son souffle paisible chatouille ma peau, les traits de son visage se détendent peu à peu. Du mascara s'étale sur ses joues, je devine sans mal qu'elle a tenté de l'effacer avant de m'autoriser à entrer. Raté. Le bout de son nez est rouge, quelques mèches folles restent collées sur son front. Je la trouve sublime. Surtout lorsqu'elle lâche prise et qu'elle me laisse une petite place dans sa vie. Elle n'a pas répondu à ma proposition, mais ce n'est pas grave. Le choix lui appartient, et si elle décide de partir, je ne la retiendrai pas. Je n'ai jamais su la retenir. On n'enferme pas les oiseaux qui ont soif de liberté. Le souci, c'est qu'elle ne paraît pas plus heureuse. Est-ce que Ben lui manque ? Est-ce qu'elle regrette leur séparation ? Erika n'évoque pas le sujet. *Bon, j'avoue ne pas être très enclin à en parler*. Tout compte fait, je suis un ami en carton.

Je reste des heures à la regarder. Les souvenirs appartenant au passé remontent sans que je les convoque. Je la revois, quelques années plus tôt, assoupie sur mon canapé à la fin d'un film à la noix qu'elle avait choisi. Si le titre m'échappe, je n'ai rien oublié de l'expression de ma meilleure amie. Le générique défilait enfin sur l'écran, mais elle souriait dans son sommeil, la tête contre mon épaule. J'avais ensuite passé la nuit assis, les muscles engourdis, juste par crainte de la réveiller.

Je ferme les yeux quelques instants, inspire profondément. Repenser à tout ça ne m'aidera en rien. Rester planté là non plus. Alors, le plus doucement possible, je m'efface. Erika gigote quand mon poids quitte le matelas, cependant elle ne s'éveille pas. Je recule à pas de loup, referme avec précaution la porte de sa chambre.

La nuit est à présent noire, néanmoins, le sommeil me fuit toujours. Comme je suis parti plus tôt du Palais de Justice, j'ai emporté le dossier sur lequel j'étais en train de travailler. Je regagne mon bureau, allume la lampe près de mon ordinateur portable, puis j'ouvre mon trieur. Je feuillette les différentes pièces lorsqu'un bout de papier attire mon attention. *Un Post-it.* Je tire dessus, constate qu'il s'agit de la même écriture imprimée que la précédente :

« Le cœur de l'homme est comme la mer,
Il a ses tempêtes,

Il a ses marées,
et dans ses profondeurs il a aussi ses perles »
Vincent van Gogh

Les marées et les profondeurs ne m'effraient pas.
Sincèrement à toi.

Bon sang. Comme si j'avais du temps à perdre avec ces conneries. Je retombe contre le dossier de mon fauteuil qui grince sous l'impact. Je suis sûr que la personne travaille avec moi. Le problème étant que je croise beaucoup de gens sur une journée, et qu'il m'est impossible d'observer les moindres faits et gestes de mes collaborateurs. Je réfléchis en faisant tourner le papier entre mes doigts. Des copies de tableaux célèbres sont accrochées un peu partout dans nos bureaux, mais je n'ai pas tous les noms en tête. De plus, rien n'indique qu'il s'agira d'un indice.

Un soupir de lassitude vide mes poumons. Je me penche, ouvre le dernier tiroir à droite afin d'y ranger cette énigmatique déclaration près de la précédente. Par chance, moi qui pensais l'avoir égaré, j'ai retrouvé le premier mot sous la machine à laver avant-hier. Me voilà bien avancé. Je referme le tiroir d'un coup sec, comme si ça allait résoudre le mystère. Je reprends là où je m'étais arrêté avant de quitter mon bureau, m'efforce de ne plus songer à autre chose qu'aux notes que j'ai sous les yeux.

Il est presque deux heures du matin, ce qui n'empêche pas mon téléphone de sonner. Je reconnais tout de suite la notification du groupe familial sur WhatsApp. Je viens de ranger mes affaires et m'apprête à aller me coucher. Toutefois, une pointe de curiosité me pousse à ouvrir la conversation.

Louna : Est-ce que tout le monde
dort ?

Deux réponses arrivent en simultané :

Victor : Non.

Baptiste : Nope.

L'insomnie est-elle génétique ?

Je tape à mon tour :

Moi : Qu'est-ce qu'il se passe ?

Louna écrit pendant plusieurs secondes.

Louna : Rien, je m'ennuie.
J'espère ne réveiller personne…

Victor : Tu n'as pas un mari
pour t'occuper ? « rire gras »

Baptiste : Dois-je te rappeler
que tu as fait tes nuits à seulement
quatre ans, @Louna ?
C'est la première fois que l'envie
de nous sortir du lit te chagrine :P

Louna : Oh ça va, Baptiste !

Et non, Vic', Gabriel est encore
en train de faucher. Impossible
de dormir sans lui. Il rentre bientôt,
j'ai hâte.

Il faut que je participe. J'ai l'impression de faire tache au milieu du décor, alors qu'ils sont si spontanés et si naturels. Pourtant je sais qu'ils ont aussi souffert de la pression paternelle au cours de notre adolescence. Je ne prétends pas que la mienne était la pire, mais en tant qu'aîné, mes parents tenaient à ce que je montre l'exemple en permanence. Je ne me souviens pas d'avoir fait autant de bêtises que mes frères. Certes, ils ont sagement suivi la voie médicale (sauf ma sœur, que j'admire pour ça), conformément aux désirs de notre père. Cependant, je n'ai jamais eu d'élans provocateurs comme Baptiste, le caractère caméléon de Victor, ou l'audace de Louna. J'ai souvent l'impression d'être le parfait *contre*-exemple.

Moi : Comment vont vos enfants
à tous ?

Je les imagine scotchés derrière leur portable. Même être un bon oncle, je n'y arrive pas. Je ronge l'ongle de mon pouce en attendant leur réponse. J'aurais peut-être mieux fait d'aller me coucher. Parfois je culpabilise de demander si peu de nouvelles.

Baptiste : Très bien. Marius est pressé
de venir en France pour revoir

ses cousins. Nous aussi,
ça nous manque. Sam commence
à avoir du mal à l'idée que son père
vieillisse seul, je ne sais pas
si nous resterons vivre au Kenya.

Victor : Vous venez en août, c'est ça ?
Ici tout va bien. Les jumelles nous
donnent du fil à retordre avec les
régurgitations, mais on s'en sort. Ah,
et je vais encore repeindre ma véranda.

Victor et ses vérandas… Il nous en parle depuis qu'il est gosse. Son message me tire un sourire, bien que je n'aie jamais compris l'origine de son obsession.

Notre sœur est la dernière à répondre :

Louna : Rien à signaler ici, ça pousse.
Je file, bonne nuit, les garçons.

Je fronce les sourcils en réaction à son message. Victor et Baptiste lui souhaitent la pareille sans s'étonner de son attitude. Je suis suffisamment expert en la matière pour la reconnaître : la fuite. Louna aurait-elle un problème ?

Peut-être que Gabriel est rentré entre-temps et qu'elle a coupé court afin de profiter de sa présence. Quoi qu'il en soit, je sonderai ma frangine demain.

Je me lève et j'éteins la lampe avant de regagner ma chambre de l'autre côté du couloir. Torse nu, je m'apprête à retirer mon jean lorsque des cris étouffés me parviennent depuis la chambre voisine. Je m'arrête, tends l'oreille. Erika cauchemarde. Ses pleurs reprennent, le son de ses sanglots qui fendent la nuit me tord le ventre. Je ne peux pas la laisser subir ça, c'est plus fort que moi. Sans réfléchir, je rejoins le couloir. Je frappe contre la porte, seules ses lamentations incompréhensibles font écho dans l'appartement. J'entre, la découvre en position fœtale sur les draps.

– Rika, murmuré-je en m'agenouillant sur le matelas. Je suis là, ce n'est qu'un cauchemar.

Elle se tourne face à moi en marmonnant des choses incohérentes.

– Ça va aller, chuchoté-je.

Je me retiens de passer mes doigts dans ses cheveux.

Que font les amis dans ce cas ?

Contre toute attente, elle bouge encore et vient se blottir contre moi. Elle s'accroche comme à une bouée de sauvetage. Son visage contre mon torse nu me fait l'effet d'un séisme. Les mains en suspens au-dessus de sa tête, je ne sais pas comment agir. L'enlacer ? Lui caresser le dos ? La bercer ? Mes paumes se rapprochent de son crâne lorsqu'elle grogne, toujours endormie :

– Je suis désolée… Pardon, Ben.

CHAPITRE 16

ERIKA

Robin était déjà parti lorsque je me suis levée. Je ne me rappelle plus l'instant où j'ai sombré dans le sommeil, mais je sais que ma nuit a été chaotique. Les cauchemars se sont succédé, un en particulier me noue le ventre, m'empêchant d'avaler mon petit déjeuner. Ben découvrait un temple dédié à Robin au sein de l'appartement que nous partagions. Ce temple n'avait rien de fanatique, il renfermait la moindre pensée, le plus minuscule souvenir de ma relation et de mes espoirs concernant Robin. Plus étrange encore, lorsque je demandais pardon à Ben, l'odeur rassurante de celui qui détraque mon cœur m'enveloppait. Je m'accrochais à elle, comme à une personne physique. Je renonce à manger, file à la douche dans l'espoir de retirer cette drôle d'impression qui me colle à la peau. Notre conversation d'hier soir me revient en mémoire. Il veut que je reste, et les raisons qu'il a exposées me paraissent pragmatiques et sincères. Malgré tout, un arrière-goût amer tapisse ma bouche. J'ai la sensation que quelque chose cloche, sans réussir à mettre le doigt dessus.

Mon téléphone posé sur le lave-linge sonne à l'instant où je sors de la douche. Il s'agit de ma mère. J'enroule une serviette autour de mon corps, puis de mes cheveux avant de décrocher.

– Coucou, m'man.

– Bonjour, ma fille. Comment vas-tu ? On ne peut pas dire que je croule sous les nouvelles…

– J'ai été très occupée.

– Tu as trouvé un appartement ?

Mince. C'est vrai que je lui avais dit en visiter par SMS.

– Pas encore. En fait… C'est compliqué.

– Tu sais que tu as toujours ta chambre à la maison, n'est-ce pas ? Tu peux peut-être effectuer les trajets dans un premier temps ?

Euh... Non.

– Je ne peux pas, maman. Ce serait épuisant.

– Comment est-ce qu'on faisait avant, hein ? marmonne ma grand-mère en arrière-plan. Tu nous manques, Erika.

– Vous aussi, Nonna. Je viendrai bientôt, promis.

– On dirait que…

– Laisse-la, coupe ma mère. Ce n'est pas le moment.

Je fronce les sourcils, piquée par la curiosité.

– On dirait que quoi, au juste ?

– Que tu nous fuis, achève la doyenne.

Le silence s'abat entre nous. Je ne m'attendais pas à ce reproche. Est-ce que je fuis la maison ? C'est possible, oui. Je les aime de tout mon cœur, mais nous ne vivons pas selon les mêmes préceptes et je refuse de les décevoir en imposant ma vision de la vie. En réalité, j'en suis incapable. J'ai bien trop peur de perdre les deux seuls membres de ma famille.

– Ce n'est pas le cas, assuré-je d'une voix légèrement éraillée.

– Ta copine peut encore t'héberger ? demande ma mère qui tente d'adoucir la conversation.

Je dois au moins leur avouer que je suis chez Robin. Je ne vais pas vivre ici durant les prochains mois dans le mensonge. J'ai pris la décision de rester (même si je n'ai pas eu le temps d'en informer le propriétaire des lieux), donc assumer n'est plus une option, c'est une obligation.

– À ce propos…

Seigneur, même à quasiment trente ans, c'est compliqué.

– Oui ? lâchent-elles en chœur.

– C'est délicat à dire, mais… (J'inspire en m'appuyant sur le bord de l'évier.) Je suis actuellement chez Robin.

– *Signore, mio dio*[6] *!* s'exclame ma grand-mère.

– Le… Le juge ? dit ma mère. Ton ex-ami ?

---

6. « Seigneur, mon Dieu ! » en italien.

– Oui.

– Depuis le début ? Depuis que tu es partie de la maison ?

Inutile de mentir. Je ne suis plus une gamine.

– Oui.

Ma mère ne bronche plus, tandis que la sienne jure en italien. J'aimerais raccrocher, mais mon bon sens m'en empêche.

– Je ne suis plus certaine de te suivre, chuchote finalement ma génitrice. Vous êtes ensemble ? Tu as quitté Ben pour lui ?

– Non, maman. Nous sommes amis, comme avant.

Ces derniers mots m'écorchent un peu la bouche. Disons que j'arrondis les angles du mieux que je peux.

– Il va l'épouser ? s'exclame Nonna. Il doit le faire !

– Personne ne va épouser personne, mamie…

– Pardonne ma question, ma puce, mais est-ce très sain de vivre avec un homme de cette manière ?

Ses propos me blessent. Quoi qu'il arrive, je dispose de mon corps et de mon cœur comme j'en ai envie. J'ai toujours agi ainsi, même quand le monde semblait contre moi. Un violent souvenir refait surface. Je ravale la bile qui monte au fond de ma gorge et menace de m'étouffer.

– Je vais devoir te laisser, maman.

– Ne le prends pas comme ça, je t'en conjure… On se fait du souci pour toi… Réfléchis bien, Erika. Tu avais un avenir avec Ben…

– Apparemment non, puisque nous ne sommes plus ensemble.

Elle soupire, consciente que cette discussion ne mènera nulle part. Je lui souhaite une bonne journée, prête à raccrocher, lorsque les dernières paroles de ma grand-mère me scient sur place :

– Elle est mariée. Si elle tombe enceinte d'un autre, je ne veux pas être l'arrière-grand-mère d'un bâtard.

Stupéfaite, je coupe la communication, tremblant de tout mon corps.

Je passe la matinée empêtrée dans une espèce de brouillard désagréable. Comment ma vie a-t-elle pu m'échapper à ce point si rapidement ?

Je végète sur mon lit depuis l'appel de ma mère. Aucune nouvelle. Pas un SMS pour s'excuser. Rien. Qu'est-ce que je représente aux yeux des autres ? Quelle est ma place sur cette terre ?

Tant de questions, si peu de réponses.

J'oublie de me nourrir à midi. *C'est bien, ça fera des économies.* Je décide de bouger lorsque le jour tire sa révérence à l'horizon. Robin aura certainement faim en rentrant, je peux au moins me rendre utile pour le remercier. Je me lève, attache mes cheveux en queue-de-cheval. Le miroir sur pied installé contre le mur me renvoie une drôle d'image.

Je peine à reconnaître la jeune femme qui s'y reflète. Des cernes commencent à apparaître sous mes yeux, je crois avoir perdu quelques kilos. Moi qui n'étais déjà pas très épaisse… Il faudrait que je me pèse, mais je ne sais pas si Robin a une balance. Je lui poserai la question à l'occasion. Ça m'est égal, de toute façon. Je suis épuisée.

J'ouvre tous les placards de la cuisine afin de trouver de quoi préparer un repas qui lui plaira, lorsque la recette parfaite me vient en tête. Robin a toujours vénéré mes lasagnes maison. Je ne compte pas le nombre de fois où il m'a demandé quel était l'ingrédient qui faisait la différence. Je ne le lui ai jamais révélé. Ce souvenir me réchauffe le cœur. Puisque je ne déniche pas le nécessaire pour les confectionner, je fonce à l'épicerie du coin, puis je me mets aux fourneaux sans plus attendre.

Le four sonne la fin de la cuisson à l'instant où Robin rentre du travail. Un frisson d'appréhension court le long de ma colonne vertébrale. Des réminiscences de mon rêve me giflent. *Moi contre lui. La chaleur de son corps.*

– Salut, lâche-t-il quand il me rejoint.

Son épaule repose contre l'encadrement de la porte, la pointe de son pied droit en équilibre au-dessus du gauche. Il a quitté sa veste, sa cravate et ses chaussures. Sa chemise mériterait d'être ouverte de quelques boutons au niveau du col, mais ce n'est qu'un détail.

– Salut, répété-je bêtement.

– Ça sent divinement bon.

Je crois que je rougis, ce qui est débile, car il ne s'agit que de Robin.

– C'est prêt, si tu veux manger.

Il s'installe sans rien dire. J'imagine que lui aussi sent que quelque chose ne tourne pas rond. Je nous sers, m'assieds en face de lui.

– Tu as passé une bonne journée ? questionné-je.

– Assez routinière. Tes lasagnes sont divines, Erika.

– Merci. Je n'ai pas perdu la main.

– Tu n'en cuisinais plus ?

– Ben n'aimait pas la sauce tomate.

Je regrette la mention de mon ex-mari. À l'énonciation de son prénom, Robin se rembrunit.

– OK.

Il plonge le nez en direction de son assiette et fuit mon regard. Il finit de manger sans m'adresser la parole. Je suis sûre qu'un élément m'échappe. Il m'arrive de parler la nuit, est-ce qu'il aurait entendu quelque chose qui l'aurait vexé ? Pire, blessé ?

– J'accepte ta proposition, chuchoté-je. Je te paierai le loyer que tu détermineras.

– D'accord.

Ses yeux verts me fixent avec attention, cependant ses lèvres restent pincées. Je prends mon courage à deux mains malgré la pente glissante que représente notre relation :

– Sauf si tu as changé d'avis.

Six secondes passent avant qu'il réponde :

– Non.

– Alors, parle-moi… J'ai l'impression que tu m'en veux, et j'aimerais savoir pourquoi. Il me semblait qu'hier…

– Tu as cauchemardé, me coupe-t-il.

– À plusieurs reprises, oui.

– Tu demandais pardon à Ben.

– Oh.

Il émet un bruit de gorge entre l'acquiescement et le dégoût que je ne sais pas interpréter. Pour la seconde fois ce soir, le rose me monte aux joues.

– Tu regrettes votre séparation ? murmure Robin d'un ton grave.

Je… Hein ? Pas du tout ! Je comprends comment il est parvenu à cette conclusion, cependant il se trompe sur toute la ligne.

– Pas le moins du monde.

Son regard me sonde comme s'il cherchait à déceler la vérité. Je ne souhaite pas qu'il se méfie de moi. Pas après ce que nous avons vécu auparavant. Pas alors que mon cœur lui appartiendra pour toujours, quelle que soit la forme de mon amour pour lui.

– Le jour de notre séparation, nous nous sommes disputés.

– Je ne suis pas certain de vouloir connaître les détails, grogne le juge.

Je l'ignore et poursuis en faisant tourner l'eau dans mon verre d'un air que j'espère détaché alors que mon palpitant bat trop fort :

– C’est là que j’ai appris que je murmurais ton prénom en dormant, avoué-je, la gorge serrée.

Il relève le visage si vite que je crains pour ses cervicales. La puissance de son regard me cloue sur ma chaise. Je viens de commettre une grosse erreur, il va me jeter dehors.

– Ça ne représentait rien, m’empressé-je d’ajouter.

Le silence s’étire encore entre nous.

– Alors tant mieux, finit-il par répondre.

L’envie de sauter par la fenêtre pour fuir cette conversation ultra gênante m’effleure.

Règle numéro 1 : ne jamais tenter de s’ouvrir.

CHAPITRE 17

ROBIN

La fin de semaine est arrivée aussi vite qu'un battement de cils. Je suis de déferrements ce week-end et la journée d'hier s'est révélée particulièrement compliquée à cause d'une migraine atroce qui a refusé de passer malgré les cachets avalés. Je n'ai presque pas vu Erika ces derniers jours. On s'évite, je crois. Je m'enferme dans mon bureau après le dîner, tandis qu'elle relit les livres de droit depuis sa chambre. À table, nous nous contentons des banalités comme des inconnus, là où elle ne cessait de discuter auparavant. Je n'ai pas le souvenir d'un seul repas partagé avec elle sans qu'elle pioche dans mon assiette après avoir prétendu ne pas en vouloir. Je râlais pour la forme, mais j'adorais ça.

J'écrase ma main sur le réveil pour la seconde fois. La migraine m'accueille avant même que j'ouvre les yeux. *Le dimanche ne devrait jamais être synonyme de travail.* Péniblement, je me redresse, puis je m'assieds sur le bord du lit. Des points blancs dansent autour de moi. Une douleur pulsatile me transperce le crâne. L'intensité est si forte que j'ai envie de vomir. Incapable de me lever, je me laisse retomber contre mon oreiller. Je n'avais pas eu de crise depuis des mois. Et encore, la dernière n'était pas si puissante. *Je dois aller bosser, bon sang.* J'attends quelques minutes en me concentrant sur ma respiration, puis je tente une nouvelle fois de mettre un pied devant l'autre. Un vertige m'oblige à me rasseoir. La frustration de devoir m'arrêter aujourd'hui ne fait qu'intensifier mon problème. Je déteste être à la merci de mon corps. Je déteste demander de l'aide. Je déteste appeler mes supérieurs. Je déteste cette putain de migraine.

Je passe un ou deux coups de fil avant de me recoucher. J'ai bien conscience que ça n'arrange personne, cependant je n'ai pas le choix. Je somnole mais ne dors pas. J'oscille entre agacement et épuisement. La douleur ne faiblit pas, le moindre bruit au-dehors devient cacophonie. Mon esprit s'envole vers des contrées brumeuses, mes muscles se contractent puis se relâchent au rythme du mal qui martèle ma tête. Je dois m'être endormi, car je m'éveille lorsque des petits coups sont portés contre ma porte. Erika ouvre doucement, la lumière qui filtre est à peine supportable. Je grogne, me tourne sur le côté.

– Robin… chuchote-t-elle. Tu ne devais pas travailler ?

– Migraine, marmonné-je.

– Mince. Elles ne t’ont pas lâché.

Le battant se referme, et alors que je la pensais partie, je sens son poids sur le matelas. Le fait que je sois en boxer, le drap remonté sur les hanches, ne semble pas la déranger.

– J’ai fermé pour éviter la lumière, dit-elle à voix basse. Tu as besoin de quelque chose ?

Je n’ai pas le temps de répondre que la musique retentit depuis l’étage du dessous. Mon voisin est sympa et globalement discret, sauf le dimanche. Monsieur récure son appartement en fanfare. Parfois, on peut même l’entendre chanter à tue-tête.

Et là, il me la tue bien, la tête.

– Seigneur… râlé-je. Non, merci, il faut attendre que ça passe.

– Tu as pris un médicament ?

– Non.

Elle sort de la pièce en silence. Il me semble distinguer le claquement de la porte d’entrée, bien que mon cerveau soit embrumé. Erika revient une poignée de minutes plus tard. La musique du dessous a cessé. Comme tout à l’heure, elle prend soin de refermer derrière elle et de parler à voix basse :

– Tiens, un anti-inflammatoire.

J’ouvre un œil, constate qu’elle s’est assise près, très près, trop près, de moi. Elle me tend un verre d’eau accompagné d’un cachet rond.

– Je n'ai pas besoin d'aide.

Je fais tout de même l'effort de me redresser, non sans grimacer.

– Permets-moi d'en douter, dit-elle en m'avançant le verre.

Je ronchonne en avalant le médicament qui ne changera sûrement pas grand-chose.

– Merci.

Je ferme les yeux, tente de maîtriser les flashs qui m'assaillent.

– La musique… s'est arrêtée ? demandé-je au bout d'un moment.

– Oh, ça ne va pas te plaire, je suis allée le voir.

– Tu quoi ?

– Tu as parfaitement compris. Ça s'appelle le respect.

Je souffle par le nez, touché malgré moi par sa prévenance. Elle reprend, comme pour se justifier :

– Puis, attends… Il venait de mettre du Claude François, quoi. Personne ne mérite ça un dimanche matin.

En dépit de mon malaise, un sourire un peu cassé étire mes lèvres.

– Tu veux manger ?

– Non, merci. C'est gentil, mais je n'ai pas besoin d'être materné.

Quand ça m'arrivait lorsque nous étions « amis », elle me préparait toujours des soupes infâmes. J'avais beau râler, elle ne me lâchait pas tant que je n'avais pas tout bu.

– Ce n'est pas ce que je fais, se défend-elle en murmurant. Si tu meurs seul dans ta chambre, je n'aurai plus de propriétaire donc nulle part où aller. C'est purement égoïste, en gros.

– Je t'appellerai si je sens mon âme me quitter, promis.

– Bien. Alors je te laisse.

– Alléluia.

Elle s'éloigne, tandis que mes paupières trop lourdes se ferment.

– Je t'entends, Robin.

Je souris encore. *Me chamailler avec elle m'avait tellement manqué.*

– Erika ? dis-je avant que la porte se referme sur elle.

– Oui ?

– Il y a des speculoos dans le placard, au-dessus du four.

Même sans la voir, je perçois son trouble. Je déteste la cannelle, elle le sait.

Je passe la journée en compagnie de la pénombre et du silence. Mon état de conscience varie entre l'éveil et le brouillard. Je m'assoupis à plusieurs reprises sans parvenir à dormir profondément. Le début de soirée arrive, et avec lui, une luminosité plus soutenable. Rester allongé devient un supplice, aussi je décide d'aller prendre une douche. Je me lève avec précaution, attends d'être stable sur mes deux jambes. Je rejoins la salle de bains, une main sur le mur au cas où. Erika vient à ma rencontre lorsqu'elle m'entend.

– Tu…

Son regard scanne mon corps à demi-nu, une décharge me traverse. Un résidu de douleur, probablement.

– Tu es vivant ? se ressaisit-elle.

– Désolé de te décevoir.

Elle m'ignore.

– Il faut que tu manges un peu.

Je n'ai pas la force de lutter. Je m'enferme, enfin arrivé à destination. La pulsation au creux de mon crâne commence à refluer. Je me lave, profite de l'eau chaude cascadant sur mes muscles noués.

Une odeur étrange me parvient lorsque je sors, vêtu d'un jean et d'un tee-shirt. Erika passe la tête dans le couloir, un large sourire collé au visage :

– Je t'ai préparé un bouillon magique. Viens.

Pitié, non.

– Je préfère souffrir.

– Tu sais qu'on dirait un vieux monsieur quand tu ronchonnes comme ça ?

– Merci pour ton avis non sollicité, bougonné-je en la suivant.

– Ou alors, Geralt de Riv, poursuit-elle. Lui aussi grogne à tout-va. Tu as vu *The Witcher*, rassure-moi ?

– Non, mais j'ai lu la saga.

Je m'installe devant le bol fumant. Le fumet qui s'en dégage ne m'aide pas à trouver l'appétit.

Je fixe le liquide étrange sans pouvoir me résoudre à l'avaler.

– Je te jure que c'est bon, m'encourage l'Italienne.

– J'en doute.

– Tu vas vexer toute la lignée féminine de ma famille, tu sais.

– C'est ce que tu dis tout le temps.

Appuyée contre l'évier, elle croise les bras sur sa poitrine. Si j'en crois mes yeux fatigués, elle ne porte pas de soutif. Pas le dimanche, du moins. Son débardeur noir tendu sur ses seins ne laisse pas beaucoup de place à l'imagination. Je chasse ce constat, rive toute mon attention sur le bol.

– Quand il faut… il faut, m'encouragé-je.

Je porte *la chose* à mes lèvres. Au-delà de la première gorgée, ça se boit. Je n'irais pas jusqu'à prétendre que c'est bon, mais ça passe. Je bloque mes pensées et avale tout d'une traite. En fait, c'est dégueulasse.

– Qu'est-ce qu'il y a là-dedans ? m'enquiers-je avec une grimace à peine contenue.

– Va savoir, répond-elle, avec un rictus en coin.

Elle ne dira rien.

– Comme l'ingrédient mystère de tes lasagnes.

Elle semble étonnée que je m'en souvienne alors que je n'ai rien demandé quand nous en avons mangé plus tôt cette semaine.

– Tu en veux encore ?

– Surtout pas. Merci.

Elle lève les yeux au plafond.

– Est-ce que ta migraine est passée ?

– Presque. Ça me laisse un point, une sorte d'aiguille plantée au milieu du cerveau.

– Charmant.

– C'est supportable. Et toi ? Tu arrives à travailler ?

– Oui, ça revient. Ce n'était pas si loin.

– Tu stresses pour demain ?

J'ignore pourquoi je demande. Je ruine mes efforts qui consistaient à me tenir à distance d'elle en une fraction de seconde. Lamentable.

– Non. Un peu. Je ne sais pas. Si.

– Je vois.

Il faudrait que je la rassure comme n'importe quel ami digne de ce nom le ferait. Toutefois, je refuse de trop m'impliquer émotionnellement. Alors je me tais.

– J'allais regarder un film, ça te dit de te joindre à moi ?

J'en crève d'envie.

– Non.

– Ah… euh… OK, pas grave. Je proposais par politesse.

– Bonne soirée ?

Elle se mord la joue, demeure stoïque alors que je suis sûr qu'un tas de noms fleuris s'agglutinent au creux de sa gorge. Elle aurait raison de les laisser sortir. Sa silhouette gracile quitte la cuisine une seconde plus tard. Son parfum, lui, danse autour de moi.

Je suis un crétin. Elle s'est montrée agréable sans y être obligée, sans arrière-pensée, et je lui jette *mon* incapacité à rester neutre à son contact en plein visage. Peu importe si je ne compte pas tant que ça pour elle. Je range, puis, pris de remords, je m'arrête en passant devant sa chambre. La porte est mal fermée, je la vois semi-allongée, l'ordinateur sur les cuisses, le casque sur les oreilles. Ma raison me crie de retourner me coucher tandis que mon corps entre. L'air devient immédiatement plus lourd.

Erika hausse un sourcil en faisant glisser le casque sur sa nuque.

– Tu as choisi quoi ?

– À ton avis ?

– *N'oublie jamais*, encore ?

Elle sourit en hochant la tête.

Mon regard s'égare quelque part dans le sien.

Je ne sais pas à combien de reprises elle a pu voir ce film. C'est sympa, mais pas plus d'une fois ! Les histoires d'amour perdu où les héros se retrouvent et se promettent l'éternité, très peu pour moi.

Je ne reconnais pas ma propre voix lorsque je murmure :

– Tu me fais une place ?

CHAPITRE 18

ERIKA

– Salut.

Je sursaute en sortant de la salle de bains, la serviette encore enroulée autour de mes cheveux mouillés. Je ne m'attendais pas à découvrir Robin appuyé nonchalamment contre le mur du couloir.

– Salut, répété-je. La douche est libre.

Il me fixe sans bouger. Le souvenir du moment partagé hier soir me fait chaud au cœur, bien que Robin se soit assoupi dès les premières minutes du film. D'ailleurs, je n'ai pas osé dormir avec lui. Bon, pour être honnête, je n'ai pas *réussi* à trouver le sommeil à cause de sa présence. Cet homme est beau en toute circonstance, mes yeux refusaient de se fermer. Puis mon cerveau a pris le relais en me bombardant de questions. *Faut-il le faire partir ? Comment réagira-t-il demain si vous vous réveillez ensemble ? Est-ce qu'il risque de t'en vouloir ?*

J'ai donc choisi d'aller dans son lit, car je méritais quelques heures de repos avant ma reprise.

Il ignore tout ça, puisque j'étais levée avant lui.

– Concernant hier soir… commence-t-il sans bouger.

– Revoir ce film ne t'a pas plu, je crois.

– J'ai dormi avec toi.

Un sourire en coin naît sur mes lèvres. Son air mi-agacé, mi-embarrassé me donne envie de m'amuser un peu.

– Ah, oui. Ce n'est pas grave.

Il se frotte la nuque, pourtant ses yeux lancent des éclairs. Curieux mélange.

– Tu aurais pu me réveiller, non ?

Bien sûr, je suis fautive !

– C'est-à-dire que… (Je me mords la langue.) Rien. Laisse tomber.

– Erika…, gronde-t-il.

– Tu m'as demandé de t'enlacer.

Sa bouche s'entrouvre de stupéfaction, cependant il se ressaisit aussitôt.

– Qu'est-ce que tu as foutu dans mon bouillon ?

– Ensuite, tu m'as supplié de te gratter le dos.

Cette fois, c'est plus fort que moi, j'éclate de rire. Il grogne, me dépasse et me claque la porte au nez.

Voilà un bon début de journée.

Je termine l'application de mon mascara lorsque mon téléphone vibre sur le matelas. Un coup d'œil rapide m'indique qu'il s'agit d'un message de ma mère. Le premier depuis notre dispute. D'aussi loin que je me souvienne, nous ne sommes jamais restées aussi longtemps sans nous parler.

Je te souhaite une bonne reprise,
ma chérie. On s'appelle ce soir ?
Je t'aime.

Ma mère tout craché. Elle se comporte comme si rien ne s'était passé, comme si les mots échangés n'avaient pas écorché mon cœur et mon amour-propre. Malgré tout, je la remercie et l'informe que je l'appellerai quand je serai rentrée du travail. Je recule d'un pas face au miroir. *Fard, blush, mascara, rouge à lèvres, OK. Robe blazer noire avec escarpins, OK. Cheveux attachés, OK.* Tous les contrôles sont bons.

Et si j'en faisais trop ? Peut-être qu'un pantalon avec un chemisier serait mieux.

– Tu es prête ? demande Robin que – décidément – je n'avais pas entendu arriver.

– Est-ce que c'est… trop ? m'enquiers-je en tournant sur moi-même.

Une montée d'angoisse me saisit.

Ses prunelles émeraude me scannent d'un air appréciateur.

– Moyen.

Il hausse les épaules, affiche une moue dubitative.

– Sérieux ?!

– La robe, bof bof. (Il regarde sa montre.) On y va avant d'être en retard ?

Le salaud ! J'aurais voulu qu'il me mente !

Effectivement, je n'ai pas le temps de me changer. Je préfère être « bof » que d'arriver à la bourre pour le premier jour. Je me dépêche, tandis que Robin attend déjà à l'intérieur de l'ascenseur, le doigt appuyé sur le bouton maintenant les portes ouvertes. Je ferme l'appartement en maugréant, puis je le rejoins à petites foulées. *Si un talon lâche, je suis fichue.*

Plus les minutes passent, plus le stress me grignote. Je danse d'un pied sur l'autre, réajuste ma queue-de-cheval, vérifie mon maquillage face au miroir de la cabine. Robin, fidèle à lui-même, ne bouge pas, mutique.

– Je ne vais pas survivre, chuchoté-je.

Nous arrivons au rez-de-chaussée. Juste avant l'ouverture des portes, Robin se plante à côté de moi :

– Ta robe est parfaite, Rika.

Je tourne la tête lentement, comme si j'avais rêvé ses mots. Un rictus amusé illumine son visage.

– Je te déteste, déclaré-je quand je comprends qu'il s'est fichu de moi.

– Je sais.

– J'ai dormi sur ton lit.

– Je sais.

Médusée, je le regarde sans saisir.

– Ton odeur, précise-t-il. Quand je suis entré dans ma chambre pour prendre mes affaires avant la douche, elle tapissait les murs.

– J'espère que c'est un compliment.

– Va savoir, rétorque-t-il en haussant les épaules.

Le reste du trajet se déroule dans un silence coutumier. Lorsque nous arrivons devant le Palais de Justice, je ne vois plus l'ami, je vois le juge. À mon avis, il ne se rend même pas compte du charisme qu'il dégage. Son costume lui sied à merveille. Je me demande à quoi nous ressemblons de loin. Lui si à l'aise, moi au bord de l'apoplexie tandis que nous passons les différents contrôles de sécurité à l'entrée.

– Tu te souviens de la répartition des bureaux ? questionne Robin une fois au milieu du hall.

Je réponds d'un hochement de tête, subjuguée par la luminosité qui m'entoure. C'est ridicule, mais j'avais oublié combien l'espace était aussi vaste que clair. Quand j'y pense, je trouve ça drôle d'avoir choisi tout ce blanc, symbole de pureté, pour un tribunal… En levant les yeux, j'aperçois les balustrades vitrées. Je sais qu'à l'étage du dessus se situent les salles d'audience, puis les bureaux ainsi que les salles de réunion. Le second abrite les magistrats, le troisième, les parquets, et le quatrième appartient à la hiérarchie.

– Nous ne sommes pas dans le même service et je ne connais pas très bien le juge avec qui tu vas bosser, mais il me semble qu'ils sont tous sympa.

– D'accord. On se revoit plus tard ?

– Ce soir, oui.

– Hey, Robin ! s'écrie une voix derrière nous.

Nous nous retournons dans un même mouvement. Une femme, d'un âge équivalent à celui de Robin, nous rejoint en courant.

– Bonjour, Laura.

– Tu vas mieux ? C'est rare que tu te mettes en arrêt.

– En pleine forme.

La fameuse Laura prend soudain conscience de ma présence, elle m'adresse un sourire poli. Son visage m'est inconnu même de près, j'en déduis qu'elle est arrivée après mon départ.

– Erika, déclaré-je. Greffière. Enfin vacataire pour l'instant, mais je l'ai été il y a quelques années. Bref, c'est compliqué.

Je sens que je m'empêtre. *Seigneur, la journée s'annonce longue.*

– Enchantée. Je suis greffière aussi, je bosse avec un juge ultra relou.

Robin soupire, c'est donc lui dont elle parle.

– Vous vous connaissez déjà ? poursuit-elle en nous pointant du doigt tour à tour.

– Plus ou moins, répond mon « ami ».

Ça signifie quoi, ça, au juste ?

– Je vois, ricane-t-elle avec un clin d'œil à son intention.

Donc là, je passe pour un plan cul, tranquille.

– J'ai besoin d'un café, marmonne le juge. À plus, Erika.

Il se détourne sans un regard. Parfois, j'aimerais être à l'intérieur de son cerveau afin d'étudier son fonctionnement. Sa collègue me salue avant de le suivre en direction de l'escalier roulant. J'inspire longuement, choisis d'emprunter l'ascenseur.

Ma matinée ressemble plus à un stage d'observation qu'à un travail. Paul, magistrat, Florent, greffier, ainsi que Béatrice et Jeanne, les deux secrétaires, m'abreuvent d'informations. *Ne surtout pas oublier, toujours penser à, ranger ça ici, imprimer ceci, annoter ça là.* Résultat ? Le mal de tête me guette à midi. Je prétexte un impératif personnel lorsqu'ils me proposent d'aller manger tous ensemble. J'achète un sandwich à la boulangerie la plus proche et me pose enfin seule sur un banc ombragé. Je déjeune en vitesse, tout en regardant les actualités sur mon téléphone. Rien de joli dans le monde. Il faudrait créer une chaîne qui relaterait uniquement les belles choses qui se produisent aux quatre coins de la terre. Cependant, qui ça intéresserait ? L'humain est tellement habitué à la violence. Aujourd'hui, on ne vient plus en aide, on filme et on poste. On ne cherche plus à comprendre, on juge et on affiche. On prône la liberté des corps, des esprits, tout en crachant sur son voisin. Je repense à la dernière conversation que j'ai eue avec ma mère. Si seulement elle cessait de m'étouffer avec *ses* idées, peut-être que je me sentirais moins bancale au sein de ce monde. Peut-être que mes sentiments seraient plus faciles à accepter, aussi. Que la peur de ne pas correspondre et la fuite ne seraient pas devenues des réflexes.

Ma pause prend fin, je retrouve les bureaux du Palais de Justice. Conformément à la prédiction de Robin, je suis assignée aux archives. Puisque je suis compétente, j'ai le droit de faire des photocopies en fin d'après-midi. *Youpi !*

Retourner à la case départ est frustrant, même si j'assume mes choix. Les couloirs se vident progressivement de ses occupants. Sur le point de partir, Robin m'envoie un SMS m'indiquant qu'il m'attend dans le hall. Je salue mes nouveaux collègues, également prêts à s'en aller, puis je descends le rejoindre.

– Tout s'est bien passé ? demande-t-il quand j'arrive à sa hauteur.

Il est aussi frais que ce matin. Sa cravate n'a pas bougé d'un millimètre, ses cheveux non plus. On dirait qu'il a mangé du ciment.

– C'était génial.

Un petit sourire étire le coin de sa bouche.

– Hey, Robin !

On n'a pas déjà vécu ce moment ?

Comme plus tôt, nous nous retournons.

– Oui, Laura ? lâche-t-il en vidant ses poumons.

– Cache ta joie, pitié ! raille-t-elle. Puisque ta… euh… copine ? Oui, enfin Erika, quoi, est nouvelle, on s'est dit avec les autres que ce serait sympa d'aller boire un verre tous ensemble.

Robin plisse les yeux avant de demander :

– Qui sont *les autres* ?

– Notre service et le sien. En gros.

Personne ne m'en a parlé, pourtant.

– Allez-y sans moi. Je rentre, réplique-t-il.

J'aurais pu parier sur cette réponse.

Je suis fatiguée, néanmoins la perspective de sortir et de voir différents visages me tente.

– Ce serait avec plaisir me concernant.

– Cool ! On fait la route toutes les deux ? Ils nous rejoindront.

– Pas de problème. À plus tard, Robin ?

Il me regarde avec insistance avant d'acquiescer. Son imposante silhouette s'éloigne de quelques pas lorsqu'un bout de papier tombe de sa poche. Laura l'a remarqué aussi et l'interpelle. Je ramasse le Post-it où deux petits cœurs sont dessinés sous une citation que je n'ai pas le temps de déchiffrer. Le juge fait volte-face, ses mâchoires se crispent instantanément.

– Oh, des cœurs, carrément ! C'est chou ! s'esclaffe Laura.

Il le récupère sans y jeter un œil et le range dans sa poche.

– Bonne soirée.

Est-ce pour cette raison qu'il préfère rentrer ? Une chose est sûre, il avait déjà lu cette déclaration, car il n'a pas eu l'air étonné en la voyant. Serait-ce l'explication de ses changements d'humeur me concernant ? Est-ce que cette autre femme sait qu'il m'héberge ?

Cette autre femme... L'imaginer enlacer quelqu'un qui n'est pas moi me tord le ventre.

CHAPITRE 19

ROBIN

Vautré sur mon canapé, je ne peux retenir une voix qui tourne en boucle dans ma tête : « Quand est-ce qu'elle rentre ? Quand est-ce qu'elle rentre ? Quand est-ce qu'elle… » *Merde.* J'avais vraiment sommeil, pour une fois. C'est souvent le cas les soirs qui succèdent à une crise migraineuse. J'aimerais prétendre que je l'attends uniquement pour m'assurer qu'elle verrouille bien la porte pour la nuit, mais ce serait un mensonge ridicule. La vérité, c'est que le juge avec qui elle travaille est nouveau et que je ne le connais pas. Les rumeurs affirment que c'est un « coureur gentleman ». Le concept m'échappe, probablement car je ne suis ni l'un ni l'autre. Quoi qu'il en soit, Erika est un peu larguée en ce moment et ça m'ennuierait qu'elle se rajoute un problème avec ce genre de type. *Avec n'importe quel genre de type, en fait.*

Je ne lui ai pas précisé, mais j'imagine qu'elle ne compte pas ramener un coup d'un soir chez moi, n'est-ce pas ? Encore moins un collègue ?

En parlant de collègue… Je n'ai aucune piste concernant l'auteur des petits mots. Laura se fiche de moi, mais personnellement, ça ne m'amuse toujours pas. J'espère qu'Erika ne sautera pas sur l'occasion de me charrier avec ça. Je vais finir par trouver, le plus rapidement serait le mieux.

Une notification WhatsApp illumine l'écran de mon iPhone. Il s'agit de mes frères qui échangent sur le groupe familial. Je réponds brièvement et constate, par la même occasion, que Louna ne participe pas. Je n'ai pas eu de ses nouvelles depuis l'autre soir. Baptiste et Victor l'ont peut-être déjà fait, mais je décide de lui envoyer un message privé via l'application.

Moi : Salut, Lou'. Comment vas-tu ?

L'accusé de réception se colore en bleu lorsqu'elle se connecte.

Louna : Bien. Et toi ?

Elle ment, c'est évident.

Moi : Tu sais que les gens
qui masquent la vérité font partie
de mon quotidien ?

Louna : J'ai connu mieux, j'avoue.
Mais je suis sûre que ça va s'arranger.

Je suis peut-être de nature distante et peu bavarde, néanmoins je n'apprécie pas qu'un membre de ma famille se sente mal.

Moi : Je peux t'appeler ?

Ça m'empêchera de cogiter, au passage.

Le téléphone sonne quelques instants plus tard.

– Je n'ai pas attendu que tu changes d'avis, pouffe-t-elle.

– Vous me faites tous passer pour un monstre.

– C'est de l'humour. On t'aime comme tu es.

Mal à l'aise face aux déclarations d'amour, j'enchaîne sur le sujet principal :

– Alors ? Qu'est-ce qu'il t'arrive ?

– Tu vas trouver ça ridicule.

– Je suis sûr que non.

Elle soupire un bon coup avant de se confier :

– C'est Émilie. Tu sais, l'ex-femme de Gabriel.

– La mère de Zélie, oui.

– Voilà… Eh bien, elle a refait sa vie et elle est enceinte.

Elle s'arrête net. Je ne vois pas où est le souci, mais je perçois le poids qui pèse sur le moral de ma sœur.

– Et c'est un problème ? questionné-je doucement.

– J'ai l'impression que Gab' le vit mal, sanglote-t-elle.

– Eh, Louna ! Ne te mets pas dans cet état ! Qu'est-ce qui te conduit à penser ça ? Il t'en a parlé ?

– Non, bien sûr que non… je le sens, c'est tout.

– Tu devrais le lui demander.

Je prodigue des conseils en communication, maintenant. On aura tout vu.

– J'ai bien trop peur de la réponse, souffle-t-elle.

– Ça fait combien de temps, tous les deux ?

– Sept ans. Tu te rends compte ? Il y a *sept ans*, je débarquais en Ardèche sans me douter combien ma vie allait changer.

– Et depuis vous avez construit une très jolie famille avec Zélie et Gabin. Je ne vois pas pourquoi ton mari aurait subitement des regrets.

– J'espère que tu as raison. J'ai lu plein de choses concernant la crise de la quarantaine, alors…

– Arrête de lire et discute avec Gabriel.

– Oui… Dès que je remets la main sur mon courage, je me lance. Promis.

– Bien. Tiens-moi au courant, si tu veux. Je ne m'engage pas à répondre très vite, mais je le ferai.

J'entends un sourire dans sa voix :

– Merci, Robinou.

Elle raccroche avant de subir mes menaces.

Il est presque minuit lorsque le bruit caractéristique de l'ascenseur résonne depuis la cage d'escalier. Je compte les niveaux d'après les secondes qui s'écoulent. *Cinquième étage, sixième, septième, huitième... et neuvième.* Bingo, c'est Erika.

Je me lève lorsque ma colocataire tourne la poignée.

– Oh, tu ne dors pas ? s'étonne-t-elle en refermant la porte.

L'avouer m'agace. Ça signifie beaucoup trop de choses auxquelles je n'ai pas envie de réfléchir.

– Si, j'allais juste boire.

Elle me détaille brièvement, tandis que je prends conscience que je ne me suis pas changé depuis mon arrivée.

– Donc, tu remets chemise et pantalon de costume juste pour boire la nuit, c'est ça ? Tu es plus psychorigide que je ne le pensais…

Allez, disons que c'est mérité.

Elle quitte son escarpin droit, puis le gauche, sans me lâcher du regard, un sourire moqueur aux lèvres.

– La soirée était bonne ? m'enquiers-je avec un air que j'espère détaché.

– Et la tienne ?

Je déteste qu'on réponde à mes questions par d'autres questions. Elle ne semble pas ivre, loin s'en faut, mais une lueur d'agacement scintille au fond de ses iris. Je croise les bras sur mon torse.

– Tu as bu un truc qui rend pénible ?

– Tu as quelque chose à me dire, peut-être, Robin Lefebvre ? fulmine-t-elle à présent.

Quelque chose du style : j'ai peur de ce que tu me forces à ressentir ?

– Pas particulièrement, non.

Elle lâche un rire jaune en levant les yeux au ciel.

– Bien sûr. Tu ne parles pas, toi. Tu es un solitaire, un gros dur à cuire avec un cœur de pierre, c'est ça ?

– Tu me vois de cette manière ? dis-je en avançant d'un pas.

La jolie brune m'imite en réduisant aussi la distance. Elle est si proche que je dois baisser la tête pour la regarder. Nous nous affrontons silencieusement, et je me demande comment nous en sommes encore arrivés à nous disputer.

– Dis-moi, monsieur le juge, comment ta copine perçoit notre cohabitation ?

Oh. Voilà qui est intéressant.

– Ma copine… chuchoté-je. Celle des Post-it, je suppose ?

– Est-elle au courant ?

– Aucun risque, puisque je ne fréquente personne.

Elle scrute chaque millimètre de mon visage à la recherche d'un indice qui indiquerait que je mens.

– D'accord. Je te crois, finit-elle par murmurer.

Sa peau n'est qu'à quelques centimètres de la mienne. Son parfum s'enroule autour de moi.

– Aurais-tu des excuses à formuler ?

– Tu rêves, susurre-t-elle.

Son regard fait des allers et retours entre mes yeux et mes lèvres. Elle entrouvre la bouche, bien qu'aucun son n'en sorte. Mon satané palpitant cogne fort, ma raison vacille.

Je perds les pédales, me penche vers elle.

Nos nez s'effleurent, nos respirations s'entremêlent.

Il suffirait d'un millimètre pour que tout bascule, que nos bouches s'unissent, que son souffle nourrisse mes poumons. Je la porterais contre le mur, les mains enfouies dans ses cheveux, puis…

Je me rappelle qu'elle est toujours mariée.

Je me souviens du goût amer de son absence, du silence étourdissant de mon appartement vide de ses rires.

– Je ne peux pas, Erika.

CHAPITRE 20

ERIKA

La vie est une succession de chapitres. Certains vous touchent, vous font palpiter au rythme des mots, tandis que d'autres, plus plats, permettent d'apprécier l'ensemble de l'histoire. Les plus traîtres sont ceux qui ne se contentent pas de vous émouvoir, mais qui vous renversent. Ceux qui vous roulent dessus sans prévenir, qui vous laissent orphelin face à vos larmes ou avec un sourire heureux au visage. Parfois avec les deux. J'ai failli déraper avec celui que j'aimerais considérer comme « mon meilleur ami ». Dans quelle catégorie ça se range, ça ? Plusieurs heures après cet accident évité, la honte ne me quitte pas. Impossible de fermer l'œil. Tout fout le camp, les pages de ma vie prennent l'eau. Je me lève tôt afin de partir seule au travail. Hors de question de croiser Robin.

« Je ne peux pas », ce sont ses mots. Un goût amer de déjà vu envahit ma bouche. Il n'est pas prêt et ne le sera sûrement jamais. Quand vais-je enfin me bourrer ça à l'intérieur du crâne ?

Le destin est joueur et sadique. Le juge est déjà dans la cuisine, occupé à se servir un café.

– Salut, dit-il en me jetant un regard en coin.

L'envie de courir jusqu'à ma chambre, puis de me rouler en boule sous la couette jusqu'à m'asphyxier, me chatouille. *Non. Tu es grande et vous n'avez strictement rien fait.*

Je me racle la gorge avant de répondre :

– Salut.

Niveau éloquence, on repassera.

J'ignore comment fait Robin pour se comporter comme si nous n'avions pas manqué de nous embrasser hier soir. Après son « Je ne peux pas » lorsque ses lèvres ont effleuré les miennes, il s'est contenté d'aller se coucher. Pour lui, c'est aussi simple que cela. Je renonce à déjeuner, opère un demi-tour. Je me douche en vitesse, enfile une robe, attache mes cheveux en me chaussant, jette mon maquillage à l'intérieur de mon sac à main. Je quitte l'appartement sans attendre. Puisqu'il est à peine sept heures, je décide de marcher un peu. Je ne vais pas pouvoir rester en location chez Robin. Je ne sais pas vers quoi je me dirige, mais j'ai la certitude que je vais encore me vautrer. Je m'arrête à la terrasse d'un café, commande de quoi contenter mon estomac. De ma main libre, je fais défiler les nouvelles annonces sur mon portable dans l'espoir de dénicher une location. Tant pis si cela me prend du temps, l'important est que je m'en aille. Le plus tôt sera le mieux. Pour lui, pour moi. Si je regarde plusieurs fois par jour, je finirai par trouver, en attendant, c'est l'occasion de pouvoir mettre un peu d'argent de côté. Je ne repère rien qui corresponde à mes critères, alors, lasse bien qu'optimiste, je range mon téléphone et règle l'addition.

Il faudrait également que je rappelle Ben afin de discuter de notre divorce. Je ne devrais peut-être pas le dire, mais je suis heureuse d'avoir insisté à propos du contrat de mariage. Je me remémore la mine désapprobatrice de ma grand-mère lorsque je l'ai annoncé. Elle ne comprenait pas mon refus de tout partager avec mon mari, sous prétexte que nous allions finir notre vie ensemble. Nous nous sommes mariés vite, et je reconnais ne pas toujours avoir fait les bons choix, toutefois celui-ci en était un. Rapide, pas stupide. Surtout avec toutes les affaires que j'ai vues passer concernant les séparations épineuses. Si Ben accepte le divorce par consentement mutuel, notre désunion ne sera qu'une formalité. Il est minuit au Pérou, je vais me contenter de lui envoyer un SMS.

Bonjour, Ben. Est-ce qu'on pourrait
s'appeler bientôt ? À plus tard.

Mon futur ex-mari a toujours été un oiseau de nuit. Sa réponse arrive sans tarder :

Bonsoir, j'espère que tu vas bien.
Je rentre voir ma famille en fin de

semaine. Je te passe un coup de fil
quand je serai posé, OK ?
Là, c'est un peu le bordel. À très vite.

Lui qui n'a pas un grand sens de la discipline, j'imagine que l'organisation de son voyage vers la France (Dijon, précisément) est compliquée. Notre couple fonctionnait ainsi : lui, les idées, moi, la réalisation. Bref, il va désormais devoir s'en sortir seul.

Un autre SMS fait vibrer mon téléphone. Cette fois, il provient de ma mère :

Coucou ma chérie. Tu devais me
raconter ta reprise ! Tout va bien ?

Je me mets en route en direction du métro, tout en pianotant :

Hello, m'man. Je peux venir
ce week-end ?

Bien sûr, quelle question !
Vendredi soir ?

J'avoue n'avoir aucune envie de m'y rendre, cependant je ne souhaite pas davantage rester à tourner en rond chez Robin. Quand je repense à son souffle sur ma peau… *Seigneur, suis-je un aimant à emmerdes ?*

Il y avait très longtemps que je n'avais pas pris le métro. Les quais sentent mauvais, les rames sont toujours bondées, les gens impolis. Je voyage debout, accrochée à une poignée comme un singe à son arbre. Mon voisin pue la transpiration. L'été, c'est vraiment l'enfer. En face de moi, un jeune papa est assis avec des jumeaux. Les petits gigotent sur ses genoux, pareils à des êtres possédés en attente d'exorcisme. Le pauvre homme me lance un regard désespéré malgré son sourire en coin.

– Est-ce que vous pourriez… (il tente de ceinturer le plus coriace des deux) m'aider une seconde, s'il vous plaît ? Le temps que je remette la chaussure à son frère.

Bonjour le culot…

Je repère la chaussure au sol. Hors de question que je tienne un des petits dans mes bras. Je n'ai rien contre les enfants, mais je ne sais pas comment m'y prendre alors je m'accroupis afin de ramasser le mocassin miniature.

– La voilà, dis-je avec gentillesse.

Impossible pour lui de relâcher sa progéniture qui bat des pieds, proteste, le visage rouge de colère.

– Vous pouvez la lui enfiler ? Je descends bientôt, et je galère avec ces trucs sans scratchs. Vous êtes une femme, vous devez avoir l'habitude de ces machins-là, ajoute-t-il sur le ton de la plaisanterie.

Sérieux ?

– Je n'ai pas d'enfants et j'ignorais qu'un utérus était requis pour savoir mettre des chaussures, mais d'accord.

Son sourire fond telle la neige au soleil. Hébété par mon cynisme, le « mysopapa » ne bronche plus, même ses gamins ont retrouvé un semblant de calme.

– Merci, souffle-t-il une fois ma mission accomplie.

Bon, j'ai failli casser le pied du gosse à force de tordre sa cheville pour la glisser à l'intérieur. Peut-être qu'il ne l'enlèvera plus, au moins.

– De rien.

Par chance, je descends avant lui.

Je me suis souvent demandé pourquoi Robin s'entête à subir le périphérique et les bouchons chaque jour depuis des années. Maintenant, je le sais. Il deviendrait fou au milieu des gens.

Je marche jusqu'au Palais de Justice, n'étant plus très loin. Huit heures approchent et la chaleur commence déjà à être étouffante. Étonnamment, aucun de mes collègues ne parle de la soirée de la veille lorsque j'arrive dans les bureaux. Nous sommes tous sortis boire un verre (excepté une des secrétaires de mon service et la stagiaire de Robin), puis nous avons décidé de dîner ensemble. L'ambiance était sympa, propice à la discussion. Il faut croire que ce qui est en dehors du travail reste en dehors du travail, car personne n'y fait allusion.

La journée se déroule à peu près comme celle de la veille. Je classe des papiers, m'occupe du courrier, prépare du café. Beaucoup de café. C'est d'ailleurs lors d'un énième voyage chargé de gobelets à l'intention des deux secrétaires que j'entends malgré moi une conversation qui ne me regarde pas :

– Il paraît qu'il lui a fait des avances ! s'extasie la première. Il lui laisse des Post-it, il y en a même un qui est tombé de sa poche hier… C'est Laura qui me l'a dit.

Ça, c'est Béatrice, la quarantaine, reconnaissable entre mille avec sa voix nasillarde.

– Et qu'est-ce qu'elle a répondu ? s'enquiert sa collègue.

Jeanne, la cinquantaine, intonation rendue rauque par des années de tabagisme. Elle était absente hier soir.

– Je ne sais pas.

– Elle n'est que stagiaire…

J'ignore de qui elle parle et j'ai encore du travail. Je m'avance en annonçant ma présence à l'instant où Béatrice lâche :

– Oui, enfin c'est Lefebvre.

Le ton sous-entend que « ça ne se refuse pas ». Ou bien elles le connaissent mieux que je ne le pensais car ce n'est pas le genre d'homme à courtiser une femme, ou…

Un bloc de glace me tombe sur les épaules.

– Oh, Erika ! Tu es là, s'exclame la plus âgée. Merci pour les cafés.

Je les pose en quelques gestes mécaniques. Mon cerveau chauffe. L'écriture sur les mots n'est pas reconnaissable, puisqu'ils sont imprimés. Et si je m'étais trompée ? S'il s'agissait de la technique d'approche de Robin afin de séduire ? Je trouverais étonnant que les cœurs dessinés sur celui que j'ai ramassé hier dans le hall soient l'œuvre de mon ancien ami… Néanmoins, je ne peux nier qu'il a immédiatement fait le lien entre les Post-it et son éventuelle copine cette nuit, quand je l'ai questionné à ce sujet.

Stop. Ça suffit.

J'ai assez à gérer.

Quelle que soit la vérité, tout cela ne me concerne pas.

CHAPITRE 21

ROBIN

C’est étrange de constater combien le cerveau est capable d’effectuer un travail de tri au sein de nos souvenirs. Quand je pense à mon passé commun avec Erika, je revois essentiellement nos bons moments. Ces petits riens qui changent un quotidien. Une complicité échangée dans le silence d’un simple regard, par exemple. Cependant, plus elle fuit comme elle s’y efforce depuis des jours, plus des réminiscences moins lumineuses me reviennent en mémoire. À l’époque de notre rencontre, elle reprenait tout juste le contrôle de sa vie. C’est ce qu’elle m’a confié des mois plus tard, en tout cas. Elle venait de traverser une sale période sur laquelle elle ne s’est jamais montrée bavarde. *Même avec moi.* Je sais qu’elle a tendance à compenser son mal-être avec des excès en tout genre. Ce peut être sous forme de travail acharné, mais également de soirées trop arrosées. Depuis cet échange bizarre où nous avons failli nous embrasser en début de semaine, elle m'évite. Elle part tôt, rentre tard, sort presque tous les jours. J'espère que le week-end chez sa mère lui sera bénéfique, bien que j'aie un gros doute sur la question. Un coup d'œil sur ma montre m'apprend qu'elle doit être sur le point d'y arriver. Elle est, je crois, partie directement en sortant du travail. Il est vingt et une heures et je n'ai aucune nouvelle de sa part. Je décide de lui envoyer un SMS, juste pour m'assurer que son trajet s'est bien passé.

Tu es arrivée ?

Simple et efficace.

Je n'obtiens aucune réaction pour autant.

Installé sur mon canapé, un dossier ouvert sur la table basse, c'est pourtant mon bouquin qui m'appelle. *Pourquoi est-ce qu'elle ne répond pas ?*

Voilà. Je vais encore tourner en rond.

Dépité par mon incapacité à trouver des explications, je chope le thriller qui me nargue et plonge entre les pages. Cependant, je n'ai pas le temps d'en lire plus de trois que la sonnette retentit. Je fronce les sourcils, car Erika ne sonnerait pas, je lui ai donné le double. Je me lève en soupirant, ouvre la porte.

– Bonjour, fils ! s'exclame mon père.

– Tontoooon ! crie Gabin qui se jette contre moi.

Du haut de ses cinq ans, c'est une vraie tornade. Je lui ébouriffe les cheveux comme mes frères ont coutume de le faire avec les enfants, avant de remarquer la présence de Zélie. *Combien sont-ils ?*

– Coucou oncle Robin, dit Zélie en agitant une main.

Elle a beau avoir dix ans et demi, elle m'appelle toujours ainsi. La formulation est un peu vieillotte, mais mignonne malgré tout. Je la salue à mon tour en souriant.

– Oh toi, tu as encore trop travaillé et tu avais oublié notre venue, je me trompe ? sourit ma mère.

Je bugge de longues secondes. *Oh bon sang, le week-end parisien, le vernissage, tout me revient !*

– Difficile de nier. Je suis désolé, entrez.

Je m'efface, bien heureux d'être seul pour les deux prochains jours. Justifier la présence d'une femme qui n'est pas la mienne dans mon appartement se serait révélé particulièrement pénible. Il faut que je range quelques trucs à elle qui traînent et que je prépare la chambre, cela dit.

– Vous avez fait bon voyage ?

– Oui, oui, il y avait peu de monde à la gare, répond mon père.

– C'était mon premier trajet en train, dit Zélie. J'ai adoré !

– Moi aussi ! Moi aussi ! surenchérit son frère.

Je ne me souvenais pas que mes neveux faisaient partie du déplacement, ou alors, j'ai oublié.

– Vous avez mangé ?

– Oui, ne t'inquiète pas. Louna t'a appelé ? questionne ma mère en indiquant les enfants d'un geste discret.

– Non, pas récemment, dis-je en saisissant mon iPhone resté sur la table basse.

Un nouveau message. Ma sœur.

– Quand on parle du loup… murmuré-je.

Louna : Hello frangin ! Je suis désolée,
j'aurais aimé te prévenir avant, mais
les parents vont débarquer avec Zélie
et Gabin. Je n'ai su qu'ils partaient que
tout à l'heure… C'est l'idée de Gabriel.
Je lui ai tout déballé et il voulait
qu'on prenne le week-end pour nous.

Je suis content pour elle. Un peu moins pour moi car je sens que mon adorable neveu va me démonter l'appartement.

Moi : Ils viennent d'arriver.
Tant mieux si ça s'est arrangé.

Louna : Tu m'en veux ?

Moi : Pas du tout, quelle idée !
Profitez-en.

Louna : Oh ça ne sera pas difficile…

Seigneur. Pas de détails, pitié. Je lui souhaite une bonne soirée, avant de reposer mon téléphone. Mes parents sont assis sur le canapé, tandis que les enfants commencent à bâiller.

– Je vais préparer les chambres, je reviens.

– *Les* chambres ? Une seule suffira, les petits peuvent dormir sur le canapé, non ? s'étonne leur grand-mère.

– Il est bien convertible ? ajoute son mari qui se penche pour regarder dessous.

Je l'ai changé l'année dernière, je me souviens qu'il l'est, même si je n'en ai jamais eu besoin.

– Oui, mais je préfère qu'ils prennent ma chambre. J'ai complètement oublié d'échanger mon week-end d'astreinte avec un collègue donc je bosse demain. Je ne veux pas les réveiller en me levant.

Ils hochent la tête de concert après avoir considéré l'idée.

– Servez-vous dans le frigo si vous avez faim ou soif, je reviens.

Je suis peut-être impoli, toutefois je dois me dépêcher de ranger les affaires d'Erika avant de crouler sous une avalanche de questions.

Par chance, elle est plutôt ordonnée et ne s'est pas trop éparpillée. Je chope les quelques habits et pots non identifiés qui traînent et les place au fond du placard. Je change les draps, ferme la fenêtre restée ouverte. Ma chambre est plus vite faite, puisque rien ne dépasse de nulle part. Je regagne le salon en un temps record.

– C'est tout bon.

Ma mère me remercie et propose aux enfants d'aller se coucher.

– Nous avons une grosse journée demain, précise mon père.

Étonnamment, ils acceptent sans faire d'histoires. Ils se lèvent, suivis de leur mamie. Jusqu'ici, tout allait bien.

C'était sans compter sur la porte de l'entrée qui s'ouvre dans un fracas.

– Merde, grogne Erika.

Nous sommes tous figés – surtout moi – tandis qu'elle relève la tête. Ses yeux rencontrent les miens, puis elle prend conscience que quatre autres personnes occupent la pièce. Sa bouche s'entrebâille, elle bégaye des excuses incompréhensibles.

– Robin, je…

Réagir. Vite. Comment ? Aucune idée.

– Une minute, dis-je à l'intention de ma famille.

Je rejoins Erika, la fais reculer sur le palier. La porte claque dans mon dos.

– Qu'est-ce que tu fabriques ? Je croyais que tu étais chez ta mère.

– Je… J'ai oublié mes cours.

Et la marmotte elle met le chocolat dans le papier alu, bien sûr.

– Tu es sortie ?

Ses yeux brillent un peu, mais elle tient debout. Son rouge à lèvres appartient au passé, son mascara a légèrement coulé. Elle esquisse un sourire sans joie :

– Ah, de toute évidence, je n'étais pas là, oui.

Son ton sarcastique m'irrite, son haleine senteur mojito encore plus. J'aimerais qu'elle me parle. Le comble, quand on connaît mes capacités en matière de communication.

– Rika… grondé-je.

– Qu'est-ce que ça peut te faire ? Tu comptes me sermonner ? Je n'ai pas le droit d'aller boire un verre un vendredi soir, *papa* ?

– Arrête ça. Tu sais très bien où je veux en venir.

– Je n'avais pas envie de rentrer chez moi ce soir. Je me suis dit que ça ne te poserait pas de problème que j'attende demain, mais…

Elle fixe la porte.

– Je ne m'en souvenais plus, me justifié-je.

– Je vais appeler un taxi et partir.

– De nuit et éméchée ? Bonne idée ! raillé-je.

– Tu as une autre option peut-être ? Non. Alors à dimanche…

Elle pivote sur ses talons tremblants. Je la regarde s'éloigner, un petit sac de voyage sur l'épaule. Elle s'engouffre à l'intérieur de l'ascenseur en pouffant d'un rire jaune. Ses yeux tristes accrochent les miens lorsque les portes se referment. Je ne peux pas la laisser s'en aller. Pas dans ces conditions. Tant pis si mes parents posent des questions, je trouverai une explication. Je dévale les escaliers des neuf étages jusqu'au rez-de-chaussée afin d'arriver avant elle. Essoufflé, j'y parviens pile à temps. L'ascenseur recrache son corps frêle et vacillant, elle se fige quand elle me remarque, appuyé contre le mur du hall, ma respiration maîtrisée malgré mes poumons en feu. Je m'avance dans sa direction, elle recule au point de remonter dans la cabine toujours ouverte.

– Ce serait irresponsable de ma part de te laisser partir dans cet état.

– Je me sens mieux que tu ne le penses.

– Je m'en fiche. Reste cette nuit.

Elle déglutit, son regard rivé au mien.

– OK. Je suis crevée de toute façon.

C'est tout ce dont j'avais besoin pour appuyer sur le bouton menant au neuvième étage.

L'ascension se déroule dans le silence le plus complet. Nous nous tenons à l'opposé l'un de l'autre malgré le lien invisible qui crépite entre nos corps.

– Qu'est-ce qu'on va dire à tes parents ?

– Tu as conscience que j'ai trente-cinq ans et que je ne suis pas obligé de rendre des comptes ?

– Comment veux-tu que je me présente ?

Je fronce les sourcils, pas certain de ce qu'elle insinue.

– Comme ce que tu es : une amie.

Une amie que je rêve d'embrasser, mais passons.

– D'accord.

Un éclair de lucidité semble la traverser, elle ouvre grand les yeux et attrape mon avant-bras avant que je tourne la poignée de mon appartement :

– Minute. Ils sont quatre, n'est-ce pas ?

– Oui.

– Où est-ce que je vais dormir ?

– La canapé est convertible, je te le laisse.

– Et toi ?

– Je dormirai par terre, ça m'est égal.

Elle se dandine sur ses pieds, pince sa lèvre entre ses dents avant de bredouiller :

– Je ne vais pas te manger ni te sauter dessus, si tu veux…

Et endurer la chaleur de son corps ? Son odeur ?

– Non. Ça ira, merci.

Mon intonation catégorique la blesse. Je chasse l'amertume de cette constatation et pousse le battant.

Le salon est désert. Je referme, tandis que mon père sort la tête du couloir :

– Ta mère a couché les enfants. (Il regarde Erika, la salue brièvement.) Nous sommes fatigués aussi. À demain ?

– Bonne nuit.

Intérieurement, je les remercie de s'effacer.

– Je peux prendre une douche, tu crois ? demande Erika. Ça ne va pas les gêner ?

– Non, vas-y. Et insiste bien sur le brossage de dents, tu sens le mojito à des kilomètres.

Cela dit, je reconnais qu'elle tient relativement bien l'alcool.

Elle bougonne, puis s'éclipse sans se faire prier. Pendant qu'elle se prépare, je déplie le canapé, installe les draps, y compris pour moi au sol. Je suis encore jeune et en forme, ça ne devrait pas être un problème de dormir par terre, dans le sac de couchage que j'emporte habituellement sur mon bateau. La mer me manque plus que jamais. J'ai bon espoir de m'y rendre le week-end prochain, il faudra d'ailleurs que j'appelle Marcel afin de l'informer de mon projet. Je ne sais pas si c'est de m'être agité ou l'isolation du salon, mais je meurs de chaud. J'ouvre une fenêtre, puis je quitte pantalon et chemise. Je me glisse à l'intérieur du sac avant l'arrivée d'Erika. Les bras croisés derrière la tête, je fixe le plafond en revoyant la fin de journée défiler. C'est surréaliste. Moi qui n'oublie jamais rien, j'ai réussi à zapper la venue de mes parents. Tout me file entre les doigts depuis le retour d'Erika.

Ma meilleure amie approche quelques minutes plus tard. Elle est vêtue d'un tee-shirt long qui laisse peu de place à l'imagination. J'ignore si elle en a conscience, mais elle est sublime. Mes yeux remontent le long de sa silhouette jusqu'à trouver les siens qui me fixent. Elle lorgne brièvement mon torse nu avant de se ressaisir, les joues en feu.

– Merci, murmure-t-elle. Pour tout.

– Pas de quoi.

Si tu savais tout ce à quoi je pourrais renoncer...

Elle éteint la lumière et se couche à quelques mètres de moi. Rapidement, son souffle ralentit et devient plus profond. Elle s'est endormie. Je clos les paupières, tente de l'imiter. Mais la vie est cruelle et n'offre aucun répit aux personnes de plus de trente ans. Mon dos me fait souffrir, qu'importe la position. J'ai l'impression de rouiller sur place.

Plus les heures s'écoulent, plus la douleur me paralyse. Je me redresse, constate qu'Erika est couchée sur le côté droit, bien au bord du lit. Le matelas me tend les bras. Je ne remue pas en dormant, tout devrait bien se passer. Je tente d'oublier *sa* présence, me cale sur le flanc à son opposé comme si elle avait la peste. *Une pestiférée qui sent divinement bon.* Épuisé, je sombre aussitôt.

La lumière du petit jour filtre à travers le rideau mal tiré. Flemme d'ouvrir les yeux, malgré les picotements dans mon bras gauche. Je n'ai aucune envie de quitter la chaleur aux notes sucrées qui me colle au corps.

Depuis quand la chaleur possède-t-elle un tel parfum ?

Un courant électrique me traverse. J'ouvre aussitôt les yeux. Mon biceps est engourdi car une tête repose dessus. Je n'ose pas bouger, comme si le moindre mouvement allait provoquer l'explosion de la ville. *Bon sang.* De la ville, non, de mon cœur, si. Le dos d'Erika est blotti contre mon torse, mon bras libre pèse sur sa hanche. Pire, une de mes cuisses est calée entre les siennes.

Qu'est-ce que... ?

Je dois dégager avant de faire une connerie.

Vite.

CHAPITRE 22

ERIKA

Le bras qui me sert d'oreiller glisse sous ma joue.

Le bras ? Sous ma joue ?

Je me réveille immédiatement, tandis que le poids sur ma hanche se décolle. Le parfum de Robin inonde mes sens. Qu'est-ce qu'il fait là ? Dans cette position ? Mon cœur s'affole sous mes côtes. Je ne comprends pas ce qu'il se passe, mais cette sensation… *Dio mio.* C'est la meilleure que j'ai ressentie depuis longtemps. Mes yeux ne sont pas encore ouverts, pourtant je me sens déjà fatiguée. L'appartement est silencieux, tout le monde semble dormir. Je rêve de grappiller quelques secondes de sérénité.

– Avant que tu te sauves… chuchoté-je.

– Merde, grogne-t-il. Je n'ai aucune idée de comment on a atterri comme ça.

Il remue une nouvelle fois, c'est alors que je prends conscience qu'une de ses cuisses est calée entre les miennes. Il se décolle lentement, instaurant un périmètre de sécurité entre nous. Cependant, il ne se lève pas. Je profite de ce qu'il ne me voit pas pour demander à voix basse :

– Juste cinq minutes.

– *Quoi ?*

Je sais qu'il a très bien compris.

– S'il te plaît.

J'imagine qu'il pèse le pour et le contre, qu'il étudie ses options afin de garder le contrôle de la situation. À tous les coups, il va déguerpir sans me répondre.

– OK, souffle-t-il si doucement que j'ai le sentiment de l'avoir inventé.

Plusieurs secondes s'écoulent, puis son grand corps revient se blottir contre mon dos. J'ignorais qu'une simple « amie » pouvait déclencher une réaction si… prononcée sous la ceinture, mais c'est peut-être uniquement physiologique. *Monsieur le juge ne peut pas tout maîtriser*. Un peu manchot, car ses bras ne me touchent pas. Je tâtonne à l'aveugle, trouve sa main que je ramène sur le haut de mon ventre. Nos doigts s'entremêlent, ma respiration s'emballe au rythme de la sienne.

J'ai l'impression qu'il faudrait que je dise quelque chose, n'importe quoi, toutefois j'ai bien trop peur de ruiner cet instant hors du temps. D'ici une poignée d'heures, je serai chez ma mère et tout cela ne sera plus qu'un souvenir. Je ferme les yeux, me nourris de ce bien-être qui m'enveloppe.

– Je ne suis pas certain que ce soit une bonne idée, dit Robin.

Pourtant, il accompagne sa réflexion en nichant son nez dans mon cou. Une myriade de papillons décolle au creux de mon ventre. Je suis d'accord avec lui, et je crois lui devoir certaines informations, bien que le moment soit mal choisi.

– Paul m'a conseillé un avocat pour mon divorce. Je l'ai contacté, ça ne sera qu'une formalité.

J'ignore pourquoi je précise cela, mais ça me soulage de l'annoncer à voix haute.

– D'accord, murmure-t-il avant de déposer un baiser sous mon oreille, à la lisière de mes cheveux.

Je me colle davantage contre lui, il étouffe un grognement. Le désir se déverse à l'intérieur de mes veines, enflamme chaque partie de mon anatomie. Je joue à un jeu dangereux pour mon cœur. Sa main quitte la mienne et atterrit sur ma hanche, qu'il presse avec douceur. Je sais qu'il se contient, je sens presque sa peau vibrer à mon contact.

La certitude que j'aimerai cet homme, d'une manière ou d'une autre, jusqu'à la fin de ma vie me serre l'estomac. Le fait que ce ne sera jamais réciproque restera mon plus grand regret. Malgré moi, une larme m'échappe.

– Rika ?

Il a dû s'en rendre compte. Je suis ridicule.

– Tout va bien.

– C'est faux et tu le sais.

– C'est juste que…

Impossible de me concentrer quand ses doigts dessinent des petits ronds sur mon flanc. Je ferme les yeux, inspire, prête à lui avouer une partie de ce qui me ronge depuis des années :

– Je…

Un bruit de porte m'interrompt, suivi d'un :

– Dis tonton, tu as des Chocapic ? Parce que moi, je mange que des Chocapic, le matin.

L'effet est immédiat, Robin bondit du lit comme si ce dernier prenait feu.

– Gabin, tu es déjà debout ? s'étonne-t-il.

Il ramasse son pantalon resté au sol, sous l'œil suspicieux de son neveu.

– Vous êtes des amoureux ! s'écrie-t-il.

Ah mon pauvre garçon, si tu savais.

– Non, bonhomme, répond Robin d'un air détaché. Et désolé, je n'ai pas tes céréales, mais j'ai de la pâte à tartiner que tu vas adorer, j'en suis sûr.

L'enfant ne semble pas convaincu, cependant il hoche docilement la tête. Robin l'accompagne jusqu'à la cuisine, j'en profite pour me préparer avant que ses parents nous rejoignent. Assise sur le panier à linge sale de la salle de bains, je réfléchis à toute allure. Mes doigts effleurent mon cou, comme s'il avait marqué ma peau de façon indélébile. Comment agir ? Partir et le laisser se dépatouiller ou me présenter et m'en aller après ? Par quel sort est-ce que je parviens toujours à me mettre dans des histoires impossibles ? La réponse vient à moi lorsque j'entends d'autres pas résonner depuis le couloir. Monsieur et madame Lefebvre sont debout. Je n'ai aucune échappatoire, si ce n'est de sauter du neuvième. Un peu radicale, même pour moi. Je lisse ma jupe, réajuste mon débardeur, gonfle mes poumons d'un courage fictif et me lance. *Pourvu qu'ils ne soient pas en pyjama.* Ce serait le summum du malaise.

Les jambes tremblantes, je rejoins la petite famille attablée. Je constate avec soulagement que, hormis les enfants, tout le monde est habillé.

– Bonjour, bredouillé-je.

Le sourire que je m'évertue à afficher doit être effrayant.

– Oh, bonjour ! s'exclame la mère de Robin en se levant.

Enthousiaste comme un lutin à l'approche de Noël, elle m'embrasse sur les deux joues. Son mari, plus pondéré, me salue d'un signe de tête. J'avais déjà vu ses parents sur des photos. Apparemment, il ne leur a jamais parlé de moi, ce qui ne m'étonne pas. Robin ne rime pas avec communication. Sa mère porte un combishort noir contrastant avec ses cheveux blonds coupés au carré, tandis que son père lui ressemble (en moins beau) avec sa chemise fermée jusqu'au cou. D'ailleurs, je remarque qu'il tient son couteau à beurre bien droit, comme un scalpel. D'anciens réflexes du chirurgien qu'il est. Ou « était », depuis le temps.

– Zélie, décale-toi un peu ma puce, on va faire une place pour…

– Erika, précisé-je.

– C'est un joli prénom, dit-elle.

Elle se tourne vers son fils qui revient avec une tasse dans chaque main et lui adresse un regard interrogateur auquel il ne réagit pas. *Étonnant !*

– C'est gentil, mais je ne vais pas rester. Je suis attendue.

Et beaucoup trop nouée pour avaler quoi que ce soit.

– Même pas un café ? s'enquiert le père.

Louis, je crois. Et si ma mémoire est bonne, sa femme s'appelle Élise.

– Tu vas refaire un câlin à tonton ? balance le petit.

Mon sourire se fige, je déglutis avec peine. Tous les regards se braquent sur le juge en attente de son verdict.

– Pas de café, merci, réponds-je à la place. Robin, euh…

À demain ? Que faut-il dire ?

– À bientôt, me devance-t-il.

Je jurerais que ses yeux étincellent malgré sa mâchoire crispée.

J'attrape mon sac posé dans l'entrée, et tant pis pour les cours que j'ai oubliés. Je lance un « au revoir » à l'assemblée, puis je sors sur le palier.

De l'air. Enfin.

CHAPITRE 23

ROBIN

La porte se referme sur Erika. Je pourrais affirmer que je regrette ce qu'il s'est passé entre nous ce matin, bien que je ne sache pas vraiment ce que ça représentait, mais ce serait mentir. Je préfère ne pas y penser dans l'immédiat, cependant je sens le regard lourd de questions de ma mère. Je l'ignore autant que possible, déjeune comme si tout était normal.

– Tu as terminé ton café, Louis ? interroge-t-elle au bout de quelques instants.

Il lève un sourcil en acquiesçant :

– Oui, pourquoi ?

– Tu pourrais emmener les enfants jouer au parc juste en bas, peut-être ?

Je rêve ou elle le fout dehors ?

– Je n'ai pas très envie de…

– Si, tu as envie, insiste-t-elle.

Le sourire dont elle le gratifie n'invite pas à la protestation.

– Le paaarc ! s'écrie Gabin. Tu me pousseras sur la balançoire, Zélie ?

– Si tu veux, répond-elle en débarrassant son bol vide. On ira voir la tour Eiffel, après ?

– Nous vous l'avons promis, dit ma mère. Vous allez vous habiller ?

Les pieds de chaise raclent le parquet lorsque les enfants se ruent vers la chambre. *Mon voisin va me tuer.*

Loin de se préoccuper de ma vie sentimentale, mon père me questionne sur le travail. Je crois que la chirurgie lui manque, même s'il n'ose pas l'avouer. Je me souviens du jour où je lui ai confié que la médecine ne m'intéressait pas. C'était comme le bousculer du haut d'une falaise tant il attendait que je suive ses traces. Ajoutez à cela que je suis l'aîné supposé montrer l'exemple et vous avez le combo parfait pour une pression phénoménale. C'était sa façon de me soutenir. En me poussant toujours plus loin, avec pour devise : « C'est bien, mais tu peux faire mieux. » Fut un temps où j'espérais une autre considération de sa part. Tout compte fait, ses silences m'arrangent. J'aime la tranquillité. Malheureusement, ce n'est pas le cas de ma mère.

– Alors ? questionne-t-elle une fois que nous sommes seuls.

Pourvu que mon téléphone sonne pour le travail.

Je me lève à mon tour, prends appui d'une main sur le dossier de la chaise devant moi.

– Je vais aller courir. Et toi ?

– Je crois que ton footing peut attendre… Tu ne veux pas profiter de la présence de ta vieille mère pour discuter avec elle ?

Je me retiens de lui dire que si j'ai besoin, je peux l'appeler. Ce que je ne fais jamais, bien entendu.

Je n'ai aucun doute concernant le sujet dont elle souhaite parler.

– Maman… Tu ne crois pas que j'ai passé l'âge ?

Elle s'adosse à sa chaise, ses ongles vernis claquent lentement sur la table.

– Écoute-moi, Robin Lefebvre. Le souvenir des trente-six heures en salle de travail pour te mettre au monde est, et sera, toujours frais dans ma mémoire. Sais-tu ce que représentent douze points de suture ?

Oh Seigneur… Mes yeux roulent dans leur orbite, je croise les bras sur mon torse. Loin de se démonter, ma mère poursuit :

– Non, tu l'ignores. Alors si je te demande dix minutes de ton précieux temps parce que je m'inquiète pour toi, tu peux peut-être fournir un petit effort ?

Je râle, tire la chaise et m'y assieds. Elle ne va pas renoncer, je le sais. Louna est faite du même bois.

– Je t'écoute. Mais si mon téléphone sonne pour le travail, je filerai sans même entendre la fin de ta phrase.

Elle sourit malgré mon indélicatesse.

– On dirait ton père, murmure-t-elle. Planqué sous une carapace en permanence.

Je choisis de ne pas relever, même si ses mots résonnent en moi.

– Tu n'as pas à te faire de souci, assuré-je. Tout roule, comme tu peux le constater.

– Pourquoi tu n'as pas retenu ton amie, ce matin ?

– Parce c'est une amie, justement.

Un nouveau sourire étire ses lèvres.

– J'ai vu l'intensité avec laquelle tu la regardes, Robin. Et crois-moi, elle peine à le masquer aussi.

– Elle est perdue.

– Pas en ce qui te concerne, à mon avis.

– Tu ne la connais pas.

Elle m'a déjà anéanti sans le vouloir et je doute qu'elle reste cette fois encore.

– Sixième sens féminin. Je ne saurais même pas te l'expliquer. Il y a des liens qui se passent de mots.

J'ignore comment rebondir après ça. « OK, merci » me paraît un peu vaniteux. Miracle, mon téléphone sonne et je reconnais immédiatement le numéro professionnel qui s'affiche. *Un déferrement, youpi !*

– Excuse-moi, dis-je en agitant mon portable.

Je décroche, l'échange est aussi concis que rapide.

– Je dois me rendre au Palais de Justice.

– Je m'en doutais. Je vais rejoindre ton père et les enfants. On se voit ce soir ?

– Étant donné que vous êtes chez moi, j'imagine que oui.

Elle pouffe de rire en acquiesçant. En dehors des petites rides qui se creusent au coin de ses yeux, le temps ne semble pas avoir de prise sur elle. C'est drôle, j'ai vraiment l'impression d'avoir devant moi un aperçu de ma sœur d'ici quelques dizaines d'années.

Je regagne ma chambre, choisis une chemise et un pantalon propres.

– Si tu cherches ta cravate verte, Gabin l'a trouvée dans la chambre d'amis, crie ma mère depuis le salon.

La seule que j'aie de cette couleur est sous mon nez, rangée à l'intérieur de ma commode. Elle me l'apporte en s'excusant :

– Les enfants sont curieux… Elle dépassait du tiroir, selon Zélie.

– Merci, réponds-je distraitement, les sourcils froncés.

Je n'ai pas acheté cette cravate, j'en suis sûr et certain. Jusqu'à preuve du contraire, Erika n'en porte pas non plus. À qui peut-elle appartenir ? Je presse le tissu entre mes doigts, puis je finis par la ranger avec les autres. J'en choisis une noire.

Prêt à partir, je remarque le double des clés de mon appartement sur la console de l'entrée. Erika les a laissées. *Et si elle ne comptait pas revenir ?* Le col de ma chemise me serre plus qu'à l'accoutumée. *Impossible. Elle sera là demain. Ou pas ?*

La cravate a-t-elle quelque chose à voir dans l'histoire ?

Je chasse ces idées parasites.

– Tu prendras le trousseau sur le meuble, m'man ! Au cas où je rentrerais tard.

– Merci ! s'exclame-t-elle depuis la salle de bains. Et Robin ?

Je me retiens de soupirer.

– Hum ?

– Tu mets du mascara et du rouge à lèvres ou ça appartient à ton amie qui n'est pas ton amie ?

Cette fois, je grogne et m'en vais.

Quel pénible faut-il être pour obliger tout un tribunal à se déplacer le samedi ? La réponse est sous mes yeux. Costaud, la casquette calée sous une cuisse, les mains jointes sur les genoux qu'il remue nerveusement. Vingt-cinq ans, trafic de stupéfiants. Pris la main dans le sac. Je ne comprendrai jamais comment on peut vendre de la mort en sachet et dormir sur ses deux oreilles. À côté de l'accusé, son avocat commis d'office. Assis à ma droite, deux autres juges. En comparution immédiate comme en correctionnelle, nous sommes souvent trois magistrats à statuer. Entre nous, je crois que c'est surtout pour impressionner. Est-ce que ça fonctionne ? Avec certains, oui. Un peu plus loin, le greffier ainsi que le procureur sont également présents.

Trop de week-ends fichus en l'air à cause d'abrutis qui pourraient attendre le lundi pour se faire choper.

La procédure est assez rapide : tous les éléments sont réunis afin de le condamner.

Je salue mes collègues, puis je rejoins mon bureau. Une ou deux paperasses m'attendent, et puisque je n'ai rien de mieux à faire… Autant m'avancer. J'allume mon ordinateur fixe lorsque quelque chose attire mon attention sur le clavier. Un Post-it. Cette histoire commence à me taper sur le système. J'ai vérifié : aucune des personnes de mon service n'utilise de Post-it vert.

– Tu as une minute ?

Surpris, je relève la tête, le mot entre les doigts. Paul, le juge avec qui Erika bosse, entre à l'intérieur de mon bureau.

– Oui ?

Je range furtivement le papier parmi d'autres.

– Elle est comment la stagiaire qui travaille avec vous ? Elle sera au sein de notre service la semaine prochaine. J'aimerais bien savoir à qui j'ai affaire.

J'ignorais qu'elle migrait. Ou alors j'ai oublié. Encore.

– Timide, mais professionnelle. Je n'ai rien à redire. Questionne Laura lundi, elle est davantage à son contact.

– Pas de problème, merci.

Le désir de lui demander comment s'en sort Erika me démange. Les mots s'échappent avant que mon cerveau ne fasse barrage :

– Et la nouvelle greffière ? Sympa ?

Un léger rictus, pas plus gros qu'une virgule, se dessine sur sa bouche.

– Oh oui. *Très* sympa.

Son regard pétille de lubricité. Est-ce qu'une cravate peut causer des dégâts ? Parce que là, j'ai carrément envie de la lui faire bouffer.

– Tant mieux.

– J'ai entendu dire que tu la connaissais ?

C'est quoi ce plan foireux ?

– Je suis navré, du travail m'attend.

Je me fiche d'être impoli. Ce mec n'est pas mon ami et ne le deviendra jamais. Il comprend, hoche la tête et opère un demi-tour sans insister. Je m'apprête à ressortir le petit mot quand un bruit très léger attire mon attention. Paul s'éloigne, mais quelque chose est tombé de son classeur. Je me redresse afin de le ramasser. Il s'agit d'un carnet de *Post-it*. Vert.

Je me dépêche de saisir le dernier trouvé et lis :

« L'amour est d'autant plus probable qu'il paraît impossible » Jules Sandeau, *Catherine*, 1845.
Bon week-end.

Qu'est-ce que c'est que ce cirque ?

CHAPITRE 24

ERIKA

Les rues que je connais par cœur se succèdent. Plus qu'une intersection et le taxi arrivera devant chez ma mère. Pour une fois, j'ai choisi ce mode de transport qui va certes me coûter un rein dans quelques instants, mais qui a eu le mérite de me laisser en paix durant deux heures. Pas de bavardage ni de sourire de façade, juste le vrombissement du moteur et mes pensées. Un goût étrange tapisse ma bouche, semblable à une intuition. Un ressenti sans explications. Je n'ai pas réussi à partir hier soir comme c'était prévu. Mon cœur est toujours serré quand je repense à notre dernière dispute, alors j'ai sauté sur l'occasion d'une virée entre collègues. J'ai fait baigner mes problèmes dans un peu d'alcool, mais je n'étais pas ivre. Je veille à laisser mes démons endormis.

– C'est là ? demande le chauffeur.

– Oui, merci.

Pourvu que cette visite se passe bien.

Je règle la course, puis je sors avant d'attraper mon sac de voyage resté sur la banquette arrière. La voiture repart une seconde plus tard. *Voilà, plus d'échappatoire.*

J'inspire un grand coup, bloque l'oxygène à l'intérieur de ma poitrine, le relâche quand mes poumons brûlent. Le pas lourd, je remonte l'allée en gravillons. Je n'ai pas le temps de frapper que la porte s'ouvre.

– Bonjour, ma puce !

– Bonjour, maman.

– Tu as l'air épuisée. Entre vite, laissons la chaleur dehors.

Je m'exécute, elle referme derrière moi. Le son de la télé me parvient depuis le salon. Avec plus d'attention, je remarque qu'il s'agit d'une discussion réelle. Ma grand-mère converse avec quelqu'un dont le ton m'est familier.

Mon sang se glace dans mes veines.

Ben.

– Qu'est-ce qu'il fiche ici ? demandé-je à ma mère.

– Il vient d'arriver, il pensait te trouver à la maison.

Forcément. Mais bon sang, il aurait pu prévenir !

Je rejoins ma grand-mère et mon futur ex-mari dans la pièce à vivre. Inutile de préciser que mes jambes tremblent faiblement. La doyenne est installée dans son fauteuil, Ben sur le canapé.

– Ah ! Tu es là ! s'exclame Nonna.

Je m'avance afin de lui déposer un baiser sur la joue.

– Comment vas-tu ? m'enquiers-je doucement.

Revoir Ben, qui plus est avec ma famille, est bizarre.

– Salut, dis-je, un peu bête.

Il se lève pour me faire la bise, un grand sourire aux lèvres.

– Je suis content de te voir.

Personnellement, je ne ressens ni joie ni peine. Je choisis de lui rendre son sourire, bien que plus timide.

– J'ai voulu t'appeler, mais ma batterie est à plat. Ton avocat m'a contacté, je pensais qu'on pourrait en discuter.

– C'est une bonne idée.

J'aimerais juste éviter de me donner en spectacle devant ma mère et ma grand-mère, mais je ne peux pas le lui avouer à voix haute sous peine de vexer la doyenne.

– L'avocat ? Carrément ? intervient cette dernière.

– Nonna… soupiré-je.

Je sens que les choses vont se compliquer.

– C'est parce que tu vis avec l'autre, là, le juge ? Il te monte la tête ?

Au regard que me lance Ben, je comprends qu'il n'était pas encore au courant. Son expression se durcit, mélange de tristesse et de colère. J'aurais dû lui dire la vérité. Je n'ai pas réfléchi et j'ai merdé.

– Le juge ? répète-t-il. Robin ?

Il crache son prénom avec dégoût.

– Maman, laisse-les se débrouiller, intervient ma mère.

Trop tard, le mal est fait.

– Tu m'avais dit que tu ne pensais pas le revoir.

– Est-ce qu'on pourrait en discuter ailleurs ? demandé-je avec un calme qui m'étonne.

– Tu nous as menti à nous aussi, cingle Nonna. Elle a bon dos, la copine.

Je sens une colère dévastatrice monter en moi.

– Au cas où ça ne serait pas suffisamment clair, je suis une grande fille.

– Les « grandes filles » ne mentent pas et ne passent pas leur temps à ruiner leur vie.

Sa repartie me coupe le souffle. Comme au ralenti, je regarde ma mère, puis Ben. Il hausse les épaules avant de me porter le coup de grâce :

– Elle n'a pas tout à fait tort.

Je contrôle ma respiration, l'estomac au bord des lèvres, et me tourne vers ma mère :

– Tu as quelque chose à ajouter ?

– Non… Peut-être que tu devrais te laisser un délai de réflexion et prendre ta décision ensuite ?

Mon sang pulse jusque dans mes tempes. Je sais exactement ce que je désire ou pas. Fonder une famille n'en fait pas partie, il n'y a rien à ajouter.

– Mon choix est déjà fait.

– J'ai du mal à croire que c'est uniquement parce que je t'ai demandé un enfant, dit Ben.

Ma grand-mère jure en italien.

Je me fiche de savoir s'il me croit ou non. Peut-être qu'il a raison, après tout. Sa requête n'était que le déclencheur. Je me suis voilé la face durant de longs mois, espérant le cœur d'un homme qui ne veut pas de moi. La vérité, c'est que quoi que je fasse, où que j'aille, Robin reste le centre de mon existence.

Un vertige me surprend, je secoue la tête :

– Il me faut de l'air.

Je regagne aussitôt l'extérieur. Je m'assieds au sol, ramène mes genoux contre ma poitrine, le dos appuyé contre le crépi. J'ai envie de partir, mais Robin reçoit sa famille. Je l'embête assez au quotidien, inutile d'en rajouter en lui imposant ma présence en ce moment. Pourquoi la vie est-elle si compliquée ? Au terme d'une courte réflexion, je conclus qu'il faut que je m'assume davantage auprès de ma mère et de Nonna, même si c'est difficile.

La porte s'ouvre, et, alors que je m'attends à voir Ben, il s'agit de ma mère.

– Je peux ? questionne-t-elle en s'asseyant près de moi.

– Je suis fatiguée, maman.

– Je sais, ma chérie… Je suis désolée. On aimerait juste comprendre. Vous sembliez si heureux, tous les deux. Est-ce qu'il dit vrai à propos de cette envie d'enfant ?

Allez, courage ma vieille, c'est le moment de t'ouvrir.

– Oui.

– Je pense que c'est normal d'avoir peur. Tous les parents du monde ont, ou ont eu, des craintes. Ce n'est pas rien de donner la vie.

Mais moi, je refuse ce rôle !

Ma petite voix intérieure proteste, pourtant aucun mot ne sort.

– Je suis certaine que le jour où tu rencontreras la bonne personne, tu voudras devenir mère.

Je tourne mon visage vers elle, les larmes au bord des yeux. Elle ne comprend pas, malgré ma détresse évidente. J'ouvre la bouche afin de lui avouer, mais elle paraît si sûre d'elle que ma déclaration meurt sur mes lèvres. Après tout, elle est mère alors qu'elle ne le souhaitait pas et elle m'aime, non ? Peut-être qu'elle a raison ? Que je n'ai pas rencontré la « bonne personne » ?

– Réfléchis, Erika.

Oh ça, je cogite. En dépit des pensées que je rejette en bloc, j'imagine Robin entouré d'enfants. Je l'ai vu avec son neveu, il semblait à l'aise. Est-ce qu'il désire être père ? Puisque mes sentiments à son égard sont limpides, est-ce que je serais capable de devenir mère pour lui ? Pour nous ?

Non.

Je sais qu'il n'a pas lieu de penser à cela maintenant, mais la panique finit toujours par me submerger. Je ne veux pas. Point. Qu'importe l'homme, le moment ou l'amour.

Je ne ressens rien qu'une immense peine à ce constat. Suis-je cassée ? Y a-t-il quelque chose qui cloche chez moi, ou est-ce un signe que je ne l'aime pas réellement ?

Le claquement de la porte d'entrée me tire du marasme de mes pensées. Ben se tient sur le seuil, le menton haut, fier sur ses deux pieds.

– Je vous laisse, chuchote ma mère.

– Je vais partir, merci pour votre gentillesse, lui répond Ben.

Elle s'éclipse, tandis que je me relève. Rester en position d'infériorité alors que ses yeux me foudroient n'est pas judicieux pour mon amour-propre.

– Je suis désolée, Ben.

– Je ne te crois pas.

Pourtant, c'est le cas.

– Je ne voulais pas te blesser. Il me dépanne le temps que je trouve un appartement, c'est tout.

– Et il baise bien, ça va ?

Sa vulgarité me choque. Je recule d'un pas, blessée par son insinuation.

– Tu n'y es pas du tout, rétorqué-je.

Il ricane.

– Ouais, bien sûr. Dis-moi, tu sais de quoi ça a l'air de l'extérieur ?

– Ne fais pas ça.

Loin de se démonter, il réduit la distance jusqu'à ce que mon dos heurte le mur.

– C'est de l'adultère. Tu m'as ouvertement menti au téléphone. Le pire ? C'est que je m'en doutais.

Nous sommes toujours mariés et je peux avancer des preuves. J'ai déjà deux témoignages, ajoute-t-il en indiquant l'intérieur de la maison d'un signe de tête. Je suis d'accord pour divorcer, mais notre contrat devient caduc.

– Et c'est moi la menteuse ? Tu n'as pas d'arguments puisqu'il n'y a pas de faute.

– On en reparlera. Sur ce (il regarde son téléphone) j'ai des choses à régler. On se dit à bientôt ?

Le ton qu'il emploie n'est que la promesse d'une guerre.

Comme si j'en avais besoin.

Pourquoi est-ce que le destin s'acharne à me mener la vie dure ? Le souvenir des bras chauds de Robin, tôt ce matin, m'enveloppe. Pourtant, ce sentiment de sécurité est entaché par les accusations de Ben. Pourquoi est-ce que, malgré moi, j'ai l'impression de salir tout ce que je touche ? Je ne veux pas causer davantage de torts à Robin à cause de mes choix passés…

Mon corps pèse soudainement trop lourd, je m'affale contre le mur. Les paupières closes, j'entends mes démons chuchoter.

Seigneur, qu'est-ce que je vais devenir ?

CHAPITRE 25

ROBIN

Trois nouvelles notifications WhatsApp sur le groupe « La famille Lefebvre ».

Victor : Hey ! Alors comme ça tu as
joué au tonton poule ce week-end,
Rob' ?

Baptiste : Genre ! Pourquoi personne
ne m'a rien dit ?! On a des photos
de l'événement ?

Louna : Du calme…
Il a été exemplaire. Papa, maman
et les enfants sont repartis, d'ailleurs ?
Je n'arrive pas à les joindre.

Si Louna n'est pas au courant de la présence féminine lors de l'arrivée de nos parents vendredi soir, ça ne saurait tarder. Je n'ai aucun doute sur la capacité du petit Gabin à cafter. Encore moins concernant celle de ma mère.

Moi : Salut. Oui, Louna,
je viens de les conduire à la gare.

Louna : Cool, merci !

Victor : Tes deux jours en amoureux
se sont bien passés, Lou ?

Louna : Trèèès bien ☺

Victor : Je peux te laisser les jumelles,
Robinet ?

Moi : Tu rêves.

J'apprécie les enfants, mais chez les autres. D'aussi loin que je me souvienne, je n'ai jamais eu pour but de fonder une famille. La mienne me suffit. J'aime la tranquillité, et je rencontre déjà des difficultés à trouver du temps pour moi, donc mettre un gamin dans l'équation ? Non merci.

Il est presque vingt et une heures, Erika n'est toujours pas rentrée. Je n'ai eu aucune nouvelle depuis qu'elle est partie. Je n'ai pas vérouillé la porte, de crainte de ne pas l'entendre frapper. Je patiente encore un peu, et si son silence dure, je l'appellerai. En attendant, je m'occupe en cuisinant un plat qui lui fera plaisir. Je coupe des oignons, des poivrons et d'autres légumes. Seul le bruit du couteau sur la planche à découper résonne au sein de la pièce. Je mets le tout à cuire, plutôt satisfait de l'odeur qui se dégage de la poêle.

Le calme est rompu par la porte qui claque. Un étrange frisson me traverse. *Elle est là.* Ça m'ennuie de l'avouer, mais elle m'a manqué. J'ignore si ce que prétendait ma mère à notre sujet est juste, néanmoins nous devons parler de notre « rapprochement » d'hier matin. Mon esprit d'analyse a besoin de réponses concrètes.

– Rika ?

Plusieurs secondes s'écoulent avant qu'elle me rejoigne.

– Salut, dit-elle d'une petite voix.

Elle s'appuie contre le chambranle. Ses yeux sont rouges et gonflés, on croirait qu'elle ne s'est pas démaquillée depuis deux jours. À bien l'observer, c'est probablement le cas.

– Tu vas bien ?

– J'ai connu mieux, avoue-t-elle en haussant les épaules.

– Tu veux en parler ?

– Non.

Je fronce les sourcils, l'examine sans aucune discrétion. *Est-ce ma présence ou son week-end qui la met si mal à l'aise ?*

– J'ai préparé le repas, je t'attendais.

– C'est gentil, mais je n'ai pas faim.

Je me tourne afin de couper la gazinière, elle en profite pour disparaître.

Ai-je mal agi d'une façon ou d'une autre ?

Je dois en avoir le cœur net. J'ai de plus en plus de mal avec les non-dits. Si j'ai commis une erreur, je veux la connaître. Je balance le torchon posé sur mon l'épaule sur la table et rejoins la chambre d'Erika. Mes doigts tapotent le battant :

– Je peux ?

Un « oui » étouffé me parvient. J'entre avec précaution. Erika est déjà couchée, enroulée sous sa couette malgré la chaleur estivale. Puisqu'elle refuse de discuter, mais que ma présence ne la dérange pas, j'avance vers le lit, sur lequel je m'allonge. Toutefois, je respecte la distance pseudo-amicale.

– Aurais-je dit ou fait quelque chose de mal, Erika ?

– Non. Je suis juste crevée, chuchote-t-elle. Le taxi n'était pas climatisé, je commence à avoir mal à la tête.

Mouais. C'est donc pour cette raison qu'elle est aussi couverte, j'imagine. Un tas de papier posé sur son sac de voyage attire mon regard. Il s'agit de plusieurs annonces immobilières imprimées. Je ne comprends plus rien, il faut que je rattrape le coup. Si j'avais su qu'accepter de l'enlacer lui retournerait autant le cerveau, je ne l'aurais pas fait.

Ma mère s'est plantée. L'évidence n'existe pas.

– Je suis désolé pour hier matin. C'était une erreur.

Ces mots m'écorchent la bouche. Son souffle reprend après s'être coupé une fraction de seconde.

– OK.

Pourquoi ai-je le sentiment de ne pas avoir dit ce qu'elle attendait ? C'est elle, la communication au sein de notre relation. Si elle ne m'aide pas, je n'y arriverai jamais pour deux.

– Je te laisse tranquille… Bonne nuit.

Elle ne répond pas, mais je crois percevoir un sanglot à l'instant où je referme la porte.

Erika m'évite depuis quatre jours. Lundi et mardi, elle est rentrée tard, bien que souriante. Elle avait déjà dîné. Avec qui, je l'ignore, l'essentiel étant qu'elle n'était pas ivre, à la différence de mercredi et d'hier. J'ai prévu d'aller à Honfleur ce week-end. Je lui avais promis de lui montrer mon bateau, cependant nos rapports tendus m'empêchent de lui proposer de m'accompagner. Si elle refuse de partager ses repas avec moi, il n'y a aucune chance qu'elle veuille s'enfermer deux jours au sein d'un espace restreint, qui plus est sur la mer.

Nous partageons un quotidien bancal, comme si l'autre n'était qu'un fantôme. Je pars avant elle, tandis qu'elle s'évertue à rentrer bien après moi, seulement pour dormir quelques heures. Elle n'a pas évoqué la cravate verte ; je présume que le propriétaire ne l'a pas réclamée. Notre lien, quelle qu'en soit la nature, se délite en un temps record. Cette relation ne ressemble en rien à celle du passé, et je ne suis pas certain d'apprécier cette nouveauté. Autrefois, Erika se confiait à moi. Je me remémore ce mec qui s'était mis à la suivre partout à la fac. Malheureusement, ce crétin ne comprenait pas qu'un « non » est un « non », et j'avais dû intervenir afin d'y mettre le holà. J'ignore comment les choses auraient tourné si elle ne m'avait pas confié sa détresse. Aujourd'hui, je sais qu'elle ne va pas bien, et j'ai beau tenter de l'approcher, elle me tient à distance en prétextant gérer la situation avec un sourire factice.

Je suis seul au bureau. Aucun mot anonyme n'est venu perturber le cours de ma semaine. Paul s'est-il rendu compte de son erreur lorsque je lui ai rapporté le bloc de Post-it vert accompagné d'un regard accusateur ? Peut-être. Ça m'est égal. Le principal c'est que je sois de nouveau tranquille.

Comme beaucoup trop fréquemment ces derniers jours, je peine à me concentrer. Je relis à plusieurs reprises les notes en marge avant de les intégrer. Mes pensées retournent toutes vers Erika. J'ai entendu Laura parler d'une grosse soirée prévue dans un bar branché. Je suis presque sûr qu'elle y sera aussi. Et ça me bouffe. Je ne supporte plus de la regarder se débattre avec ses ténèbres sans l'aider. Je m'empare de mon téléphone, fixe l'écran un long moment, puis décide de prendre les choses en main. Je refuse de la perdre une seconde fois. Je préfère me cantonner à agir comme son ami plutôt que de la voir sombrer.

Moi : Est-ce que tu es rentrée ?

Je sais que non, je souhaite juste la confirmation.

Les minutes forment une heure, puis deux. Je quitte le service sans réponse de sa part. Si Laura est avec elle, je peux contacter ma collègue. Las de patienter, j'attends d'être tranquille dans ma voiture avant de lancer l'appel.

– Robin ? hurle Laura.

Il fait encore jour (plus pour longtemps), mais ça n'empêche pas la musique de retentir à fond en arrière-plan. Pas certain que le code de l'environnement soit respecté concernant les décibels, mais bon. Là n'est pas le problème.

– Erika est avec toi ?

– Stop, j'entends que dalle !

Une porte grince, de l'eau coule. J'en déduis qu'elle est aux toilettes.

– Tu disais ? reprend-elle.

– Erika est-elle avec toi ?

– Oui ! En revanche je ne peux pas te la passer, elle est complètement ivre. Elle est rigolote, elle parle en italien quand elle a bu.

Certaines habitudes restent toute une vie.

– Je peux vous rejoindre ?

– Bordel, tu as picolé toi aussi ?!

Non, cependant je devrais peut-être m'y mettre.

– Envoie-moi l'adresse par SMS, s'il te plaît.

– Tout de suite, monsieur le juge.

Elle raccroche aussitôt, je reçois l'adresse dans la foulée. C'est un bar réputé pour son ambiance festive que je connais de nom. Sortir n'est pas ma passion.

Les gens se retournent sur mon passage lorsque j'entre à l'intérieur du bar. Il faut avouer que je suis le seul en costume. La plupart des fêtards présents (hommes ou femmes) sont en short. La chaleur est encore plus étouffante qu'à l'extérieur. Les *beats* s'écrasent contre les murs, le jeu de lumière est insupportable. Autour de la piste de danse, plusieurs espaces sont définis par des banquettes d'un rouge vulgaire. Je me hisse sur la pointe des pieds à la recherche d'Erika. Je repère enfin la table occupée par une partie de mes collègues. Laura, Florine, les deux plus âgées dont les prénoms m'échappent du service d'Erika, puis deux greffiers vacataires que je ne connais pas. Paul n'est pas là. Tant mieux.

– Robin ! s'écrie Laura quand elle m'aperçoit.

Elle peut m'appeler autant de fois qu'elle le souhaite, je ne vois qu'Erika. Son regard suit celui de Laura et rencontre le mien. Elle se fige, un verre en main. Je fends la foule en deux, avance sans la quitter des yeux.

– Oh, Robin ! s'extasie Florine. Ça fait drôle, mais surtout plaisir !

Je pourrais me forcer à converser. M'asseoir, prendre un verre. Peut-être même, réussir à me détendre. Cependant, j'en suis incapable. La détresse qui émane d'Erika est presque palpable. *Personne ne la remarque ?*

– Que veux-tu boire ? demande la greffière.

– Rien, merci. Erika, je peux te parler rapidement ?

Tous sont hébétés, aucun ne bronche. Erika se lève en titubant. Elle pouffe de rire, tire sur son débardeur.

– *Cazzo*[7] *!* râle-t-elle lorsqu'elle trébuche.

Elle n'est pas assez stable sur ses jambes pour regagner la sortie. Toutefois, je m'éloigne de quelques pas afin de préserver un minimum d'intimité. Elle me suit tant bien que mal, s'arrête quand elle bute contre mon torse.

– Je sais que tu ne t'amuses pas, dis-je à son oreille.

Derrière elle, les collègues n'en perdent pas une miette. Je m'en contre-fiche.

– Et alors ? répond-elle.

– Je ne vais pas te regarder sombrer.

Elle éclate de rire, vacille encore.

– Eh bien, sauve-moi, capitaine !

Ni une, ni deux, je la saisis sous les fesses, la cale comme un sac à patates sur mon épaule. Elle rit en criant des mots en italien.

– *Robin ! Que cosa stai facendo*[8] *?!* s'égosille-t-elle. Pose-moi !

Je m'exécute une fois à l'extérieur.

– Toi et moi. Départ pour Honfleur, maintenant.

---

7. « Merde », en italien.

8. « Robin ! Qu'est-ce que tu fais ?! » en italien.

CHAPITRE 26

ERIKA

Une légère ondulation me tire des bras de Morphée. Je sais une chose : lorsque le matelas bouge, c'est que j'ai vraiment abusé de l'alcool. Avant même d'ouvrir les yeux, je tente de faire le point sur la soirée d'hier. J'étais au bar avec mes collègues, j'ai bu (un peu trop si j'en crois la pulsation dans mes tempes) et Robin est venu me chercher. Je me souviens de m'être endormie dans sa voiture, et après… Trou noir. Pourtant, ce matin, son parfum est partout autour de moi. Détail inhabituel, son odeur masculine est teintée de… *de sel* ? Malgré la difficulté de l'effort, je soulève les paupières. La pièce est sombre, mais le soleil filtre à travers le rideau. *Où suis-je ?* Je me redresse sur les coudes, remarque que je porte toujours mon débardeur et mon short. Le bruit de l'eau me parvient. Ce n'est pas le matelas qui remuait, c'est la houle. Je suis sur le bateau de Robin. Avec Robin, donc. Mon cœur s'emballe, il me faut plusieurs secondes pour le calmer. Il n'y a qu'un lit, un minuscule espace cuisine, et j'imagine que la porte que j'aperçois ouvre sur des toilettes. Les draps ne sont froissés que de mon côté, signe qu'il n'a pas dormi près de moi. Une autre porte s'ouvre, sa silhouette se découpe sur le seuil.

– Ah, tu es réveillée, remarque-t-il.

Il se dirige vers l'évier, se rince les mains sans m'accorder davantage d'attention. Il a troqué son costume contre un combo jean et polo bleus marine. Ses cheveux sont en pagaille, probablement à cause du vent tiède qui pénètre dans la cabine.

– Bonjour à toi aussi, réponds-je en me levant.

– Tu veux du paracétamol ?

Ses mâchoires crispées trahissent son agacement. Pourquoi me faire venir s'il est en colère ?

– Non, je souhaiterais que tu m'expliques ce que je fabrique ici.

– Je n'avais plus le choix.

Il se tourne face à moi, les mains en appui sur le plan de travail de part et d'autre de son corps.

– « Plus le choix », carrément.

– Je ne vais pas rester planté là à te regarder couler.

Mon palpitant opère une nouvelle embardée.

– Tout va bien, protesté-je.

Je croise les bras sur ma poitrine, comme un maigre bouclier face à ses yeux qui me transpercent.

– Tu mens, Rika.

– Je vais partir. Je dois visiter un appartement la semaine prochaine.

Si ma déclaration l'agace, il n'en laisse rien paraître.

– La fuite ? Encore ?

Son accusation déclenche une colère sourde en moi. Je suis épuisée que tout le monde se sente obligé de juger mes choix. Je suis reconnaissante envers Robin, mais il est toujours plus simple et rapide de ranger les gens dans des cases prédéfinies. Aujourd'hui je suis donc une lâche.

Parfait.

– C'est toi qui oses me dire ça ? craché-je.

Lui qui ne s'est jamais présenté le jour de mon mariage alors qu'il avait accepté d'en être le témoin ? Monsieur a oublié. C'est la seule excuse qu'il m'a fournie par SMS le lendemain.

De marbre, il hausse un sourcil.

– Je te demande pardon ?

– Mon mariage ? As-tu une vague idée de comment je me suis sentie en remarquant l'absence de mon meilleur ami et témoin ?

Son regard s'assombrit encore. Sa respiration se fait plus lourde, à l'image de la mienne.

– Il faut croire que je savais déjà que ça finirait mal, assène-t-il, un rictus aux lèvres.

Mon sang bout à l'intérieur de mes veines.

– Tu es vraiment…

– Un sale con ?

L'envie de le tuer et de le balancer par-dessus bord me traverse l'esprit. Cependant, j'ignore comment diriger le bateau alors je me retiens. Ma colère ne cesse de croître.

– C'est facile pour toi, Robin. Tu vis comme bon te semble et ne te préoccupes que de toi-même.

Malgré moi, deux larmes roulent sur mes joues.

– Pourtant tu es là, non ?

– Mais moi je vis dans les angles morts de ton cœur, n'est-ce pas ? Tu ne me vois pas, alors que je suis juste sous tes yeux. Depuis tant d'années.

Lui avouer à demi-mot cet amour qui me ronge ne m'apaise en rien. Ses prunelles détaillent mon visage avec attention. Je laisse mes larmes couler, car je n'ai plus rien à perdre.

– Je te vois, chuchote-t-il d'une voix si grave qu'elle déclenche un frisson le long de mon dos.

Le silence s'étire entre nous. J'attends une suite qui n'arrive pas. Qui n'arrivera jamais. Si mon cœur était déjà en miettes, il vient de le piétiner.

– Je veux rentrer, déclaré-je.

Rester au sein de cet espace confiné avec lui m'est impossible. Revenir à Paris était une mauvaise idée. J'ai besoin de déverser ma tristesse seule. Au bord de l'implosion, le pas que j'esquisse afin de rejoindre l'extérieur me rapproche davantage de son corps. Mes yeux s'égarent sur sa bouche, sa respiration saccadée s'échoue sur ma peau.

– Tu ne comprends pas, dit-il en me retenant par le bras.

– Au contraire, j'ai très bien compris, ne t'inquiète pas. C'est bon, je ne boirai plus et tu n'auras plus à venir jouer au superman. Je te le promets. Content ?

Mutique, Robin ne laisse rien paraître. Rien en dehors d'une légère faille dans ses yeux émeraude. Le temps suspend sa course folle, mes mains tremblent un peu, mais ce n'est rien en comparaison de la secousse qui me coupe les jambes lorsque ses lèvres s'écrasent sur les miennes.

Ses paumes encadrent mon visage. Il n'y a aucune douceur, plutôt de la revendication. Il se détache subitement, observe mon expression hébétée :

– Tu ne comprends pas, répète-t-il, essoufflé, avant de reprendre l'assaut de mes lèvres.

Ma bouche s'entrouvre, sa langue s'invite à l'intérieur. Les genoux en coton, je m'accroche à son cou afin de ne pas m'évanouir de bonheur. Je lui rends son baiser, nous ne sommes que gémissements, halètements. Mes doigts agrippent ses cheveux, il gronde son assentiment, tandis que ses paumes laissent mes joues au profit de mes hanches. Son corps athlétique est dur contre le mien. Son parfum imprègne ma peau, ses grognements électrisent mes sens. Mon désir se condense dans mon bas-ventre, me consume à petit feu. Chaque caresse, chaque seconde à son contact ne fait qu'empirer la situation.

– Robin, gémis-je.

Il s'arrête, cale son front contre le mien.

Sa poitrine se soulève à une allure impressionnante.

– Tu veux savoir pourquoi je t'ai plantée le jour du mariage ?

Suis-je prête à entendre la vérité ?

Je hoche la tête, à défaut de pouvoir parler.

– Je ne supportais pas de te perdre, Rika. J'ai été aveugle si longtemps… Tu étais amoureuse de lui, et je n'avais pas le droit de ruiner ça en essayant de te retenir. Mais venir témoigner de cette union était au-dessus de mes forces.

Mon cœur claque sous mon sein.

– Alors tu… bégayé-je en baissant la tête.

Bon sang. C'est impossible. À tous les coups, je vais me réveiller.

Son index passe sous mon menton, il me force à le regarder dans les yeux. Il est plus beau que jamais.

– Oui. Comme un fou.

De nouvelles larmes (de joie, cette fois) inondent mes joues. Nos bouches se scellent dans un échange enfiévré. Perdus en pleine mer, plus rien d'autre ne compte que l'instant présent. Qu'importe Ben et les problèmes du quotidien. Je revis. Robin me pousse avec précaution jusqu'à ce que mes jambes butent contre le matelas. Il nous renverse en veillant à ne pas m'écraser, picore ma peau de baisers. J'empoigne le bas de son polo, le lui retire. Mon débardeur subit le même sort, très vite rattrapé par le reste de nos vêtements. Ses muscles roulent sous mes doigts, les poils bruns qui parsèment son torse chatouillent ma peau. Seuls nos sous-vêtements font office de derniers remparts. En appui au-dessus de mon corps, Robin dépose un chapelet de baisers sur mon épiderme. D'abord ma joue, ma mâchoire, puis mon cou. Je gémis sans pudeur lorsque ses dents mordillent ma clavicule, avant de suçoter le haut de ma poitrine toujours couverte de mon soutien-gorge. Son regard se plante dans le mien, tandis qu'il écarte le tissu d'un mouvement de l'index, libérant ainsi mon téton.

– Oh, lâché-je quand sa langue en fait le tour.

La tension qui s'accumule entre mes cuisses est à peine supportable. Impatiente, je laisse ma main caresser la peau de ses abdos qui frémit à mon contact, puis passe deux doigts sous l'élastique de son boxer déformé par l'envie. Une nouvelle décharge me broie le bas-ventre. Cette fois, je sais que ça n'a rien à voir avec la faim que j'ai de lui. *Comment ai-je pu oublier ce « détail » ?*

– Attends, dis-je en le repoussant gentiment.

Il se relève, l'expression confuse.

– J'ai mes règles.

Heureusement que j'ai toujours le nécessaire dans mon sac à main, en l'occurrence.

Ses grandes mains ratissent ses cheveux en arrière, tandis qu'il tente de réguler sa respiration.

– Et je n'ai pas de capotes ici, achève-t-il.

J'imagine que c'est aussi douloureux pour lui que pour moi. Pourquoi la vie est-elle si cruelle, parfois ? Est-ce un signe ?

Robin se laisse retomber sur le dos. *Ça y est ? Il regrette ?*

– Viens par là, murmure-t-il en ouvrant les bras.

Je me love contre lui, ballottée entre un sentiment de plénitude et de frustration intense.

Qu'importe ce que l'avenir me réserve, j'aurai le temps de réfléchir plus tard. Dans le cas présent, je veux seulement profiter de l'instant.

CHAPITRE 27

ROBIN

– Au fait, as-tu tiré au clair cette histoire de Post-it ? demande Erika.

Ses doigts caressent distraitement mon torse. Mon cerveau était bloqué sur ce mouvement simple et si agréable à la fois. Je n'avais pas prévu un tel tournant dans notre relation. N'est-ce pas trop dangereux de m'ouvrir à elle alors que je ne connais toujours pas les démons qui la poussent sans cesse à fuir ?

– Oui et non. Je n'ai pas de preuve formelle, mais j'ai un suspect principal.

Elle pouffe contre ma peau. C'est dingue comme chaque souffle, chaque toucher de sa part, m'embrase.

– Qui est… ?

– Paul.

Là, elle éclate carrément de rire.

– Tu plaisantes ? Paul ? Mon collègue ?

– Il était au Palais de Justice le week-end dernier, il a laissé tomber un bloc de la même couleur en venant dans mon bureau.

– Je suis certaine qu'il n'est pas attiré par toi.

J'émets un bruit dubitatif.

– Je vois le regard qu'il pose sur toutes les femmes du service, ajoute-t-elle.

Hum. Je l'ai remarqué aussi.

– Il y a quelque chose qui me dérange dans son comportement, mais je ne sais pas quoi exactement…

– Je ne le trouve pas désagréable ni abusif. Il m'a invitée à boire un verre il y a quelques jours. J'ai refusé, il n'a pas insisté.

– Je déteste ce connard.

Erika se redresse, plante ses yeux noirs au fond des miens, un sourire malicieux aux lèvres.

– Je croyais qu'il était nouveau et que tu ne le connaissais pas ?

– C'était le cas. Maintenant je sais que c'est un connard.

Je n'ai aucune envie de parler de lui ni de tout ce qui se rapporte au travail. Je souhaite profiter de ce week-end avec elle. Je me décale afin que nos visages soient face à face :

– Je ne veux plus entendre parler de Pierre, Paul ou Jacques.

Son regard vole de mes yeux à ma bouche.

– Et que veux-tu, alors ? questionne-t-elle, mutine.

– T'embrasser.

Jusqu'à ce que mes lèvres gercent, ça me semble bien.

– Oh, et depuis quand ? lance-t-elle d'un ton taquin. Dois-je te rappeler que tu es plutôt du genre à me recaler ?

Sans le vouloir, je me renfrogne. Son interrogation me renvoie à la nuit où tout aurait pu basculer entre nous.

– Quand tu étais encore étudiante et que tu avais essayé de m'embrasser, c'était sérieux ?

– Bien sûr. J'ai eu…

– Oui ?

– J'ai eu beaucoup de mal à encaisser ton refus. J'ai préféré agir comme si je n'avais rien tenté.

– Tandis que j'ai prétendu n'avoir rien remarqué, obsédé par mes études.

Un long soupir nous échappe.

– Embrasse-moi, Erika. Je ne compte plus jamais te repousser.

– Tes désirs sont des ordres, monsieur le juge.

Je râle à la mention de mon titre, tandis qu'elle étouffe ma protestation en répondant à ma requête. La douceur de ses lèvres est incroyable. Je peine à refréner l'appétit que j'éprouve à son égard, la bascule sous mon corps. La température grimpe en flèche, ses hanches ondulent contre mon bassin.

– Stop, Rika, imploré-je d'une voix qui manque de détermination.

Elle mérite tellement mieux que ce que je peux lui donner dans l'immédiat.

– Tu es sur moi, me rappelle-t-elle.

La science a raison. Le sang ne peut irriguer deux endroits en même temps. Je me lève afin d'instaurer une distance plus prudente. Haletante, elle se redresse à son tour.

– Tu m'offres une visite ?

– Derrière la porte, tu trouveras une micro-salle de bains avec des WC. Fin.

– Tu as loupé ta vocation d'agent immobilier.

Son sourire meurt aussitôt, ses yeux s'arrondissent :

– Je n'ai pas d'affaires de rechange ?! s'écrie-t-elle.

Je pourrais lui dire que ce n'est pas grave, que ça ne me dérange pas le moins du monde si elle désire se trimballer en culotte jusqu'à demain. Néanmoins, je choisis de me taire.

– Effectivement.

– Et j'ai besoin d'une douche…

– Va en prendre une, je peux te prêter un boxer et un haut, si tu veux.

J'ai mon sac de voyage ainsi que des vêtements qui restent ici, au cas où.

– J'accepte volontiers, mon débardeur sent la bière.

– Entre autres, c'est vrai.

Elle soupire avant de se diriger vers l'unique pièce de la cabine. Je dépose polo et sous-vêtement sur le lit, puis je rejoins le pont du bateau.

Le regard sur l'horizon, je sursaute lorsqu'une paire de bras se referme sur mes flancs quelques minutes plus tard. J'ai perdu l'habitude qu'on me touche. Un peu raide, je me retourne vers Erika. Sa silhouette noyée sous mon polo n'en demeure pas moins sexy. Ses longues jambes hâlées sont sublimes.

– J'ai dû faire des nœuds sur l'élastique de ton boxer. Tu m'en veux ?

– Je pense pouvoir m'en remettre, souris-je. En parlant fringues, j'ai oublié de te dire que mon neveu a trouvé une cravate verte sous ton lit. Ma mère me l'a donnée en imaginant qu'il s'agissait de la mienne, je l'ai rangée dans mon tiroir. Il faudra que je te la rende.

Je laisse planer le silence. J'ignore à qui elle appartient, mais j'espère ne plus la voir.

Erika lève la tête, m'observe en souriant.

– Tu peux la garder. Je l'avais achetée pour toi, mais je n'ai pas osé te l'offrir.

Je ne reçois jamais de cadeau en dehors de Noël. Même pour mon anniversaire, ma famille se contente de m'envoyer une simple carte car je n'ai besoin de rien. Ça me convient, j'ai déjà une collection de tasses et de chaussettes assez impressionnante.

– Oh, euh… merci.

– Respire, Robin. Ce n'est qu'une cravate.

Le geste me touche. Je presse mes bras contre son dos, embrasse le haut de son front.

– Tu as faim ?

– Je meurs de faim, oui.

– Profite de la vue, je reviens.

Je m'éclipse le temps de lui préparer un encas puis la rejoins. Elle s'est allongée, comme offerte au soleil.

– Merci, murmure-t-elle quand je dépose une assiette et un café près d'elle.

Je m'assieds à ses côtés, les jambes étendues devant moi. Malgré la météo au beau fixe entre nous, j'ai l'impression qu'un nuage assombrit notre ciel. Quelque chose la tracasse. Elle se redresse, plonge le nez à l'intérieur de sa tasse en fuyant mon regard. Moi qui voulais profiter, je crois que nous allons d'abord discuter. J'attends patiemment qu'elle termine avant de me lancer :

– Qu'est-ce qu'il se passe dans ce joli crâne ?

– Je suis si transparente que ça ?

– Je commence à te connaître.

Elle souffle longuement, une expression ennuyée sur le visage. Au terme d'une courte réflexion silencieuse, elle se déplace et vient caler sa tête sur ma cuisse. Elle ferme les paupières, inspire profondément.

– Ça concerne le week-end dernier, susurre-t-elle.

Je m'en doutais. Je l'encourage en caressant ses cheveux d'une main.

– Ben était chez ma mère.

Je me crispe à la mention de ce prénom. Ils ont passé deux jours ensemble ? Qu'est-ce qu'il fabrique en France ? Pourquoi ça la perturbe ?

– Et ?

– Il est venu à l'improviste pour parler du divorce. Il ne savait pas que tu m'hébergeais, ma grand-mère a vendu la mèche. Il… Il s'est transformé quand il l'a appris.

– C'est-à-dire ?

– Il veut casser notre contrat de mariage pour adultère.

– C'est ridicule, il en a conscience ?

– Il prétend détenir des preuves ou être capable d'en dénicher. Même si je ne l'ai jamais avoué, il sait que mon cœur appartient à un autre.

À moi, songé-je.

– Oui, à toi.

Merde, j'ai pensé à voix haute.

– Depuis toujours, Robin. C'est important que tu le saches… J'ai dû ressentir de l'amitié environ douze secondes avant de comprendre que c'était beaucoup plus fort que ça.

Sa déclaration me prend de court.

– Je…

Me voilà qui manque d'air et qui bégaye. Merveilleux.

– Tu n'es pas obligé de répondre quoi que ce soit. Je sais que c'était différent pour toi, et ça ne me dérange pas. Il n'y a que ce qu'il se passe maintenant qui compte.

J'avale ma salive, retrouve mes esprits :

– On va trouver une solution concernant ton divorce. J'ai quelques connaissances en matière de droit.

– Je ne suis pas au-dessus des lois.

– Non, mais tu ne l'as pas trompé puisqu'il n'y a rien eu entre nous jusqu'à présent.

– Je crains que ma grand-mère ne se range de son côté… Sa conception du couple est arriérée au possible.

– Quoi qu'il en soit, elle ne peut pas inventer des preuves. Nous sommes en France, j'ai le droit d'héberger une amie dans le besoin. Fin de l'histoire.

Toutefois, à bien y réfléchir, je reconnais être en faute depuis ce matin. Concrètement, j'embrasse et rêve de faire l'amour à une femme mariée. Mon cœur s'en moque, ce qui n'est pas le cas de la personne honnête que je pensais être.

Je ne veux pas représenter « l'autre » homme. Dans la situation inverse, on dirait d'Erika que c'est ma « maîtresse ». Comment appelle-t-on les mecs comme moi ?

Et si elle m'abandonnait encore une fois ?

Tout ça est trop rapide, pourtant je crève d'envie d'appuyer sur l'accélérateur. J'ai besoin de réfléchir, ce qui est mission impossible sur cet espace clos.

– À quoi penses-tu ? demande Erika.

J'ouvre la bouche, prêt à lui annoncer qu'on rentre à Paris, avant de me raviser.

– Rien. Tout va bien.

Je vais gérer. D'une manière ou d'une autre.

Elle n'insiste pas, garde les yeux fermés. Je recommence à passer mes doigts dans ses cheveux bruns. Elle ne me regarde pas, aussi je peux la détailler sans gêne. Les traits de son visage se détendent, un petit sourire satisfait naît au coin de ses lèvres.

– On est bien, là. Le son des vagues, le soleil…

Erika a cette faculté de voir tout ce que je ne remarque plus. Elle redonne des couleurs à ce que je ne distingue qu'en noir et blanc. J'aime être en mer pour la tranquillité, les heures qui défilent sans bruit ni accroc, loin des tracas humains. Mais en cet instant, j'apprécie toutes les sensations partagées avec la femme qui se repose contre moi. Le vent frais en opposition avec les rayons tièdes qui réchauffent nos peaux, le goût de sel sur nos lèvres, le doux balancement du bateau.

– Tu as raison.

Elle cale sa main en visière sur ses sourcils afin de faire rempart contre les rayons brûlants.

– C'est ton mode opératoire avec les femmes ? Les kidnapper et leur offrir un week-end détente sur ton bateau ? demande-t-elle d'un ton taquin.

Elle ne pourrait être plus loin de la vérité.

– Personne ne m'accompagne.

– Jamais ?

– Non. Je navigue seul. Marcel, un vieux marin à la retraite, en profite la semaine, mais c'est tout. Même mes parents ne l'ont vu qu'en photo.

Elle semble comprendre l'importance qu'ont ces escapades pour moi, car elle se contente de murmurer un petit :

– Oh.

– Et je n'ai aucune technique de drague parce qu'il n'y a eu personne depuis des années.

Ma déclaration lui coupe le souffle. Elle ouvre les yeux, cherche mon regard. Après l'émotion arrive la curiosité.

– Mais euh… Personne… *personne* ?

Je sais où elle veut en venir.

– Les coups d'un soir ne m'intéressent pas.

Posséder un corps de passage ne m'a jamais paru excitant. Je me souviens des femmes avec qui j'ai couché (ne serait-ce qu'une fois), car j'avais un minimum d'affection pour elles ou, à défaut, un attrait intellectuel.

– Je comprends. Moi non plus.

Ce bref aveu me soulage. Chacun est libre de faire ce qu'il souhaite de son corps, mais l'imaginer dans les bras d'un autre me file des remontées acides. C'est ironique, quand on y pense. Elle est mariée, et j'ignore ce qui compose sa vie depuis près de deux ans, ainsi que les raisons de leur séparation précipitée. Sans communication, je crains que notre histoire ne se rue vers l'échec.

Si histoire il y a...

CHAPITRE 28

ERIKA

Dimanche soir. Déjà. Nous roulons depuis ce qui me semble une éternité vers Paris. Adieu paix et instants d'insouciance. Demain nous devrons reprendre le rythme fou du quotidien. Il faudrait que j'ose évoquer le « après » concernant notre relation, cependant les mots refusent de sortir. Après avoir goûté à la nuit au creux de ses bras, je ne sais pas si j'arriverai désormais à trouver le sommeil sans lui. Sur le bateau, il n'y avait pas le choix puisque la place est restreinte. Qu'en sera-t-il une fois chez lui ? Était-ce seulement une bulle enchantée ou le début de quelque chose ?

Notre timing est mauvais, j'en ai conscience. Tout se bouscule, mais comment agir autrement alors qu'il est là, si près de moi, et que les mêmes sentiments l'animent ?

– J'ai réfléchi, pour Ben, lâche Robin en jetant un œil dans son rétroviseur.

Il déboîte, double, avant de m'accorder une brève attention. *Insondable. Sinon ce n'est pas drôle.*

– Ah ?

– S'il est vraiment déterminé à prouver un éventuel adultère, il peut engager un détective privé. C'est plus courant qu'on ne le croit. Il faudra éviter qu'on ne nous voie ensemble, par précaution.

– J'y avais pensé. On a déjà eu une affaire comme celle-là, il y a des années…

– Sauf que le mari était réellement infidèle, lui. Le tien ne peut pas avoir de photos compromettantes te concernant.

– Mon *ex*, Robin.

Même si jusqu'à la prononciation du divorce il restera mon « mari ».

Il me lance un nouveau regard appuyé avant de déclarer :

– Désolé.

– Ça t'ennuie ?

– Que tu sois mariée ? Non, j'en saute de joie.

Je me suis mal exprimée et lui ai fait retrouver son masque de Shrek.

– Ce que je voulais dire, c'est… (Je tourne sept fois la langue à l'intérieur de ma bouche avant de parler.)… si un élément dans mon comportement n'est pas clair ? Est-ce que tu crains que mes idées ne soient embrouillées ou un truc du genre ?

Il semble réfléchir à la question. Nous arrivons quelques minutes plus tard, et je n'ai toujours pas eu de réponse. Il gare sa voiture dans son box au sous-sol, abaisse la porte en métal.

– Tu comptes m'ignorer ? m'enquiers-je en pénétrant à sa suite dans l'ascenseur.

– Je suis un peu perdu, avoue-t-il.

Il se tient droit, appuyé contre la rampe qui longe la paroi en face de moi. Les mains refermées autour du tube en acier de part et d'autre de son corps, ses yeux m'étudient.

– À quel propos ?

Les portes s'ouvrent sur le palier du neuvième étage. Il attend que nous soyons dans le salon pour répondre :

– On ne fait rien dans le bon sens.

– Je sais. Tout n'est pas toujours sous contrôle.

– Je n'ai pas envie d'être « l'autre homme ».

Nous y voilà. Sa fierté masculine en prend un coup alors que j'ai été claire et ne lui ai rien caché concernant ma situation depuis mon arrivée.

– Oh, c'est donc un souci d'ego.

– Pardon ?

J'en ai marre de supporter les remontrances des uns et des autres. Je me suis montrée honnête, bon sang ! Est-ce qu'il considère que tout se prévoit en permanence ? L'agacement et la fatigue refont surface en un claquement de doigts.

– Tout cet amour que j'ai pour toi et qui me ronge depuis des années, tu crois que je l'ai voulu ? Tu penses que je me suis dit « oh tiens, Erika, et si tu rentrais en France afin de vider ton sac » ? Non.

Si tu n'étais pas venu me chercher, je n'aurais rien dit. Et tu sais pourquoi ?

Je ne lui donne pas l'occasion de rétorquer quoi que ce soit, emportée par ma colère :

– Parce que j'ai bien trop peur de te perdre ! Je préfère encore ton amitié au néant.

– Pourtant tu es partie.

– Tu m'as laissée partir !

– Qu'est-ce que ça change, à la fin ?

– Beaucoup de choses. Est-ce que tu imagines ce que j'ai ressenti lorsque j'ai compris avoir perdu mon « ami » quand je t'ai présenté Ben ? Et quand tu as carrément fui au moment où j'avais besoin de toi ?!

J'ai aimé Ben. Avec lui, tout était simple. On avait quelques points communs, une complicité naturelle. La relation que j'entretenais avec Robin m'étouffait. Mon propre amour me tuait à petit feu, et malgré la non-réciprocité de mes sentiments, il m'a lâchée ! J'attendais de lui qu'il me soutienne, comme un ami, puisqu'il me refusait davantage.

– Personne ne t'a obligée à te marier avec lui.

Sa réplique me gifle. Comment ose-t-il ?

– Tu n'as pas le droit.

– Je…

– Tais-toi ! Par pitié, tais-toi ! Je ne t'autorise pas à juger une décision dont tu ne connais pas les raisons.

– Alors, explique-moi.

Son ton est si neutre que je me demande à qui j'ai affaire. L'homme ou le juge ?

Ce que je m'apprête à lui confier, personne ne le sait.

– Je l'aimais. (Sa bouche se tord, mais je l'ignore.) Je l'aimais, mais pas suffisamment pour l'épouser. Ce n'était pas mon idée, à la base. Ben a demandé ma main lors d'un repas chez ma mère. Il savait très bien que ma grand-mère et elle n'attendaient que ça, elles en parlaient en permanence. J'ai accepté car tout le monde était heureux et moi aussi, à cette époque. Quand j'étais petite, ma mère me rabâchait que c'est ainsi que se construit une famille : « avec un amour tendre, pas nécessairement transcendant ».

Prétendre que je me sens ridicule est un euphémisme. Ma bêtise me revient comme un boomerang en plein visage. On croit que le pire qu'il puisse nous arriver dans la vie c'est que les gens nous abandonnent. C'est faux. Le pire, c'est de s'égarer soi-même.

À cet instant précis, je me rends compte à quel point j'ai perdu ma propre trace. Je ne peux plus continuer ainsi.

Éreintée et le souffle court, je ferme les yeux quelques secondes.

– Pourquoi n'as-tu pas refusé ? demande-t-il doucement.

Je ris jaune. *Je suis seule, c'est épuisant.*

– Tu ne comprends pas.

– Je crois que je peux, si.

Mue d'un sursaut de courage inespéré, je rouvre les yeux et le fixe.

– Non, Robin. Tu prétends me voir, mais tu te focalises sur un bout de papier qui n'a aucune importance pour moi, autre que juridique. Tu te renfermes et deviens désagréable pour une raison idiote. Tu crains que l'on te considère comme mon amant ? Tu peux te détendre. Quoi que tu fasses, c'est moi que l'on jugera.

– Je suis désolé.

– Tu peux. Je vais me coucher, bonne nuit.

Incapable de rester une minute de plus, je tourne les talons. Je m'isole dans la salle de bains où le jet chaud de la douche étouffe le bruit de mes sanglots. *Quelle conne d'y avoir cru !* Une fois mon stock de larmes vides, je me sèche et retrouve la chambre d'amis, le corps enroulé dans une serviette. Je choisis une nouvelle chemise de nuit, puis je me roule en boule sous ma couette.

La tristesse revient au galop. Inutile de l'appeler, elle sait où me trouver. Elle est à la hauteur de ma désillusion. Je peux expliquer l'exigence de Robin, car son éducation ne diffère pas beaucoup de la mienne. Notre objectif : devenir des versions de nos parents, en mieux. Ces rêves ne nous appartiennent pas. Je commence tout juste à le comprendre. Mais lui ? Comment peut-il prétendre être fou de moi s'il ne cherche pas à gratter sous la surface ?

Les yeux rivés sur le radioréveil, je me concentre sur les secondes qui défilent en bas à droite du petit écran. Je somnole enfin lorsque ma porte s'entrouvre. Je ne prends pas la peine de me retourner, mais je tends l'oreille. Je sens la couette se soulever, suivi de l'affaissement du matelas. La chaleur de Robin m'enveloppe immédiatement. Il passe un bras sur ma hanche, dépose un baiser sur mon épaule avant de murmurer au creux de mon cou :

– Je n'avais pas vu les choses sous cet angle. Je te demande pardon.

CHAPITRE 29

ROBIN

Il m'arrive de réagir comme un crétin. C'était le cas ce soir. J'ai tiré des conclusions en ne considérant la situation que par le prisme de ma petite personne. Erika a raison. Quoi qu'elles fassent, les femmes sont beaucoup plus victimes de jugements. Je ne sais même pas comment la conversation a pu déraper ainsi. Je voulais seulement la protéger en lui disant qu'il faudrait éviter la proximité en dehors de l'appartement. *Non pas que je sois un adepte des démonstrations d'affection en public.*

Erika ne bouge pas, mais je suis sûr qu'elle ne dort pas. Mon jean colle au drap, néanmoins je reste statique. Après un long moment, elle gigote puis se lève.

– J'ai soif, déclare-t-elle.

Elle a oublié de descendre le volet, ce qui me permet de la suivre du regard. La lumière reflétée par la lune éclaire ses traits avec délicatesse. Comme une caresse. D'un pas décidé, elle se dirige vers la porte. Cependant, elle se retourne avant d'aller plus loin :

– Je croyais que tu ne voulais pas être « l'autre homme », dit-elle en mimant les guillemets.

J'allume la lampe de chevet, tout en m'essayant sur le lit. La couette descend sur mes cuisses, ses iris se promènent sur mon torse nu. Mes excuses ne sont pas suffisantes. Je me lève, la rejoins afin de lui parler en face. Les mots s'ancrent mieux lorsqu'ils sont dits les yeux dans les yeux.

– Je n'avais pas réfléchi.

– Ce sera souvent le cas, à ton avis ? Car honnêtement, je suis un peu fatiguée de me battre sans cesse.

Sa réplique me contrarie. Je ne suis pas non plus le dernier des débiles, me semble-t-il.

– Je pense qu'il faut faire attention le temps que tu divorces. C'est tout.

Mon ton est plus sec que je ne le voulais. Elle fronce les sourcils, rive ses yeux aux miens. Je suis si proche d'elle que nos souffles se confondent.

– Et après ?

– Je ne suis pas devin.

Je réduis la distance jusqu'à ce qu'un de mes pieds se glisse entre les siens. Elle lève le visage dans ma direction, ses lèvres effleurent ma bouche.

– Encore une question, chuchote-t-elle, la respiration haletante.

Elle s'appuie contre ma cuisse. Un frisson ondoie à la surface de ma peau lorsqu'elle pose ses mains sur mon torse nu. Ma capacité à raisonner s'effiloche. Mes paumes pressent ses hanches à peine couvertes par sa chemise de nuit.

– Oui ? réponds-je en mordillant le lobe de son oreille.

L'odeur de son gel douche fruité traîne sur sa peau. Je pourrais la dévorer.

– Après tout ce temps…

Je ne saisis pas où elle veut en venir. Malgré mon incompréhension, nos bassins ondulent l'un contre l'autre. J'aimerais lui demander des précisions, mais je suis hypnotisé par son corps qui tente de se soulager contre le mien.

– Suis-je un coup d'un soir, Robin ? halète-t-elle.

Son interrogation me fait l'effet d'une douche froide. Je m'écarte légèrement, mes mains bloquent le mouvement de ses hanches. C'est vraiment ce qu'elle pense de moi ? Que je suis une espèce de chien désespéré ?

– Je croyais t'avoir dit être fou de toi, grondé-je.

– Mais aussi qu'il n'y a rien eu depuis très longtemps, souffle-t-elle.

Sidéré, je recule brusquement. Le froid s'invite instantanément entre nous.

– Tu te fous de ma gueule ?!

– Je t'ai avoué mes sentiments avec certitude, et pourtant, tu n'es resté focalisé que sur cette histoire de mariage.

Je rêve. Elle me donne une leçon. *Douloureuse, la leçon.*

– Les préjugés nous mènent la vie dure, hein ? déclare-t-elle, les joues rouges, le regard brillant.

– Bonne nuit, Erika.

Je quitte la chambre, le feu au cœur et au corps.

Inutile de dire que je suis sorti courir bien avant le lever du soleil. Je n'ai pas fermé l'œil, trop occupé à ressasser cette soirée merdique. Après réflexion (oui, ça m'arrive), je ne peux pas lui en vouloir, je l'ai mérité. Je n'avais pas soupçonné cette rage en elle. Est-ce que ça fait de moi un fou que de la trouver encore plus sexy et désirable ? J'aime qu'elle s'affirme. Je préfère ça à la jeune femme qui dissimule ses failles dans l'alcool. Nous allons devoir apprendre à communiquer, sans quoi notre relation ira droit dans le mur. Les muscles douloureux après l'effort ainsi que le corps en nage, je rentre à la maison en empruntant les escaliers.

Pour une fois, Erika est partie avant moi. J'espère que nous ne sommes pas de retour à la case départ. Je m'étire brièvement avant de filer sous la douche, que j'expédie sans perdre de temps, puis j'enfile mon costume. Chemise noire sous veste gris foncé assortie au pantalon. Ensuite, j'ouvre le tiroir où sont rangées mes cravates. Celle que ma mère a trouvée sous le lit et qui m'était destinée est toujours parmi les autres. Je n'hésite pas une seconde et la noue autour de mon cou. L'heure tourne, je dois m'en aller maintenant si je ne veux pas arriver en retard au travail. Je fonce à la cuisine, me verse un café dans un thermos que je boirai en chemin. Je songe qu'il faudrait inventer les perfusions de caféine. Je m'apprête à partir lorsqu'un petit carré blanc posé sur la table attire mon attention. C'est un mot. *Comme avant.* Au moins, je n'ai aucun doute sur l'auteur.

« Je te demande pardon aussi.
On peut dire qu'on est quittes ?
P.-S. : Je ne fuis pas,
j'avais juste un rendez-vous de bonne heure.
À toute, *baci*[9]. »

Un sourire niais apparaît sur mon visage. Je laisse le papier sur la table et me dépêche de rejoindre ma voiture.

Laura me saute dessus dès le premier pied posé à l'intérieur du Palais de Justice. À croire qu'elle était planquée derrière une plante.

– Coucouuu Robin ! s'exclame-t-elle.

Qu'est-ce qu'elle bouffe au petit déjeuner pour être aussi en forme ?

– Bonjour.

Je ne m'arrête pas tandis qu'elle trottine à côté de moi. *Question imminente, trois, deux...*

9. « Bisous », en italien.

– As-tu passé un bon week-end ?

Voilà. Je la vois venir à des kilomètres avec son sourire malicieux et ses sourcils qui se haussent tour à tour.

– Comme d'habitude.

Je débouche mon thermos, avale de grandes gorgées du liquide brun en priant les forces supérieures de l'univers de me donner assez de patience pour supporter sa curiosité.

– Ah non ! D'habitude, tu ne débarques pas en soirée avant de prendre une de tes collègues sur ton épaule afin de l'emmener je ne sais où, s'esclaffe-t-elle.

Merde. J'avais un peu oublié ce détail.

– Hum, articulé-je.

Le grognement est la meilleure solution quand je ne sais pas quoi répondre. Généralement, elle comprend que je ne suis pas disposé à discuter. Pas aujourd'hui, apparemment, puisqu'elle surenchérit :

– Alors tu la connais bien ? Ou *mieux*, peut-être ?

Je daigne lui accorder une miette d'attention en lui lançant un regard noir.

– OOOOK ! s'écrie-t-elle en levant les mains en l'air. Je me tais.

– Ne t'avise pas non plus d'aller la cuisiner.

– Tu es d'une humeur délicieuse, Robin. C'est toujours un plaisir d'échanger avec toi.

Laura est une greffière appliquée autant que sérieuse, mais c'est également une fouineuse hors pair. Ma vie privée ne concerne que moi, je tiens à la protéger.

J'ouvre la porte qui mène à nos bureaux, laisse ma collègue passer avant de m'engouffrer à mon tour dans le service. Je salue les secrétaires le plus naturellement possible malgré leurs regards inquisiteurs. Comme si j'allais m'installer avec elles pour leur raconter mon week-end autour d'un thé !

– À quelle heure est la première audience ? questionné-je sur le seuil de mon bureau.

La plus âgée cherche l'information sur son ordinateur et me répond que j'ai encore une heure devant moi. Je m'enferme, soupire. L'humain est trop curieux.

Je démarre mon PC, remarque aussitôt le Post-it posé sur le clavier. *Ce n'est plus de l'amour, c'est de la rage.*

« Les rendez-vous mémorables sont clandestins »
Félix Leclerc – *Le Calepin d'un flâneur*.
Je serai au pont des Arts à 20 h,
tu sauras me reconnaître.

J'y serai également. Cette mascarade a assez duré, il est temps d'y mettre un terme.

CHAPITRE 30

ERIKA

– Hey, Erika ! s'exclame une voix devenue familière.

Je m'arrête sur le parvis du Palais de Justice avant de me retourner. Laura arrive en courant, son sac en bandoulière rebondit sur sa hanche.

– Salut, tu vas bien ? m'enquiers-je comme si rien ne s'était passé vendredi soir.

– Oh oui, mais bonjour l'humeur de merde de monsieur le juge !

– Ah.

Très loquace, Erika. Bravo.

J'ignore si elle l'a questionné à « notre » sujet, mais la connaissant… je pense que c'est le cas et que c'est la raison de l'humeur massacrante de Robin. À moins qu'il n'ait pas trouvé mon mot ce matin, ou pire, qu'il m'en veuille terriblement. Je vais vite en avoir le cœur net, puisque je m'apprête à rentrer.

Laura se dandine d'un pied sur l'autre, ne cesse de réajuster l'anse sur son épaule.

– Tu souhaitais me demander quelque chose ?

– Oui, euh… (Elle jette un œil derrière elle.) Je sais que ça ne me regarde pas et qu'il me tuerait de te poser cette question, mais… tout va bien, entre vous ?

Son inquiétude est réelle.

– Tu penses que Robin pourrait me faire du mal ?

Je me pince les lèvres afin de retenir mon sourire naissant.

– Non ! Seulement, il est… particulier ?

– Particulier, répété-je.

C'est le mot. Il l'est, néanmoins je ne crois pas que ce soit une tare que de sortir du lot, même si j'ai parfois envie de l'étriper.

– Je peux te confier quelque chose ? demande-t-elle en avançant davantage.

Même si je refuse, elle va le faire, alors j'acquiesce d'un petit signe de tête.

– Quand je suis arrivée dans son service, j'étais célibataire, alors disons que j'ai essayé de… l'approcher.

L'imaginer le courtiser m'agace. Réaction puérile autant que débile, puisqu'il y a prescription et que j'étais moi-même mariée à cette époque.

– OK, et ?

– Il m'a accordé un dîner où il a été très clair. J'étais juste sa collègue. C'est peut-être différent pour toi, mais je préférais t'en parler plutôt que tu sois déçue.

Haha, merci. Depuis le temps que je connais Robin, elle n'a pas de souci à se faire, enfin ça, elle l'ignore.

– C'est gentil.

J'accompagne ma reconnaissance en posant ma main sur son bras. Elle me sourit aimablement et me propose d'aller boire un verre en terrasse avant de nous séparer. Je refuse, ayant autre chose de prévu ce soir. J'ai une surprise pour Robin. *Sauf s'il boude.*

Je suis contente de constater qu'il n'est pas rentré quand j'ouvre l'appartement. J'ai réservé une table au bistrot en bas de la rue, celui où nous avions nos petites habitudes. J'ai hésité, me souvenant que nous sommes supposés jouer la prudence. Toutefois, je refuse de vivre enfermée, et plus encore, de plier face à cette forme de chantage de mon ex. Sans aucune marque de tendresse entre Robin et moi, il n'aura rien à se mettre sous la dent. Ça me semble faisable.

Pas de temps à perdre, je me glisse sous la douche. J'ai déjà une idée de la robe que je vais enfiler. Une fois propre, puis sèche, je m'occupe de ma tignasse. Je râle lorsque je tente de dompter les mèches rebelles qui refusent l'élastique. Au terme d'une longue bataille capillaire, ma queue-de-cheval haute (et à peu près lisse) est jolie. Je me maquille légèrement, rehausse mes lèvres d'un rouge carmin. La petite robe, du même rouge que ma bouche, souligne mes courbes modestes. Vive le pushup qui met en valeur ma petite poitrine. Je manque peut-être d'objectivité, mais bon sang, le reflet que me renvoie le miroir est canon.

– Rika ?

La voix grave de Robin qui résonne dans l'appartement provoque une embardée sous mes côtes. Je ne l'avais pas entendu entrer, j'espère qu'il n'est pas fâché.

– Allez, courage, ma vieille, dis-je en scrutant mon double.

Je sors de la salle de bains, pieds nus. *Et s'il refuse ?*

– Hello, bégayé-je lorsque je le rejoins dans le salon.

Derrière lui, l'horloge murale indique presque vingt heures.

– Sa… (ses yeux balaient ma silhouette)… lut ?

Aucune trace de contrariété ne fige ses traits. J'imagine que c'est bon signe.

– Tu sors ? demande-t-il en haussant les sourcils.

– Oui.

Ses prunelles émeraude me fixent pendant de longues secondes. Les mains enfoncées au fond de ses poches, j'ignore à quoi il pense. Robin est trop bien formé à la magistrature. Il est presque impossible de lire en lui. J'avance de quelques pas d'une démarche plus chaloupée que d'habitude. Le faire marcher un peu est une perspective intéressante.

– OK, répond-il.

– Je dîne avec un homme.

Une flamme de jalousie traverse ses yeux si furtivement que je ne suis pas sûre qu'elle soit réelle.

– À quoi tu joues, Erika ?

– Je nous ai réservé une table au bistrot en bas. Avant que tu soulignes l'imprudence de cette initiative, je tiens à te dire que j'ai demandé un emplacement loin de la baie vitrée. Il suffira de ne pas se toucher, ça te semble possible ?

Il penche la tête sur le côté, me scrute avec attention. Comment parvient-il à me réchauffer d'un simple regard appuyé ?

– Facile.

Un rictus étire le coin de sa lèvre.

– Facile ? minaudé-je sous son nez.

– Je change de chemise et on y va.

Il parle comme si je ne lui faisais aucun effet, ce qui n'est pas le cas. Mes yeux glissent sur son torse où je remarque la cravate verte que je lui avais achetée. Cette attention me touche, bien que je ne le montre pas. Moi aussi, je sais faire semblant.

– Bof, cette cravate, dis-je en grimaçant.

Il suit mon regard, attrape le tissu entre ses doigts :

– Hum. Je ne me rappelle plus d'où elle vient.

Cette fois, je souris largement :

– Saleté.

Il me rend mon sourire, se penche pour m'embrasser. J'en crève d'envie, mais l'heure tourne.

– Nope. (Je pose mon index sur sa bouche.) Tu vas gâcher mon rouge à lèvres et nous sommes en retard.

Je crie quand ses dents se referment sur le bout de mon doigt.

– Je te jure que tu ne perds rien pour attendre, grogne-t-il.

Il s'éclipse, revient vêtu d'une chemise blanche. Les boutons du haut sont ouverts et il a remonté ses manches jusqu'aux coudes, dévoilant ainsi ses avant-bras aux veines saillantes. *Seigneur, il est magnifique.*

– Je suis prêt.

Moi aussi, Robin. Moi aussi.

– Je pensais que vous m'aviez oubliée ! s'exclame Rebecca lorsque le « ding » de la porte indique notre arrivée.

– Mon colocataire passe un temps fou dans la salle de bains, réponds-je en souriant.

La propriétaire des lieux scanne Robin de haut en bas sous la mine exaspérée de ce dernier.

– Bon, ça valait peut-être le coup, avoue-t-elle. Venez, je vous ai gardé la table du coin.

Nous la suivons en saluant les quelques clients jusqu'à un espace plus intime de la salle où les tables sont davantage éloignées les unes des autres et quasi invisibles depuis l'extérieur. *Par-fait.*

– Je vous laisse vous installer, je reviens avec la carte. Vous prendrez un apéritif ? Le chef fait un Kir Royal extra en ce moment.

– Merci, répondons-nous à l'unisson. Un Kir c'est très bien, ajoute Robin.

J'acquiesce. La petite bonne femme aux cheveux roses papillonne une dernière fois des cils avant de disparaître.

– Encore une qui te drague, fais-je remarquer.

Robin pose les coudes sur les accoudoirs de son siège et lie ses mains au-dessus de son ventre.

– Pourquoi « encore » ?

– Laura est venue me parler tout à l'heure.

Il grimace et soupire en même temps, ce qui déforme son visage d'une drôle de moue.

– Génial… Je présume qu'elle voulait des détails de ton week-end ?

– Même pas.

Nous sommes interrompus par Rebecca qui nous apporte la carte, ainsi que les flûtes pétillantes. Nous choisissons rapidement, jetant tous les deux notre dévolu sur les mêmes plats.

– Elle est venue me mettre en garde sur l'inaccessibilité de ton cœur, reprends-je quand nous sommes de nouveau seuls.

Rebecca doit avoir envie de fermer tôt, car les entrées arrivent déjà. *Tomates à la mozzarella, il n'y a que ça de vrai en été.* Morte de faim, j'attaque mon assiette dans la seconde.

– Laura m'a couru après durant plusieurs semaines lorsqu'elle est arrivée, finit par répondre Robin.

– Je sais, elle me l'a dit. Ça n'a aucune importance, je n'ai rien lâché sur nous deux.

– C'est mieux, elle est trop bavarde.

– Ne parlons plus des femmes qui en veulent à ton corps, éludé-je.

Il lève les yeux au ciel mais approuve. Il mastique calmement sans cesser de me manger *moi* du regard.

– Nous ne sommes pas très discrets, chuchoté-je.

– Je ne te touche pas.

– Si, avec tes yeux.

Il sourit, je me sens rougir jusqu'à la racine des cheveux.

– Dis-moi quelque chose que personne ne connaît, dis-je afin de changer de sujet.

Il réfléchit en tapotant sa bouche. Une autre serveuse vient débarrasser nos assiettes et nous déposer les plats.

– J'ai payé mon bateau bien plus cher que sa valeur car c'était celui-ci que je voulais.

– Une raison particulière ?

– Il s'appelait le « Erika ».

Oh.

– Cliché au possible, réponds-je pour le taquiner.

– Carrément.

Je m'adosse à ma chaise, mes ongles pianotent sur le bois qui nous sépare.

– J'ai une histoire un peu similaire, dis-je à voix basse.

– Ah oui ?

Ses iris fixent mes lèvres. Je me remémore notre rapprochement de la nuit dernière, sa cuisse entre mes jambes, son souffle sur ma peau. *Il fait sacrément chaud ici.*

– Rika ?

Joueuse, je me penche sur la table afin de réduire la distance. Son parfum m'enveloppe, le mouvement de son bras qui porte son verre de vin jusqu'à sa bouche m'hypnotise.

– Mon premier vibro s'appelait Nirbo.

Face à son incompréhension, je précise :

– Une anagramme de Robin.

Il s'étouffe dans son verre, je ricane, fière de l'effet produit.

– Monsieur le juge n'est pas si imperturbable que ça.

– Tu veux un dessert ?

J'ignore s'il a remarqué que nous n'avons même pas touché à nos plats.

– Non.

Je n'ai plus faim de nourriture.

– On rentre ?

– Oh que oui.

Il se redresse, veille à ne pas m'effleurer. Il profite que je passe près de lui pour murmurer :

– Je vais ruiner ton rouge à lèvres.

CHAPITRE 31

ROBIN

Remonter la rue en marchant est une épreuve. Ne pas la toucher ni même la regarder est pire encore. Cette femme va me tuer. Je crève littéralement de désir, et cerise sur le gâteau, je bande. Essayez de vous déplacer avec une érection engoncée dans un pantalon ajusté, vous verrez. Un régal.

– Tu boites ? se moque la diablesse dont les talons martèlent le bitume.

Elle est à la limite de courir pour me suivre. Je ne ralentis pas, me contente de marmonner.

– Tu as un souci ? poursuit-elle, fière de sa bêtise.

– Quelque chose me dit que tu ne vas pas tarder à rencontrer mon « petit » souci.

Je m'autorise un coup d'œil sur son visage qui rougit en lui ouvrant la porte du hall de mon immeuble. Elle passe devant moi, mes yeux dévalent le long de sa colonne jusqu'à sa chute de reins rebondie. Mes mains me picotent tellement elles ont envie de la toucher. Elle appelle l'ascenseur qui, d'après le grincement de la cabine, est plusieurs étages au-dessus. La lumière automatique s'éteint au même instant que meurt ma patience. Nos corps enveloppés dans l'obscurité deviennent presque invisibles. J'avance, plaque mon torse contre son dos.

– Oh, suffoque-t-elle en s'abandonnant à mon toucher.

Sans se retourner, elle passe ses doigts dans mes cheveux, tandis que les miens empoignent ses hanches et que j'embrasse son cou comme un affamé.

Le « ding » de l'ascenseur nous ramène sur terre, je constate avec soulagement qu'il est vide. Je la pousse doucement à l'intérieur sans la lâcher. Je presse à la va-vite le bouton du neuvième étage, car mes mains tiennent déjà son visage en coupe. Je la fixe quelques secondes afin de graver dans ma mémoire la perfection de cet instant, puis mes lèvres s'emparent des siennes. Elle gémit, ouvre la bouche, nos langues glissent l'une contre l'autre. Ses paumes agrippent le tissu de ma chemise sur mes pectoraux quand mon bassin vient à la rencontre du sien et que je la hisse entre la paroi et mon corps. Ses jambes se referment autour de moi. Nous ondulons à l'unisson, au supplice de ce désir qui nous dévore. Mes doigts passent sous sa robe, se plantent dans ses fesses parfaites. Il suffirait qu'elle retire son string et que je descende ma braguette pour me fondre en elle, mais le couinement des portes nous immobilise. Les idées embrouillées par son parfum divin, je ne pense pas à la reposer au sol. Par chance, le palier est désert. Je nous mène jusqu'au seuil de mon appartement, sors la clé de ma poche en quelques mouvements maladroits. Erika rit au creux de mon cou lorsque je râle contre cette foutue serrure.

Sans jamais me séparer d'elle, je referme le battant d'un coup de pied. Lentement, je fais glisser son corps le long du mien jusqu'à ce que ses pieds touchent par terre. Nos bouches restent scellées, je nous conduis vers la chambre à l'aveugle. Ma chemise, mon pantalon et sa robe volent à travers le couloir. Ses lèvres sont rouges et gonflées lorsqu'elle me quitte pour s'étendre sur mon lit. Debout face à elle, je ne la regarde pas, je l'admire. Elle détache ses cheveux avant de se redresser sur ses coudes, l'expression espiègle.

– Tu as toujours tes règles ?

– Non. Tu as des capotes ?

– Oui.

Mon téléphone sonne dans ma poche. Je le sors, l'éteins, puis le balance sur mon chevet. Je ne sais pas qui me parle, et je m'en fous. C'est bien la dernière de mes préoccupations.

– Tu devrais peut-être lire le message ?

Je pose un genou sur le matelas, rampe au-dessus de son corps, les avant-bras de part et d'autre de son visage. Je m'arrête lorsque ses yeux sont en face des miens.

– Rien, et absolument rien, ne m'empêchera de te faire l'amour ce soir.

– Je n'y vois aucune objection, votre honneur, chuchote-t-elle en léchant doucement mes lèvres.

C'est fou de constater combien elle se révèle lorsque nous sommes ensemble. Je retrouve la femme que j'ai connue il y a des années, pétillante et sûre d'elle. *Bon sang, ce qu'elle a pu me manquer.*

Je fonds sur sa bouche, mes doigts s'entortillent dans ses cheveux. Elle me rend complètement dingue. Je pèse sur elle, le bas-ventre douloureux. Erika gigote contre mon sexe à la recherche d'un soulagement que je ne compte pas lui offrir tout de suite. Une idée me vient en tête. Je quitte la douceur de son étreinte, la regarde dans les yeux.

– As-tu toujours le fameux « Nirbo » ?

– Euh… oui, répond-elle d'une voix éraillée.

– J'aimerais beaucoup le rencontrer, dis-je en me laissant retomber sur le côté.

– Sérieux ?

Je ne pense pas qu'un engin vibrant soit une menace pour ma virilité. J'acquiesce silencieusement. Elle file aussitôt le chercher, revient trente secondes plus tard. *Il ne devait pas être rangé bien loin.* La belle Italienne se plante face au lit, me tend l'objet d'un bleu plutôt joli. Je m'assieds au bord du matelas avant de m'emparer du petit vibromasseur.

– C'est donc ça.

Erika amorce un pas supplémentaire pour me rejoindre, je la retiens doucement par le poignet.

– Tu pourrais rester debout ?

Le rose lui monte aux joues, un sourire coquin illumine son visage. Elle est à tomber dans cet ensemble en dentelle noire. La broderie est si fine qu'elle en est transparente. J'appuie sur le bouton de démarrage, l'engin vibre. C'est presque de la concurrence déloyale.

– Je peux ? questionné-je en agitant le vibro entre nous.

– Ça devient urgent.

Tiens donc.

Je passe mon bras autour de sa taille, l'avance plus près de moi. Ma tête arrive à la hauteur de son ventre que j'embrasse lentement. De mon autre main, je fais courir le vibromasseur depuis la peau de son genou jusqu'à l'extérieur de sa hanche. Je ne lâche pas ma prise, maintiens son corps contre le mien.

– Robin, gémit-elle, ses ongles ratissant mon crâne.

Les battements de son cœur se répercutent jusque dans ma bouche toujours posée sur son abdomen. Je baisse le visage, ma langue joue avec son nombril. Au même instant, je dirige les vibrations vers l'intérieur de sa cuisse, la torture de longues secondes.

– Seigneur… c'est trop, geint-elle, la tête rejetée en arrière.

Elle tire mes cheveux, balance son bassin dans ma direction. Je dépose une pluie de baisers juste en dessous de l'élastique de son string, puis je décris des petits cercles autour de son clitoris avec le *sextoy*. Elle jure en italien. Je lui mordille le ventre, prêt à me répandre à l'intérieur de mon boxer devant l'érotisme de la scène.

– Ta bouche, susurre-t-elle.

J'abandonne le vibro, attrape ses fesses à pleines mains. Je vire son dessous tandis qu'elle retire son soutien-gorge.

– Tu vas me tuer, grogné-je.

Je ne lui laisse pas le loisir de répondre et referme ma bouche sur son intimité, là où palpite son désir. Son goût est encore plus fabuleux que tout ce que j'avais fantasmé. Je la chéris avec application, une main quitte son fessier pour jouer avec son sein. Erika ondule contre mon visage en jouissant de plus en plus bruyamment. Un dernier coup de langue et elle bascule, terrassée par l'orgasme. Je la retiens de justesse alors que ses jambes flageolent. Elle me pousse afin que je m'allonge, s'installe à califourchon sur mon bas-ventre en feu après avoir retiré mon boxer. Elle m'embrasse à en perdre haleine, pendant qu'une de ses paumes passe entre nous et s'empare de ma verge qu'elle masse d'une lenteur insoutenable. Elle quitte mes lèvres, dévale mon cou, mes pectoraux, mes tétons qu'elle suce avec voracité. Je me refrène, tente d'endiguer le brasier qui calcine mes reins. Je rassemble toute ma volonté de ne pas venir trop vite lorsque sa bouche se referme sur l'extrémité de ma virilité.

Bordel de merde. Elle la cajole tantôt modérément, tantôt avec une avidité qui me projette au bord du précipice.

– Stop, mon ange.

Elle relève la tête à la mention du surnom. *C'est sorti tout seul, je n'ai pas réfléchi.*

– Capote ? demande-t-elle.

Je roule au-dessus d'elle, attrape le carré couleur aluminium dans le tiroir de ma table de nuit. Je me couvre sous son regard gourmand et reprends ma place entre ses cuisses. Elle n'a jamais été aussi belle qu'en cet instant. Un sentiment étrange s'enroule autour de mon palpitant lorsque je me glisse en elle en une longue poussée. Nos gémissements emplissent la pièce simultanément.

Le passé et le présent se mélangent. Nos destins sont et seront toujours liés, j'en ai la certitude. Plus que jamais, j'espère que mon avenir est auprès d'elle.

Que vas-tu faire de moi, Erika ?

CHAPITRE 32

ERIKA

Mon oreiller humain bouge pour la seconde fois. Les muscles lourds de sommeil, il m'est impossible de m'en détacher.

– Rika… On va être en retard, murmure une voix grave.

Alors ce n'était pas un rêve. Lentement, mes paupières papillonnent, puis s'ouvrent. La tête appuyée contre le torse chaud de Robin, je remercie le ciel qu'il ne puisse pas voir mon visage.

– Je crois que tu baves, dit-il sans bouger.

Oups. Niveau glamour, c'est loupé.

Au ton qu'il emploie, je devine qu'il porte son sourire en coin. Je me redresse, rencontre ses prunelles émeraude.

– Tu es réveillé depuis longtemps ?

Je sais que dormir est parfois compliqué pour lui.

– Quelques heures, oui.

– Mince, tu voulais peut-être aller courir ? Il fallait me virer.

– Te servir de traversin n'était pas désagréable.

– Même si je bave ?

– Même si tu baves.

Un large sourire étire ma bouche. Je me hisse jusqu'à ses lèvres à l'instant où il penche la tête afin de se saisir des miennes. Embrasser Robin Lefebvre est ma nouvelle activité favorite. Enhardie par l'intensité de notre échange, je grimpe sur lui à califourchon.

– J'ai une… (il me picore de baisers) audience à la première heure… Et… (il m'embrasse encore) si nous arrivons tous les deux à la bourre, ça va être suspect.

Il a raison. À contrecœur, je retombe sur le côté.

– C'est vrai. Quel genre de délit t'attend ?

Il se lève, offre à ma vue sa nudité parfaite. *Il y a pire, comme réveil.* Incapable de détacher mon regard de sa silhouette, aucune miette de l'habillage de Robin ne m'échappe. Nous avons pris une longue douche avant de dormir, et j'envie le parfum du savon qui traîne encore sur sa peau. Il couvre son fessier d'un boxer, puis d'un pantalon à pince bleu nuit. Les muscles de son dos roulent sous sa peau quand il enfile sa chemise blanche.

Je prends conscience qu'il vient de répondre à ma question lorsqu'il tourne la tête dans ma direction.

– Tu n'as rien écouté, remarque-t-il.

– Désolée. Paysage captivant.

Son expression se voile d'un je ne sais quoi qui me fait froncer les sourcils. Robin ne sait pas comment gérer les compliments, c'est une évidence. Ou alors il regrette, mais j'en doute. Ce n'est pas le genre d'homme à s'encombrer de faux-semblants si une situation lui déplaît.

– Je boirai un café au bureau, je dois filer, dit-il en avisant l'heure sur la montre qu'il vient d'attacher à son poignet.

D'un mouvement que j'espère gracieux, je me lève à mon tour, attrape mes affaires éparpillées au sol.

– Je termine un peu plus tôt aujourd'hui. J'ai rendez-vous avec mon avocat.

Il noue sa cravate, semble réfléchir intérieurement avant de se lancer :

– D'accord. Quant à moi, j'ai trouvé un énième Post-it sur lequel l'auteur prétend vouloir se révéler.

– Oh.

– Ce soir à vingt heures, précise-t-il.

– Tu y vas, je présume ?

Ses yeux verts se rivent aux miens. Il est à couper le souffle.

– Bien sûr. Ce cinéma doit cesser.

Je comprends, néanmoins, une pointe d'angoisse se loge entre mes côtes. Et si ses suppositions étaient fausses et que cette rencontre le bouleversait ?

– Tu n'as pas hâte de savoir de qui il s'agit ? demandé-je doucement.

– Je veux surtout que ça s'arrête.

– OK.

Il s'avance tandis que je remonte la fermeture Éclair de ma robe, puis il saisit mon menton entre son pouce et son index.

– En dehors de ma famille, peu de monde m'intéresse véritablement, Erika.

C'est ironique, pour quelqu'un qui passe sa vie à tenter de rendre justice aux innocents. Je me demande comment il me considère. Ce week-end, sur le bateau, il a avoué être fou de moi. Est-ce suffisant pour écrire une histoire à deux ? En a-t-il envie ? Suis-je déjà prête à cela ? Je n'en ai aucune idée. Tout ce que je sais, c'est que notre relation actuelle me semble tout à fait naturelle, et qu'il n'est peut-être pas nécessaire de vouloir mettre une étiquette sur ce qu'elle est dans l'immédiat. Néanmoins, je ne peux m'empêcher d'espérer un avenir commun.

– Sauf… moi ? questionné-je avec prudence.

Le regard dont il me gratifie me trouble car je suis incapable de le lire.

– Peut-être. Enfin… oui, je crois.

J'ignore si je dois me sentir soulagée ou inquiète. Inutile de m'appesantir sur le sujet, il dépose un baiser délicat sur la commissure de mes lèvres et s'en va. La porte claque un instant plus tard, me laissant seule avec mon petit tas de questions.

Bien sûr, j'arrive en retard au travail.

Manque de bol, Paul est d'humeur exécrable.

Pas de chance non plus, Florine, la stagiaire, me colle aux escarpins.

Il y a des jours qui sentent le moisi dès l'aube. C'est comme ça, on n'y peut rien. Au lieu de m'agacer et de taper du pied, je commence par avaler un grand café. Ça ne m'apaise pas vraiment, néanmoins ça me donne l'illusion que je vais gérer ce mardi.

– Paul m'a demandé de t'aider, déclare Florine en se plantant à côté de moi.

– De l'aide pour… des photocopies et du courrier ?

Elle hausse les épaules :

– Il faut croire.

Génial.

– Il t'a dégagé un petit espace pour bosser ou quelque chose de ce style ?

– Nope.

Génial bis.

Je me retiens de soupirer, car la gosse n'y est pour rien, et je vire des piles de papiers de sur mon bureau.

– Installe-toi ici, tu colleras les timbres.

– Passionnant, ronchonne-t-elle.

– Si ça peut te consoler, j'ai toutes les connaissances pour retrouver ma place de greffière, mais il me manque le concours. Crois-moi, m'occuper de la paperasse n'est pas ce qui me plaît le plus.

D'ailleurs, je ne relis même plus les cours de droit que Robin m'avait prêtés. Revenir sur le terrain suffit à me remettre dans le bain.

Je sors les liasses de timbres du tiroir et je commence à me soucier du courrier. Je lui fais passer les enveloppes à affranchir, lorsqu'elle engage la conversation :

– C'est mal fichu ce système.

– Lequel ?

– Devoir repasser le concours si tu quittes ton poste.

Je suis bien d'accord.

– C'est vrai. Mais d'un autre côté, ça force à savoir ce que tu veux.

Et ce que tu ne veux plus.

– Oui, j'imagine.

Elle timbre, met les enveloppes dans la panière dédiée, puis recommence en boucle.

– Est-ce que je peux te poser une question ? demande-t-elle d'une petite voix.

– Je t'écoute.

– Tu connais monsieur Lefebvre, enfin… Robin depuis longtemps, n'est-ce pas ?

Elle était là lorsqu'il m'a enlevée au bar. Je crois que ça n'a pas fini de faire jaser le Palais de Justice.

– Oui. On a étudié et bossé ensemble.

– Ah, d'accord.

Elle rive son attention sur ses mains, une expression étrange sur le visage.

– Paul parlait de lui, l'autre jour.

– Ils sont collègues, précisé-je.

Cependant, je sens qu'il ne s'agissait pas d'une conversation professionnelle.

– Je sais, je sais ! Je trouvais drôle qu'ils se prennent la tête pour une histoire de Post-it. Enfin j'ai peut-être mal compris.

Serait-ce réellement lui l'auteur des mots ? J'en doute franchement, mais nous le saurons bientôt. Je souris, puis je change de sujet. Le dossier « Robin » est miné, inutile de chercher les ennuis.

La matinée et l'après-midi s'enchaînent sans encombre. Comme prévu, je quitte le service plus tôt qu'à l'accoutumée afin de retrouver mon avocat. Il m'a dit détenir de nouvelles informations sur ce que réclame Ben, mais a refusé de m'en parler au téléphone. Deux stations de métro plus loin et me voici devant le cabinet. Je pousse la lourde porte en bois vernis, me présente aux secrétaires. Leurs chignons serrés leur tirent les yeux presque jusqu'aux oreilles. Elles m'offrent un sourire professionnel aussi blanc que la peinture des murs avant de me demander de patienter dans la salle d'attente. Je m'exécute après un hochement de tête. *Que me réserve Ben ?* Pourquoi ne pas terminer cette histoire joliment, à la manière d'adultes responsables et matures ? L'avantage, c'est que je ne possède pas grand-chose en matière de biens. Nous n'avons rien acheté ensemble, nous louions. La société que nous avions créée pour l'élevage de lamas est liquidée depuis un moment. La seule chose… *non. Il n'oserait pas !*

– Madame Boquin ?

Mon nom marital me fait sursauter sur ma chaise. Mon avocat, maître Yaudah (il fallait l'inventer !), se tient sur le seuil.

– Mademoiselle Conti, pardon.

Je l'ai déjà eu au téléphone, mais je ne l'avais jamais rencontré. Plus petit que moi, des rides creusent son visage que même son sourire ne parvient pas à illuminer. Beau portrait d'un homme fatigué en fin de carrière. Notons néanmoins qu'il n'est pas vert. Fait-il ses phrases à l'envers ? Je me fustige mentalement. Ces vannes, il a dû les entendre toute sa vie.

– Bonjour, Maître.

Je me lève, il ouvre un bras en direction du couloir :

– Par ici mon bureau est, déclare-t-il.

Malgré moi, je m'arrête net et le regarde avec curiosité. Mes dents se plantent dans mes lèvres afin de retenir mon rire.

– Pardon ! s'esclaffe-t-il, hilare. J'adore faire cette blague la première fois.

Où suis-je tombée ? Je ris à mon tour avant de rejoindre la porte qu'il m'indique. Son cabinet est superbe. Entièrement peint en blanc cassé, la luminosité en devient presque éblouissante sur les moulures qui ornent l'espace. Les meubles noirs, en revanche, je dis non.

– Installez-vous, je vous en prie.

Il fait le tour de son bureau, prend place en face de moi en glissant ses lunettes sur son nez. De ses mains fripées, il attrape une pochette qui porte mon nom.

– J'ai eu l'avocat de monsieur Boquin au téléphone concernant votre divorce. Son client agite la carte de l'infidélité afin de rompre votre contrat de mariage, mais j'imagine que vous le savez déjà ?

– Oui.

– Je vais aller droit au but, car j'ai besoin d'avoir tous les éléments pour vous défendre au mieux. Est-ce le cas, mademoiselle ? Y a-t-il eu une aventure extraconjugale ?

– Non. Je l'ai quitté avant d'aller vivre chez un ami.

– D'accord.

Il se gratte la tête, retire ses lunettes.

– Que veut-il ? demandé-je d'un ton que j'espère posé.

L'appréhension me noue l'estomac. Les secondes restent suspendues à son court silence.

– Votre voiture de collection.

– *Cazzo !*

Je m'excuse aussitôt de m'être emportée, ronge l'ongle de mon pouce.

– Elle a beaucoup de valeur à vos yeux ?

Non, pas aux miens. Pour un motif étrange, cette voiture m'appartient. Je ne la conduis jamais, je la trouve seulement jolie. C'est une Alpine A110, donation de ma mère pour mes vingt ans, et elle y tient pour une raison qui m'échappe encore. Je me fiche que Ben la récupère, cependant je rejette l'idée de blesser de nouveau ma mère.

– Oui, m'entends-je répondre.

Je suis certaine que mon ex veut juste m'enlever ce que je refuse de lui donner par souci d'ego.

– C'est embêtant. Je vous ai demandé de venir car son avocat m'a fait passer une photo qui pourrait contredire vos affirmations.

Il ouvre le rabat du dossier, en sort un cliché qu'il fait glisser sur le bois sombre. *Merde.* Mon sang se glace, la colère se cristallise dans mes veines. Robin avait raison, un détective privé nous épie. Sur l'image, nous voyons très clairement mon corps renversé sur l'épaule de Robin à la sortie du bar vendredi dernier. Je ne suis pas certaine que ses mains étaient si haut placées qu'en réalité, mais la photo porte effectivement à confusion. Le pire, c'est que nous ne nous étions pas encore embrassés à cet instant. Une autre prise montre mon corps contre le sien, la paume de ma main sur son torse. Ça, je me le rappelle, j'étais ivre, et mon équilibre, précaire.

– J'étais en état d'ébriété sur ces images. Robin, enfin, mon ami, me ramenait à la maison.

– Pardonnez ma curiosité, mais je crois reconnaître Robin Lefebvre ? Magistrat au palais de justice de Paris ?

– C'est lui. Nous nous connaissons depuis la fac.

– D’accord. Bon… Je pense qu’il faut trouver un moyen de contrer votre mari.

Je serre fort les dents afin de ne pas corriger le terme employé pour qualifier ce salaud. Certes, je suis partie rapidement, mais je n’ai trompé personne ! Ai-je envie de me battre ? Ai-je ne serait-ce qu’une once d’énergie pour cela ? J’aimerais avoir l’avis éclairé de Robin sur les possibilités qui s’offrent à moi. Les lois et les décrets qui en découlent évoluent vite, j’ai peut-être loupé quelque chose. Je fais confiance à mon avocat, plus encore à Robin.

– Je vais y réfléchir, déclaré-je, le cerveau déjà en ébullition.

– Oui, toutefois ne tardez pas trop. Et soyez prudente, le moindre geste venant étayer son accusation se retrouvera sur papier photo.

Génial, il ne manquait plus que ça.

CHAPITRE 33

ROBIN

Vingt heures approchent enfin après une journée longue et pénible. Beaucoup de choses à régler, pas assez de personnel pour gérer. Le pont des Arts se situant à plus de cinq kilomètres du tribunal, je décide de m'y rendre en voiture afin de rentrer directement chez moi ensuite. Je n'ai pas croisé Erika depuis ce matin, et je dois avouer m'être noyé dans le travail plutôt que de risquer un abus de réflexion à ce sujet. À *notre* sujet.

Le hall est presque vide lorsque je regagne l'extérieur sous un ciel obscurci par d'imposants nuages noirs. Je marche jusqu'au parking, m'installe derrière le volant, le cerveau de nouveau plein de questions. *Voilà ce que je fuyais pendant la journée.* Le doute vampirise l'instant présent. Erika était-elle émotionnellement prête pour une nouvelle relation ? Le suis-je ? Les bases de notre relation amicale passée sont-elles assez solides pour bâtir autre chose dessus ? Ressentir très fort n'est pas nécessairement synonyme de durée. Je ne sais plus où se situent mes priorités.

Vingt minutes passent avant que je parvienne à trouver une place au plus près du pont sur lequel est fixée l'entrevue. Je ne suis pas stupide, la symbolique du lieu est presque grossière. Le pont des amours, après des semaines de petits mots mystérieux… Quelle imagination. Cependant, il est interdit aux amoureux d'y accrocher des cadenas depuis 2014, ce qui tombe bien car ce n'est pas ce soir qu'on en aurait ajouté un.

Pressé d'en finir, je parcours le reste du chemin à pied, priant pour que l'orage nous épargne. Je grimpe les quelques marches menant au-dessus de la Seine et cherche un visage familier parmi les passants. J'avance lentement au gré des touristes occupés à se prendre en photo sur le monument historique de notre capitale. Quand soudain, je l'aperçois. La stagiaire. Je marque un temps d'arrêt, surpris par ma mauvaise intuition. Florine me repère à son tour, hésite, puis vient à ma rencontre.

Qu'est-ce que…

– C'est une caméra cachée ? lâché-je d'un ton lourd de reproches lorsque la gosse se plante face à moi.

Elle est habillée d'un short en jean et d'un chemisier presque transparent. Rien à voir avec sa tenue professionnelle.

– Bonsoir, chuchote-t-elle, les mains dans le dos.

– Tu m'expliques ?

Loin de se démonter, elle laisse ses bras retomber le long de son corps, tandis qu'elle bombe la poitrine.

– Je crois que c'est clair.

– Tous ces Post-it…

– Un de tes collègues m'a donné plusieurs blocs lorsque je suis arrivée. Le vert symbolise l'espoir, donc…

L'emploi du tutoiement me sidère, elle qui, jusqu'à présent, ne parvenait pas à me regarder dans les yeux ni à prononcer mon prénom sans rougir. *Sans rougir.* Soudain, tout s'illumine à l'intérieur de mon esprit. Il ne s'agissait pas de timidité maladive, mais de béguin.

– Je suis amoureuse de toi, avoue-t-elle en dansant d'un pied sur l'autre.

– Et moi je pense que…

Ma phrase s'étouffe quelque part dans ma gorge lorsqu'elle se jette à mon cou, que ses lèvres s'écrasent sur les miennes. Je la repousse aussitôt sans ménagement.

– Putain !

– Ce… ce n'est pas réciproque ? balbutie-t-elle.

– Mais bon sang, qu'est-ce qui a pu te faire imaginer que ça l'était ?!

Je n'ai jamais eu de comportement déplacé avec mes collègues. Ni avec aucune femme, je crois. Non pas que je sois un saint, c'est surtout qu'elles n'éveillent pas mon intérêt. Encore moins à cet âge.

– Rien… enfin, tu es le seul à insister pour que je t'appelle par ton prénom, alors…

– Alors tu as cru que je te draguais ? Sérieusement ? Tu sais quel âge j'ai ?

– L'amour n'a pas d'âge, chuchote-t-elle.

– Peut-être, néanmoins je ne choisis pas mes compagnes au berceau.

Ma remarque la vexe, elle se renfrogne. Je poursuis :

– Tu as énormément de choses à apprendre dans tous les domaines. Coche la communication et la réflexion en tête de liste.

– Je suis désolée.

– Tu as conscience qu'il est hors de question que tu poursuives ton stage, n'est-ce pas ?

– Non ! s'exclame-t-elle, avec une expression paniquée.

Elle peut dire ce qu'elle veut, ma décision était prise à l'instant où je l'ai vue sur le pont.

– Tu m'as laissé des mots anonymes durant des semaines et tu viens de me sauter au cou. C'est peut-être mignon dans les films, mais là ça ressemble à du harcèlement. Tu pars, point. Tu passeras récupérer tes affaires demain et je contacterai ton université.

– S'il te plaît, non…

– Bonne soirée, Florine.

Je tourne les talons, insensible à ses remords. Elle réfléchira plus de deux secondes la prochaine fois, je n'ai pas de temps à perdre avec ce genre de petit jeu.

Agacé, je regagne la rue où est stationnée ma voiture. Je roule en tapotant nerveusement le volant du bout des doigts. Erika doit déjà être rentrée. J'ai complètement oublié de répondre à son dernier SMS me demandant vers quelle heure je pensais être de retour à l'appartement. Pourvu qu'elle n'ait rien prévu de « spécial » ce soir. Je suis perdu. Entre elle et moi, tout va très vite et je peine à savoir si c'est une bonne ou une mauvaise chose. Ce que je ressens, ce que *nous* ressentons est hors de contrôle et je crois que je n'étais pas préparé à la voir à nouveau débarquer dans ma vie comme un boulet de canon.

Égaré dans mes pensées, je loupe ma rue. Après un demi-tour un peu juste, deux coups de klaxon et un doigt d'honneur du mec qui arrivait en face, j'engage mon véhicule sur la voie souterraine menant à mon garage. Mon esprit s'enfonce de plus en plus au sein d'un épais brouillard à mesure que l'ascenseur me rapproche de chez moi.

Posté devant ma porte, j'inspire longuement avant de pousser le battant.

– Ah ! Tu es là ! sourit Erika qui vient se lover contre mon torse.

Malgré mon envie de la serrer fort, je peine à lui rendre la pareille. Mes bras semblent peser une tonne chacun lorsque je parviens à les remonter le long de son dos.

– J'ai oublié de répondre à ton SMS.

– Ce n'est pas grave, j'avais juste très envie de te voir.

Elle se hisse jusqu'à ma bouche, où elle dépose ses lèvres. Je ferme les yeux, m'abandonne à la douceur de son baiser.

– Tout va bien ? demande-t-elle en reculant d'un pas afin de m'examiner.

Elle fronce les sourcils, l'air suspicieux.

– Non.

– Tu reviens du « rendez-vous » mystère ?

– C'était Florine, la stagiaire, lâché-je.

Ses prunelles noires s'écarquillent.

– Vraiment ?

Je quitte mes chaussures avant de desserrer le nœud de ma cravate. La fatigue s'écrase sur mes épaules telle une chape de plomb.

– Oui. Vraiment.

Elle s'assied sur l'accoudoir du canapé, hébétée.

– Bah ça alors… Ça explique sûrement pourquoi elle m'a posé quelques questions ce matin.

– Elle est virée.

Je me dirige vers la cuisine, Erika sur mes talons.

– À ce point-là ?

– Elle m'a embrassé, ronchonné-je.

Le harcèlement aurait été un motif suffisant, cela dit.

– Elle… attends, quoi !? C'est une blague ?

– Pas du tout.

– Mais…

– Je n'ai plus envie d'en parler. C'est du passé, désormais.

La jeune femme s'arrête net, comme si elle venait de prendre une baie vitrée dans le visage.

– OK…

Je sais qu'elle ne comprend pas, néanmoins je déteste ressasser les trucs pénibles de ce genre. Trop de pensées occupent déjà mon esprit fatigué.

– Et toi ? L'entrevue avec ton avocat s'est bien passée ?

– Pas terrible… Ben réclame ma voiture de collection. C'est un héritage familial, ma mère y tient beaucoup.

Nous passons à table tout en discutant.

– Il y a autre chose que tu dois savoir, ajoute-t-elle.

Je l'interroge du regard en piochant dans mon assiette.

– Tu avais raison, mon ex a engagé un détective privé. Nous avons été pris en photo à la sortie du bar, vendredi. Je suis sur ton épaule et nous semblons très proches.

Je crois sincèrement que certaines personnes ne respirent que pour emmerder leurs semblables. Je soupire, blasé par l'être humain.

– Il n'aura rien de plus.

Sa fourchette reste en suspens devant sa bouche.

– C'est-à-dire ?

C'est-à-dire que ce que je ressens est aussi flou que net et que ça me dérange.

– Nous allons redoubler de vigilance. Ton avocat est un requin, je ne me fais pas de souci pour ta défense.

Bien qu'elle ne semble pas soulagée par ma réaction, elle hoche la tête. Nous finissons de dîner en discutant de choses plus légères, puis je lave la vaisselle.

– On pourrait regarder un film, qu'en penses-tu ? propose-t-elle en essuyant les couverts.

J'aimerais plutôt aller me coucher, cependant je crains d'être trop abrupt dans ma réponse.

– Si tu veux. Je te laisse choisir.

– J'ai envie d'horreur, ça te convient ?

– Peut-être que voir des gens se faire massacrer sera satisfaisant, dis-je en haussant les épaules.

– Tu es parfois super flippant, s'esclaffe-t-elle.

Ma tentative d'alléger l'ambiance a fonctionné.

Je file prendre une douche pendant qu'Erika flâne sur Netflix. Le problème avec ces plateformes, c'est qu'il faut plus de temps pour se décider que pour regarder un film. Erika n'est toujours pas fixée lorsque je la rejoins, les cheveux encore humides. Au terme d'une hésitation de plusieurs minutes, elle jette son dévolu sur *Escape Game*. Scénario vu et revu où de jeunes gens sont enfermés dans un jeu avec des énigmes à résoudre. Affalée dans le canapé, Erika appuie sur « play » avant de se pelotonner contre moi. Je rive mon regard sur l'écran sans vraiment le regarder, plongé dans le marasme de mes pensées. Mon énigme à moi a la tête posée sur mon torse. Elle commente les différents choix des personnages, tandis que je caresse distraitement son bras du bout des doigts.

L'incident avec Florine me tourmente. Ai-je, sans le vouloir, envoyé de mauvais signaux ? N'en déplaise à mon bon sens, mais je ne peux m'empêcher de me demander si le souci ne viendrait pas de moi. Y a-t-il un quelconque point commun entre la tentative de la stagiaire et celle d'Erika des années plus tôt ?

– Je te sens contrarié, murmure Erika.

– Je peux te poser une question ?

– Bien sûr.

– Est-ce que tu penses que j'y suis pour quelque chose concernant Florine ? Que mon comportement porte à confusion ?

Elle se redresse, me considère avec étonnement :

– Toi ? Non. Aucun risque.

– Hum.

– Tu sais… Je crois qu'une partie de cette génération est perdue. Les limites sont de moins en moins bien définies par les adultes, bon nombre d'entre eux profitent de la naïveté de l'âge. Tu n'en fais pas partie. Au contraire, sans le savoir, tu l'as peut-être aidée.

J'acquiesce d'un signe de tête, perdu dans mes pensées. J'espère qu'elle a raison. Erika se réinstalle contre moi. Dix minutes plus tard, elle cède à l'appel irrésistible de Morphée. Depuis que je la connais, c'est-à-dire un certain nombre d'années, je ne crois pas que nous ayons vu un film ensemble jusqu'au bout. En dehors du cinéma, il est presque impossible de la tenir éveillée au-delà de la moitié de l'histoire. Comme je ne compte pas rester planté là à regarder ce que je juge être un navet, je me lève et bascule la belle au bois dormant (version italienne) dans mes bras, puis la conduis jusqu'à ma chambre. Elle gigote en grognant lorsque je remonte le drap sur son corps, malgré tout, elle ne se réveille pas. Je quitte la pièce sans faire de bruit et je retourne m'affaler dans le salon. J'aimerais me reposer près d'elle, mais quelque chose me retient. Je cogite sans parvenir à trouver le bouton « pause ». Au prix d'un effort surhumain, je me relève afin d'éteindre les lumières, puis je retape les coussins avant de m'endormir sur le canapé, emporté par un flot de réflexions incessant.

CHAPITRE 34

ERIKA

Trois jours.

Trois jours que je feins de ne pas remarquer que Robin quitte le lit une fois que je suis (ou parais) endormie. La première fois, je n'ai pas compris pourquoi les draps étaient partiellement froids. Je me suis levée sans faire de bruit, partant à la recherche du propriétaire de l'appartement. *Et de mon cœur, accessoirement.* Je l'ai trouvé endormi à poings fermés sur le canapé. Son sommeil semblait si profond que je n'ai pas osé le réveiller, persuadée qu'il avait dû s'assoupir sans s'en apercevoir. Cependant, après cette troisième constatation la nuit dernière, je dois me rendre à l'évidence. Robin me fuit. Est-ce dû aux photos ? Au divorce ? À la déclaration, puis au départ de Florine ?

Comment lui en parler sans paraître trop intrusive ? Peut-être que je me fais des films ? Il m'embrasse matin et soir et me laisse me blottir contre lui dans son lit jusqu'à ce que je somnole. Ressasser en permanence m'étouffe. Nous sommes vendredi soir et je crois qu'il est de déferrements ce week-end, bien que nous n'ayons pas discuté de nos projets pour les deux prochains jours. J'ai l'impression de sombrer lentement, que seul un léger fil de laine me retient à lui.

Incapable de renforcer le lien.

Incapable de le couper.

Je sursaute lorsque Laura passe la tête à l'intérieur de mon bureau.

– Hey, Erika ! s'exclame-t-elle. Oh, je t'ai fait peur ? Désolée !

Se ressaisir. Donner le change.

– Je piquais du nez. Les pâtes carbo du self étaient vraiment trop copieuses.

– Ça tombe bien, j'ai la solution pour les coups de barre.

Mince. Son sourire ne me dit rien qui vaille.

– On sort, ce soir. Tu te joins à nous ?

– Je suis crevée.

– Et moi je pense que tu redoutes que Robin vienne te chercher.

Oh crois-moi, on en est loin.

– Pas du tout, c'est juste que…

Elle me coupe la parole, l'expression toujours moqueuse :

– Il t'interdit de bouger, peut-être ? Il sait où tu vis ?

C'est vrai qu'ils ignorent tous notre cohabitation. Ça m'était sorti de la tête. Laura va s'acharner jusqu'à ce que je balance des détails personnels, autant lui donner ce qu'elle désire tout de suite. De plus, un peu d'air me fera du bien.

– Tu n'y es pas du tout, mais OK, j'accepte de vous rejoindre.

– Yes ! dit-elle en tapant dans ses mains. Je t'envoie l'adresse par SMS. Tu verras, c'est un super club !

– Je n'en doute pas.

– Propose à Robin si tu veux, perso je ne m'y risque pas. J'ai entendu dire qu'il était de très mauvaise humeur depuis le départ de la gosse. Enfin de Florine, quoi.

– Ah.

Elle jette un œil dans le couloir avant d'entrer et de fermer dans son dos.

– Faut avouer que c'est étrange cette affaire, non ? Elle n'était même plus dans notre service et il l'a fait virer. C'est Paul qui me l'a raconté.

Je hausse les épaules, emprunte un air détaché :

– Je n'en sais pas davantage.

– Certaines rumeurs prétendent qu'elle l'a rejeté et que ça ne lui a pas plu.

Je pourrais rire si les accusations n'étaient pas si graves.

– Laura… Tu connais Robin, il me semble ? Tu l'imagines agir comme ça ?

Elle pouffe de rire.

– Non, clairement pas. Moi je n'en doute pas, mais les autres… Tu vois ce que je veux dire, quoi. Les bruits de couloir.

Bruits de couloir qu'elle prend plaisir à colporter si j'en crois mes oreilles. Je décide de dévier le sujet afin de rester en terrain sûr.

– Je passe me changer et je vous rejoins, alors.

– Génial, à toute !

Elle s'éclipse aussi vite qu'elle est apparue, laissant son parfum trop fort flotter dans l'air.

Comme chaque soir, je suis la première à rentrer. Je pose les clés à l'intérieur de la petite coupelle installée sur le meuble de l'entrée et quitte mes escarpins. Je masse mes chevilles endolories quelques secondes et je décide d'aller me rafraîchir sous une douche bien méritée. Je m'apprête à mettre un pied dans la cabine lorsque mon téléphone vibre sur le bord de l'évier. Il s'agit d'un SMS de ma mère. Aucune nouvelle de Ben ni de mon avocat en vue.

Coucou chérie ! Comment vas-tu ?
On pourrait s'appeler ?
Il y a longtemps que je n'ai pas
entendu ta voix…
Tu me manques. Je t'aime.

Depuis ma dernière visite chez elle, j'ai pris des distances, je dois le reconnaître. Je lui réponds que je promets de l'appeler demain. Ce soir, je veux décompresser, laisser mes problèmes au placard.

Je me douche, essuie ma peau, coiffe mes cheveux. J'opte pour un combishort en jean, maquille mes yeux le plus naturellement possible juste dans l'espoir de masquer mes cernes. Je chausse mes Converse basses puis sors mon téléphone pour rédiger un message à l'attention de Robin. Cependant, je n'ai pas le temps d'écrire grand-chose puisque j'entends la clé dans la serrure.

– Oh, salut, dit-il, surpris de me trouver derrière la porte.

– Coucou.

Il entre, dépose un baiser sur mes lèvres. Pourquoi je me sens aussi gauche, tout à coup ?

– Tu viens de rentrer ? (Il avise ma tenue, comprend son erreur.) Ah, non. Tu sors ?

– Laura veut tester un nouveau club.

Il grimace.

– OK.

Je ne saurais dire s'il est déçu, contrarié, ou content que je déguerpisse. Notre relation est devenue si froide depuis… Eh bien depuis que nous avons couché ensemble. *Bon sang.* Malgré moi, un frisson glacé glisse sur ma peau.

– J'allais te proposer de nous rejoindre, si ça te tente ?

Il réfléchit un temps qui me paraît infini, son regard rivé au mien.

– Avec plaisir, répond-il.

Sérieux ? Il accepte ?

– Les gens qui éprouvent du plaisir ne tirent pas une tête de croque-mort, fais-je remarquer.

– Ma joie est interne.

Il pourrait fournir l'effort d'esquisser un rictus, mais non. Son comportement me désarme autant qu'il me tape sur les nerfs. Communiquer serait tellement plus simple.

– Bien. Alors on se retrouve sur place ? Inutile que nous donnions des photos à notre paparazzi.

Je lui envoie l'adresse par SMS en même temps que je lui parle. Il jette un œil sur l'écran de son iPhone, acquiesce d'un mouvement du menton. L'atmosphère est si lourde entre nous que mes poumons s'écrasent sous mes côtes. Je sors sans ajouter un mot, craignant d'aggraver la situation.

– Erika, attends.

Ses doigts se referment sur mon poignet avant que la porte ne claque, puis il m'attire contre lui. D'un geste rapide, mais précautionneux, il me pousse jusqu'à ce que mon dos heurte le battant. Ses grandes mains encadrent mon visage et sa bouche fond sur la mienne. D'abord urgent, le baiser se transforme ensuite en quelque chose de plus intime. Je gémis, n'oppose aucune résistance lorsque sa langue glisse entre mes lèvres. Il ne m'a pas embrassée de cette façon depuis que nous avons fait l'amour. Désarçonnée, je m'accroche à sa chemise, le tire davantage vers moi afin d'approfondir notre échange. Nous sommes tous les deux à bout de souffle quand il s'arrête. Ses magnifiques yeux verts me scrutent avec intensité. Pendant une seconde, je crois qu'il va parler. S'ouvrir, s'exprimer, ce qu'il veut, dès lors que ça remplace le silence.

– À tout à l'heure, murmure-t-il.

Ce n'est pas ce que j'espérais.

– Oui. À tout à l'heure, Robin.

Je m'échappe avant qu'il ne remarque mes larmes aux yeux. Pourquoi la vie s'obstine-t-elle à être si compliquée ?

Je suis la dernière à arriver au pub. Notre petit groupe, composé de Laura, Béatrice et Jeanne, les deux secrétaires de mon service, de Paul ainsi que d'un autre homme que je ne connais pas est déjà installé autour de planchas. La musique est trop forte, mais les banquettes noires disposées en carré apportent un certain cachet à l'espace. Le plafond entièrement en miroir reflète les lumières qui jaillissent de toute part.

– Oh ! Te voilà ! s'écrie Laura qui tapote la place vide à côté d'elle.

– Robin va nous rejoindre, crié-je afin que tout le monde l'entende.

Ils se regardent tous comme si je venais de leur annoncer le crash imminent d'un astéroïde. Je comprends, c'est également l'effet que ça m'a fait.

– Je ne sais pas ce que tu lui as promis, mais… tu es très efficace, ricane Paul.

Son allusion est tellement *beauf* que je préfère l'ignorer. À la place, je commande un Coca.

– Nan, attends ! On allait commander des shots de tequila, dit Béa.

– Pas pour moi, merci.

– Roh, t'es pas drôle ! râle Laura.

Robin arrive, je ne veux pas reproduire le même schéma que vendredi dernier.

Les verres s'enchaînent et je m'aperçois que je ne me sens pas à mon aise. Je n'ai envie ni de rire ni de danser. Je ne cesse de consulter mon téléphone, au cas où Robin tenterait de me joindre. Rien.

Une heure passe, puis deux. À la troisième, je décide que c'en est assez. Souffrir n'est pas une vie. M'anesthésier le temps d'une soirée ne peut pas me faire de mal. J'attrape au vol le serveur qui s'active près de notre table :

– Je pourrais avoir une double vodka fraise, s'il vous plaît ?

– Tout de suite.

– Deux, surenchérit Laura. Trois, complète Paul.

Je me force à sourire malgré le pic planté au milieu de ma poitrine.

– Que la fête commence.

CHAPITRE 35

ROBIN

Je pénètre enfin dans ce foutu club avec presque quatre heures de retard. Erika va me tuer alors que je n'y suis pour rien. Certes, j'ai oublié mon téléphone à la maison, mais l'accident sur le périphérique n'était pas de mon fait. Comme tout le monde, j'ai dû prendre mon mal en patience le temps que les secours effectuent leur travail sur un trafic habituellement compliqué en début de soirée.

J'avance lentement, à la recherche de mes collègues. S'ils sont partis, je chiale. Je fournis un effort considérable en acceptant de sortir, sans compter que je déteste cette musique *house* qui m'explose les tympans. Qui peut danser là-dessus ? Un paquet de gens si j'en crois la piste bondée. Tout l'espace est éclairé par des spots crachant des jeux de lumière qui arrachent les yeux. Franchement, c'est le vendredi rêvé. Sur ma gauche, j'aperçois quelques marches sur lesquelles je me hisse afin d'avoir une vue d'ensemble. Comme aimanté, je repère aussitôt Erika. Elle est installée sur une banquette, au milieu de nos collègues. Je prie fort pour que les bouteilles présentes sur la table ne soient pas toutes déjà vides. Je reste en retrait, à l'observer. Pas pour la surveiller, juste par plaisir. Je regrette de ne pas le lui avoir dit tout à l'heure, mais elle est superbe dans ce combishort. Devoir passer le restant de la soirée près d'elle sans la toucher s'apparente à de la torture. Je la vois rire aux éclats en réponse à Laura, et je crois que plus elle sourit, plus je l'aime. Je profite du panorama encore quelques secondes, néanmoins je me raidis lorsque ce connard de Paul pose un bras sur le dossier, au-dessus des épaules d'Erika. *Il ne veut pas l'enlacer non plus ?* J'inspire une goulée d'air chaud, saute de mon perchoir et les rejoins.

– Bonsoir, dis-je en approchant de leur table.

– Tiens donc ! s'exclame Laura. Un revenant. Ou un arrivant, plutôt.

Son œil brille, elle est ivre.

– Salut, disent Béatrice et Jeanne à l'unisson.

– Tu t'es perdu, mec ? demande Paul.

Lui aussi semble alcoolisé plus que de raison. D'abord je ne m'appelle pas « mec », ensuite il n'a pas retiré son bras et ce constat m'agace. Je me fraie un passage jusqu'à la place libre près de Jeanne, en face de la seule femme capable de me traîner dans un lieu pareil.

Erika se contente de me dévisager, les lèvres pincées.

– Accident sur le périph', grogné-je. J'ai voulu appeler, mais j'ai oublié mon téléphone chez moi, ajouté-je en rivant mon regard à celui de Rika.

Impossible de deviner son état si elle ne s'exprime pas. Laura commande une nouvelle bouteille d'alcool, j'en déduis donc que celles qui se trouvent sur la table sont vides.

– Un Coca pour moi, s'il vous plaît.

La serveuse acquiesce avant de se retirer.

– Tu n'es vraiment pas drôle, me tacle Laura.

Je n'ai jamais compris en quoi l'alcool pouvait rendre cool. Je déteste perdre le contrôle donc je ne bois pas, et tant pis si ça me définit comme ennuyeux à mourir.

– Ouais, enfin c'est aussi ce qu'avait dit Erika en arrivant, ricane Paul. Finalement la vodka est bonne, n'est-ce pas ?

Elle lui jette un œil avant de pouffer de rire.

OK, elle est bourrée aussi.

Ils agissent comme s'ils avaient une complicité datant de l'enfance, ce qui est parfaitement insupportable. Le Paul de mes deux lui déballe le grand jeu, et elle ne remarque rien. Il la scrute comme un affamé puis se penche vers elle :

– Tu te souviens de la nana qui s'est vautrée en début de soirée ?

Ah, je me disais aussi… Il manquait la petite blague privée. Bien sûr, elle rit de nouveau à ce souvenir.

– Bon, Robin, raconte-nous un peu ce qu'il s'est passé avec la stagiaire, entame Laura.

Une serveuse différente apporte nos boissons.

– Je n'ai aucune envie de parler boulot, réponds-je avec sincérité.

– Sérieux ? s'étouffe Béatrice.

Qu'est-ce que je fous là ?

– J'ai besoin de danser, lance Erika.

– Ouep, moi aussi ! surenchérit mon collègue.

J'aimerais me lever et dire à Erika que je suis désolé de l'avoir laissée en plan contre ma volonté. Que je veux rentrer avec elle et que je ne veux rien faire d'autre que l'embrasser pendant les prochaines heures. Malgré mon bouillonnement interne, je ne peux pas prendre ce risque. Si le détective engagé par son ex est dans le coin, elle s'expose à la perte des choses qui lui sont chères et que je ne pourrais jamais remplacer. Alors, pour elle, j'accepte de m'installer au fond de la banquette, puis je me terre dans le silence. Les deux secrétaires se lèvent à leur tour, je reste seul avec Laura.

– Je crois que Paul la veut dans son lit, déclare-t-elle.

Sans déconner ?

Je serre les dents, prends un air détaché :

– Ils sont majeurs et vaccinés.

– Tu ne danses pas ?

À quoi elle joue ? Je rive mon attention sur elle, crispé jusqu'aux cheveux.

– Ils s'amusent comme des fous, ajoute-t-elle en les désignant d'un geste du menton.

– Qu'est-ce que tu fabriques ?

– Je te retourne la question, Robin.

– Je bois un Coca, réponds-je en soulevant mon verre.

– Tu es insupportable.

– Insupportable en plus de pas drôle, je note. Cette soirée est géniale, je m'éclate.

– Tu es là pour elle, je le sais. Il suffit de vous voir l'un en présence de l'autre pour comprendre.

– Tu n'es pas supposée être ivre ?

– J'ai moins bu que les autres, se défend-elle. D'ailleurs Erika a refusé les premiers verres jusqu'à ce qu'elle pense que tu nous avais plantés.

Merde. Merde. Merde.

À la suite du baiser échangé avant son départ, j'imaginais que les choses étaient claires. Manifestement pas.

– Elle a dit un truc en particulier ?

– Non, mais son expression a changé. Je ne suis pas psy, mais je suis capable de reconnaître une femme blessée.

J'ai du mal à croire qu'Erika réagisse avec autant de virulence juste pour un acte manqué. Y a-t-il un élément qui m'échappe ? Je ne pense pas qu'elle ait remarqué mes absences nocturnes de son lit, sinon elle m'en aurait parlé. Je fronce les sourcils, rive mes yeux sur la piste.

Elle se déhanche au rythme de la musique, les bras en l'air. Paul se tient derrière elle comme s'il remplaçait son ombre. Une colère sourde m'envahit.

– Tu devrais peut-être te mettre à la danse, quand même, relève Laura.

Je prends sur moi, vide mon verre sans les quitter des yeux. Erika m'ignore avec superbe, jusqu'à ce que ses prunelles croisent enfin les miennes. Pendant un instant, nous sommes seuls dans le pub. La musique, les odeurs, les couleurs, tout disparaît. Puis notre bulle éclate lorsque deux grandes mains masculines se posent sur ses hanches. Elle se crispe sans oser bouger. C'en est trop, je saute sur mes pieds et les rejoins.

Face à Erika, je lutte contre le désir de presser mes lèvres aux siennes. Son parfum doux et réconfortant ne suffit pas à m'apaiser, je m'adresse à Paul qui la dépasse de presque une tête.

– Tu devrais retirer tes mains, crié-je afin de couvrir la musique.

– Mêle-toi de ton cul ! rétorque-t-il.

– Ne m'oblige pas à le répéter.

Erika se dégage de sa prise en effectuant un pas vacillant sur le côté. Paul comble l'espace libre, un sourire mauvais au visage :

– Tu commences à me gonfler, Lefebvre. Si tu n'es pas capable de t'amuser, nous, oui.

« Nous » ? Laisse-moi rire.

Je ne peux pas m'exprimer à la place d'Erika, mais je la connais suffisamment pour affirmer qu'elle est trop alcoolisée pour poser des limites et qu'une fois encore elle a souhaité anesthésier ses émotions.

– Trouve quelqu'un d'autre.

Cet abruti s'esclaffe :

– Pour qui tu te prends, Robin ? Tu arrives comme un roi, tu penses tout savoir et juges le monde bien au-delà de tes fonctions. Tu veux un conseil ? Dégage.

– Mets encore une fois tes mains sur elle… grondé-je, prêt à exploser.

Je ne reconnais pas ma propre voix. Je n'ai jamais été jaloux de ma vie, sûrement par manque d'occasion, et je déteste me sentir aussi vulnérable, à la merci de mes sentiments. Loin de se soucier de ma menace, Paul ajoute sur le ton de la confidence malgré le bruit environnant :

– Je lui mettrai ce que je veux, où je veux.

Mon cerveau déconnecte de la réalité, ma colère prend le dessus, se répand dans tout mon corps. Pareille à un venin glacé. Mon poing s'écrase dans sa mâchoire.

– Robin ! hurle Erika, tandis que mon collègue chancèle sous l'impact.

Le monde s'écarte autour de nous. Mes doigts sont toujours crispés et mon souffle est court. Au ralenti, je pivote en direction d'Erika dont le visage se décompose.

Je ne regrette pas mon geste, bien que je doute que notre relation s'améliore, désormais. L'unique élément que je regrette, c'est de me retrouver à genoux face à mes émotions. Aimer n'épanouit pas nécessairement, il consume parfois. Peut-être que… peut-être que j'étais mieux tout seul. Ne rien éprouver ne provoque pas de vagues.

Pendant de longues secondes, je reste debout, à contempler la scène comme un figurant externe. Laura et les deux autres prennent soin de Paul, Erika ne bouge pas, bouleversée. Puis son corps s'avance, sa main se referme doucement sur mon bras.

– Robin… Est-ce que ça va ?

Non. Comment est-ce que ça pourrait aller alors que je crève de jalousie autant que d'envie de l'enlacer ? Que j'aimerais qu'elle reste près de moi toute la vie alors qu'elle ne m'offre pas sa confiance ? Comment construire un avenir sur un présent aussi bancal ? Elle avait juste à patienter. Je n'allais pas l'abandonner, je ne l'ai jamais fait. Peut-elle en dire autant ?

– Je m'en vais.

Sans cérémonie, je tourne les talons en direction de la sortie. La chance est de mon côté, aucun vigile ne m'arrête et le monde de la nuit a repris son rythme. Je marche aussi vite que possible, désireux d'enfin respirer de l'air frais.

– Attends, Robin !

Le sang bat dans mes tempes, je ne ralentis pas.

Je passe près du vestiaire, remonte le dernier couloir et pousse la lourde porte en métal. Dehors, la pluie tombe à verse. *Celle-là non plus, je ne l'avais pas vue venir.* Qu'importe. Je fonce jusqu'à la rue où est stationnée ma voiture, tandis que j'entends les pas d'Erika derrière moi. J'inspire aussi longtemps que possible, expire de la même façon. Où sont passées mes clés ? Dans l'autre poche.

– Robin… murmure la jeune femme dans mon dos.

Lorsque je me retourne, je suis de nouveau le juge détaché dont l'expression ne laisse rien paraître.

– Tu rentres par tes propres moyens ou je te raccompagne ?

Ma question la désoriente.

– Je… euh…

La pluie s'abat sur nous, nos vêtements sont presque imbibés.

– Décide-toi, Erika.

– Je monte avec toi. Si tu veux bien de moi.

Sa diction est parfaite, j'en déduis qu'elle n'est pas si ivre que ses collègues le laissaient sous-entendre. *Tant mieux.*

– Je veux toujours de toi. En permanence. Tu n'as pas l'air de bien le saisir.

Le sourire qu'elle m'offre n'atteint pas ses yeux.

– Ah, c'est bon à savoir.

Je fronce les sourcils, elle précise :

– Sauf la nuit, c'est ça ? Ou alors le canapé est teeeellement plus confortable ?

Des mèches de cheveux collent sur son front, des larmes se mêlent à la pluie sur ses joues.

– Tu m’en veux pour ce soir, mais je n’y suis pour rien, sanglote-t-elle.

– Tu as tiré des conclusions hâtives.

– Cela fait plusieurs jours que tu m’évites, putain !

– Je…

Je n’ai rien à répondre, elle a entièrement raison. Je dois lui avouer que je tiens tellement à elle que je ne supporterais pas de la perdre une fois encore. Que cette simple éventualité m’étouffe, me prive de sommeil. Que m’attacher à elle m’est aussi vital que dangereux.

– Laisse tomber, Robin. Tu ne comprends pas.

Elle secoue la tête puis recule.

Je l’attrape par le poignet :

– Non, non, non, attends.

– Je n’ai plus la force dans l’immédiat, murmure-t-elle en baissant les yeux sur ma main. Je vais prendre un taxi et aller chez ma mère. Je crois que nous avons besoin de faire le point chacun de notre côté.

– Pas ce soir.

– Si, ce soir.

Et si elle ne revenait jamais ? Comme si elle lisait dans mes pensées, elle ajoute d’une voix tendre :

– Je rentre dimanche, je te le jure.

CHAPITRE 36

ERIKA

La main de Robin retombe contre son corps comme un poids mort. Je sens les larmes monter sous mes paupières, cependant je serre les dents et parviens à les contenir. J'amorce un demi-tour aussitôt interrompu par sa voix grave :

– Tu as promis de ne plus fuir.

– Je ne…

– Si, c'est ce que tu fais. Tu m'as également reproché de ne pas t'avoir retenue il y a presque deux ans. Je ne veux pas revivre ça. Il est tard, tu as bu, alors s'il te plaît, rentre avec moi. Si tu souhaites rendre visite à ta famille demain, je te laisserai ma voiture.

Toutes mes pensées s'emmêlent au point de ne former qu'une énorme pelote sans fin. Je sais que son retard était réellement dû aux embouteillages, mais sur l'instant…

– J’ai vraiment cru que tu ne viendrais pas, chuchoté-je.

Après l’évitement qu’il m’a fait vivre ces derniers jours, ça n’aurait pas été étonnant. Robin m’attire contre lui, nous fait pivoter, positionnant ainsi mon dos contre la carrosserie.

– Impossible, Erika.

– Pendant l’attente, je me suis revue au moment du mariage, et…

J’ai déraillé. J’ai revécu son absence, les appels sans réponse jusqu’à ce qu’il se contente d’un « Je suis désolé » par SMS. Le souvenir de la douleur qui a irradié dans ma poitrine ce jour-là est encore frais. C’est à cet instant précis que j’ai compris que je ne guérirais jamais de lui. Deux choix s’imposaient à moi : tout quitter en espérant me reconstruire et finir par l’oublier, ou dire « non » à l’homme qui patientait face au maire et supplier Robin de rester mon ami, à défaut de m’offrir son cœur.

J’ai (encore) abusé sur la boisson car l’ensemble de mes décisions, bonnes ou mauvaises, est venu m’exploser au visage dans une cacophonie assourdissante.

Les faire taire, c’est tout ce que je désirais.

Honteuse, je baisse la tête lorsque je prends conscience que mon chagrin roule sur mes joues. L’averse s’atténue en une pluie fine qui m’enveloppe.

– Ne pleure pas, mon ange…

Bien que ce surnom me provoque un frisson, je ne peux m'empêcher de lâcher un rire amer.

– Tu as le beau rôle, Robin, dis-je en essuyant mes larmes d'un revers de main. Tu me prends et me laisses, avant de me réconforter quand je suis à bout.

Blessé par ma remarque, il recule légèrement. D'un geste agacé, il ratisse ses cheveux mouillés en arrière. Éloignée de sa chaleur, épuisée et les vêtements imbibés d'eau, je commence à avoir froid. Je rêve d'une douche et de mon lit, alors je demande :

– J'aimerais rentrer, maintenant.

Comme s'il ne m'entendait pas, Robin s'avance. Ses doigts tremblent un peu lorsqu'il saisit mon visage en coupe.

– Je ne te rejette pas, Rika.

Nous tournons en rond et j'ignore comment sortir de cette situation. Seule, c'est impossible. S'il refuse de s'ouvrir, je ne pourrai pas porter notre relation éternellement. Quelques fêtards passent près de nous sans nous prêter attention, trop pressés de se mettre à l'abri. Ils rient, la tête cachée sous leur veste, espérant échapper à l'averse. Et moi je reste plantée là, à me demander pourquoi la vie semble s'acharner sur nous.

– Rentrons.

– Laisse-moi t'expliquer, supplie-t-il.

Ce n'est ni le lieu ni le moment pour des justifications, mais je ne peux pas le couper dans son élan. Je remarque la bataille qui fait rage au fond de ses yeux verts. Se dévoiler lui coûte, repousser son besoin de s'exprimer risquerait de provoquer un nouveau repli et ce n'est pas ce que je souhaite.

– Je t'écoute.

Son visage s'approche du mien, mon souffle se hache tandis que sa poitrine monte et descend à un rythme effréné. Le monde disparaît, je ne vois plus que lui. Il couvre les quelques centimètres qui nous séparent, plaque ses lèvres sur les miennes. J'oublie de respirer, me pends à son cou, le corps soudainement embrasé. Son bassin presse le mien contre la carrosserie, ses mains se perdent dans mes cheveux. Mes hanches ondulent contre son jean, nous gémissons à l'unisson, ivres de passion. Robin est le seul homme capable de m'enflammer de la sorte.

Belle sous son regard, désirable sous ses baisers.

Une de ses mains quitte ma joue, tire sur la poignée de la portière. Une seconde plus tard, nous basculons sur la banquette arrière, sa silhouette épousant la mienne. Dieu merci, les vitres sont teintées. Il referme tant bien que mal à cause de sa taille imposante, puis ses lèvres regagnent ma bouche, mon cou avant de descendre le long de ma clavicule. Un petit cri m'échappe lorsque ses dents mordillent le haut de mes seins. Il tire sur les bretelles de mon combishort, emportant par la même occasion celles de mon soutien-gorge. La poitrine à l'air, je regrette le manque d'espace qui m'empêche de le toucher comme je voudrais. Robin plonge sur mes seins, les cajole à tour de rôle en grondant de satisfaction. Je me cambre, répète son prénom en boucle. Nous sursautons tous les deux quand deux coups résonnent au-dessus de nos têtes.

– Police, indique une voix masculine. Vous pouvez sortir du véhicule, s'il vous plaît ?

– Merde, merde, merde ! paniqué-je en remontant mon haut.

– Heureusement que nous n'avons rien à nous reprocher, déclare Robin.

Son calme me sidère. Il se redresse, lisse sa chemise, réajuste son pantalon, non sans grimacer.

– On risque quelque chose, tu crois ?

– Non. L'article 222-32 du Code pénal mentionne une exhibition sexuelle, dit-il, un sourire en coin. On s'embrassait, c'est tout.

Il sait aussi bien que moi que nous étions trop perdus l'un dans l'autre pour réfléchir. Il dépose un baiser sur mon front avant d'ouvrir la porte et de descendre du véhicule :

– Messieurs.

Effectivement, deux officiers nous font face. La pluie a cessé, en résulte des petits nuages de brume s'élevant du bitume chaud.

– Vos papiers, s'il vous plaît, exige le plus vieux.

Robin extirpe son portefeuille de sa poche avant de leur tendre les documents. On me demande de faire de même, je m'exécute en silence. Les deux policiers les consultent puis se lancent un regard entendu.

– Vous pouvez repartir, mais si je peux me permettre, un canapé ou un matelas sera plus confortable.

De sidération, le menton m'en tombe. Robin hoche la tête, parfaitement détaché.

Nous rentrons à la maison sans un mot. Robin pousse le chauffage à fond, nos habits trempés sur les sièges en cuir ne semblent pas l'inquiéter. C'est alors que je prends conscience que nous n'avons pas parlé. Robin voulait me donner des explications, mais il s'est contenté de me dévorer. En prime, nous avons failli avoir des ennuis. Mon cerveau se remet en marche, me martèle de mille et une questions à la seconde. Seul constat : nous n'avançons pas.

J'attends que la porte de l'appartement se referme derrière lui pour en revenir au sujet principal :

– Nous devions communiquer.

Il s'approche, pose ses paumes sur mes hanches. Je l'arrête net :

– Pas de cette façon, Robin. J'ai besoin de mots. Je ne supporterai pas que tu me rejettes une fois de plus si je couche avec toi.

Il presse ses paupières, inspire profondément.

– J'ignore par où commencer.

– Dis-moi ce que tu ressens.

Il ouvre les yeux, m'offre toute son attention :

– Je suis terrifié.

– Pourquoi ? m'enquiers-je, suspendue à ses lèvres.

– Parce que…

Mes doigts se mêlent aux siens. Mes pouces caressent sa peau avec douceur.

– Tu n'es pas certain de tes sentiments ?

– Si. C'est là le problème, se renfrogne-t-il. Je…

Il recule, lève les mains entre nous avant de s'excuser.

– Robin… chuchoté-je dans l'espoir de le ramener vers moi.

– Tu ne comprends pas. Je t'aime à me rendre malade, putain ! Je t'ai perdue une fois, je ne veux pas prendre le risque de revivre ça.

Il fait les cent pas devant moi, ronge l'ongle de son pouce. Je ne l'avais jamais vu si nerveux.

– Je suis là.

– Qui me dit que ce sera toujours le cas ? Je ne sais pas pourquoi tu as quitté Ben. Mais que se passera-t-il si je commets les mêmes erreurs ? Et si tu disparaîs encore ?

Si j'exige qu'il s'ouvre, je dois le faire également. Je prends mon courage à deux mains et avoue dans un soupir :

– Ben voulait des enfants. Enfin un, du moins.

Robin s'arrête, me détaille.

– Et ?

Cette conversation peut s'avérer décisive si son instinct paternel est puissant. Impossible de retirer mes propos, cependant je ne parviens pas à déballer toute la vérité. J'ai déjà subi le jugement de personnes que j'aimais par le passé, je crains de ne pas supporter celui de Robin aujourd'hui. Nous avons besoin de temps. Je me fais la promesse d'y revenir plus tard.

– Je ne suis pas prête pour ça.

Je ne le serai jamais, à vrai dire.

– Je peux comprendre.

Je ne souhaite pas m'appesantir sur le sujet, alors j'ajoute :

– Nous n'avions pas les mêmes attentes. Sans compter qu'avec le recul, je me rends compte que notre relation manquait d'authenticité. De mon côté, du moins.

– C'est-à-dire ?

Je hausse les épaules, désormais en paix avec mon cœur :

– Ça a toujours été toi, Robin.

Une expression teintée de nostalgie passe sur son visage.

– J'ai tout gâché, à l'époque. Sache que je m'en suis voulu. J'ai… j'ai été malheureux chaque jour sans toi, Erika.

– *Nous* avons tout gâché, rectifié-je. Je n'ai pas osé t'avouer mes sentiments de crainte de tout perdre. Mais je suis là, maintenant. Et je ne demande qu'à t'aimer, alors s'il te plaît… laisse-moi le faire. Ne me ferme pas ta porte. Je ne compte aller nulle part.

Il ne faut jamais sous-estimer le pouvoir des mots. Les miens semblent agir comme un baume sur ses plaies.

Robin s'avance, cale une mèche de mes cheveux derrière mon oreille. Ses doigts s'attardent sur ma peau, son regard virevolte de mes yeux à mes lèvres.

– Maintenant, nous pouvons terminer ce que nous avions commencé, dis-je à voix basse.

Il m'embrasse et je perçois, dans cet échange, bien plus qu'un simple baiser. Une déclaration, une promesse. Une preuve de confiance, aussi. Je m'abandonne entre ses bras, avec la sensation de me trouver enfin à ma place.

Qu'importe les épreuves qui se dresseront sur notre route, j'ai la conviction que nous parviendrons à les surmonter. À condition que sa main ne lâche jamais la mienne.

CHAPITRE 37

ROBIN

– Tu es d'astreinte, ce week-end ? demande Erika d'une voix ensommeillée.

La tête calée sur mon bras en guise d'oreiller, je scrute le plafond depuis près d'une heure. Impossible de bouger avec les jambes d'Erika enroulées aux miennes, son visage appuyé contre mon torse. De ma main presque libre, je caresse distraitement son épaule nue. Lui avouer ma peur viscérale de la perdre m'a un peu apaisé. *Un peu.* Car désormais, elle peut sciemment me détruire. Je repousse cette réflexion, tente de lâcher prise.

– Non, repos.

Elle gigote puis bascule sur le ventre, le menton calé sur mes pectoraux afin de me regarder, un sourire aux lèvres :

– Est-ce que monsieur Lefebvre connaît ce mot ?

– J'ai en effet un ou deux dossiers à étudier.

J'avais plus ou moins programmé de rejoindre mon bateau, aussi. Mais je souhaite d'abord savoir ce qu'elle a prévu et si je fais partie ou non de son planning.

– J'ai promis à ma mère de passer… grogne-t-elle. Je dois lui parler de cette fichue voiture. Qu'elle ne veuille pas s'en séparer, pourquoi pas, mais j'aimerais comprendre ce qu'elle représente.

– D'accord. Tu pensais y rester pendant deux jours ?

– Si je veux être honnête… J'ai la trouille. La dernière fois s'est mal passée.

– Je vois.

Je sens que je dois fournir un effort si je ne veux pas continuellement retomber dans les mêmes schémas, alors j'ajoute :

– On pourrait y aller ensemble ?

Elle hausse les sourcils en me regardant avec étonnement.

– Ta proposition me fait super plaisir, Robin… Mais je doute que la période soit bien choisie pour te présenter.

– On pourrait seulement partir ensemble, je te dépose et je file à Honfleur qui n'est qu'à trente minutes de route. Comme ça, dès que tu en as marre, je viens te chercher.

– Je ne veux pas te déranger en pleine mer. C'est ton moment.

– Je ne compte pas naviguer, juste rendre visite à un vieil ami. Et j'ai également des bricoles à faire sur le pont au cas où tu envisagerais d'y rester plus longtemps.

Comme elle ne répond pas tout de suite, je me penche afin de croiser ses yeux. La reconnaissance et l'affection qui en débordent me bouleversent.

– Ça va ? demandé-je avant de poser un baiser sur le haut de son crâne.

– Rassure-moi, ça ne fait pas de moi une égoïste si j'accepte ?

– Quelle drôle d'idée. Bien sûr que non.

J'ai remarqué dans quel état elle revient après un séjour chez sa mère. Généralement, ça se termine au bar avec trop de verres. Cette fois, j'ai envie d'être là pour elle.

Elle se hisse jusqu'à ce que ses lèvres cueillent les miennes. L'ensemble de mon corps réagit aussitôt. Je crois que je pourrais passer mes jours et mes nuits à goûter chaque centimètre de sa peau. C'est un mélange grisant autant que flippant. Je n'ai pas l'habitude d'avoir l'impression de dépendre de quelqu'un pour respirer correctement.

Je la bascule sur le matelas et glisse mes jambes entre les siennes. Je picore son visage de baisers, elle éclate de rire en fourrageant dans mes cheveux. Ma bouche dévale le long de sa mâchoire, de son cou, embrasse sa clavicule, puis son épaule. Les rires d'Erika se transforment en soupirs lorsque je passe sur ses seins, son ventre se creuse quand je mordille ses côtes. Je crois que je distingue mon prénom à l'instant où mes lèvres atterrissent sur ses hanches, avant de descendre sur ses cuisses, l'intérieur de son genou, sans oublier sa cheville et la courbe de son pied.

– Robin ?

– Hum ? réponds-je en glissant ma langue au creux de son flanc.

Elle se cambre, les poings fermés sur le drap.

– Et si… (Elle souffle avec difficulté.) Et si on prenait une douche… tous les deux ?

Je lèche avec une lenteur parfaitement calculée le point le plus sensible de son anatomie avant de me relever.

– Laisse tomber la douche, suffoque-t-elle.

Aucun réveil, aucune obligation ne viendra perturber notre matinée. Il est rare que nous ayons du temps, alors je compte bien en profiter. Je la contemple, elle et ses joues qui rougissent.

– Tes désirs sont des ordres, Rika. À une condition.

– Laquelle ? chuchote-t-elle en se redressant sur ses coudes.

– Laisse-moi te laver.

Son expression trahit son désir.

– Tu vas me tuer.

– C'est *toi* qui vas me tuer, mon ange.

Ce surnom la trouble. Elle est si belle… Comment ai-je pu être aussi stupide pour la laisser filer ? Je plonge sur sa bouche, l'embrasse avec passion. Incapable de me détacher de son corps, je la porte jusqu'à la salle de bains. Ses jambes sont fermement refermées autour de mon bassin, son sexe épouse le mien. Par chance, je connais mon appartement par cœur et parviens à nous installer au sein de la cabine de douche sans peine. J'ouvre l'eau tandis que ses pieds retrouvent le sol.

– Tourne-toi.

Elle s'exécute, collant son fessier contre mon bassin déjà au supplice. Au cas où elle l'ignorerait, je sais me montrer très patient. L'eau ruisselle sur son visage. Je prends un de ses shampoings, en pose une noisette à l'intérieur de ma paume, puis entreprends de masser son cuir chevelu. Elle renverse la tête dans ma direction en soupirant d'aise.

– *Dio mio*, Robin…

Je rince mes mains, me sers en gel douche. Les notes de vanille qui emplissent la pièce achèvent de m'ouvrir l'appétit. Je commence par sa nuque, son cou, puis je répands la mousse sur ses seins que je lave avec beaucoup d'attention.

– C'est de la torture, couine-t-elle.

– Ah oui ?

Je plaque mon érection contre ses fesses :

– Et ça, c'est quoi ?

– Le feu sous la glace, souffle-t-elle.

Elle se retourne avant que mes mains ne s'aventurent plus bas. Ses bras se nouent autour de mon cou, le jet d'eau rince ses cheveux.

– Tu es si torride sous tes airs impassibles, dit-elle en souriant.

– Est-ce déplaisant ?

– Loin de là, crois-moi.

Je souris, saisis une de ses jambes.

– Attends, euh…

La gêne voile son regard. Vais-je trop loin ?

– Oui ?

– Je tiens vraiment à la capote.

– Ah euh… Oui, bien sûr. Il n'y a que toi et je suis clean, tu sais.

– Ça n'a rien à voir avec « nous ».

– OK. Je dois en avoir dans le meuble sous la vasque, ne bouge pas.

Je la rejoins quelques secondes plus tard avec le carré argenté, en tâchant de repousser mon envie de la questionner sur ce qui la perturbe à ce point.

– À ton tour de me laisser faire, dit-elle, mutine.

Je n'ai pas le temps de protester qu'elle s'agenouille devant moi. Mes dents se plantent dans ma lèvre lorsque ses doigts se referment sur ma verge. Le plaisir est si intense, quand elle commence à remuer, que je dois prendre appui contre le mur pour ne pas sombrer.

– Rika, grondé-je.

– Oui ? Oh tu veux peut-être que…

La fin de sa phrase meurt dans sa gorge tandis qu'elle m'aspire entre ses lèvres. Je frémis contre son palais, l'eau poursuit sa course sur nos corps.

– Stop, mon ange.

Elle n'écoute pas ma supplique, me pousse au bord du précipice avant de se relever, un sourire coquin et satisfait au visage. *C'était moins une.*

Elle m'embrasse tout en déroulant le latex sur ma longueur.

– Je ne tiens plus, avoue-t-elle dans un souffle.

– Tu me fais perdre la tête… Viens par là.

Je la plaque contre mon torse, dévore sa bouche. Mes bras passent sous ses fesses, ses cuisses se referment naturellement autour de mon bassin. L'instant d'après, je me fonds en elle. Nous ne sommes plus que gémissements, plaisir et jouissance.

La certitude que tout ira bien tisse sa toile autour de mon cœur. L'espace de quelques minutes, je n'ai plus peur. Si nous avons tous notre moitié quelque part en ce monde, j'ai trouvé la mienne.

CHAPITRE 38

ERIKA

Le trajet jusqu'en Normandie est mille fois plus plaisant lorsqu'il est partagé avec Robin. La musique nous enveloppe comme un cocon confortable, même si ma playlist plus éclectique que la sienne n'est pas toujours à son goût. Lui, en dehors de Muse et d'Imagine Dragons… Ses mains battent machinalement la mesure sur le volant, tandis que je caresse l'arrière de sa tête. Le morceau s'achève, s'ensuit « Only Love Can Hurt Like This » de Paloma Faith. *Notre chanson.* Est-ce qu'il s'en souvient ? Je l'observe à la dérobée à l'instant où ses yeux se posent sur moi. Sans parler, je sais que nous nous comprenons. Bien sûr qu'il s'en souvient. Je fredonne l'air, alors que sa main migre sur ma cuisse.

– *Everytime you go, it's like a knife that's cuts right through my soul*[10], murmure-t-il en même temps que la voix de Paloma Faith.

10. « Chaque fois que tu t'en vas, c'est comme un couteau qui pénètre en plein milieu de mon âme ».

Il y a des instants que l'on aimerait capturer à jamais. Celui-ci en fait partie. Je crève d'envie de lui avouer la puissance de mes sentiments, mais j'ai besoin de temps.

– Je paierais cher pour revoir ton playback avec ton stylo comme micro, dit-il dès que les dernières notes résonnent.

Je m'esclaffe en repensant à cette fameuse scène digne d'une comédie romantique. Robin révisait je ne sais quoi à la bibliothèque universitaire, alors que je n'en pouvais plus d'être enfermée. Bien évidemment, monsieur ne voulait pas sortir s'aérer. De guerre lasse et la nécessité de décompresser chevillée au corps, j'ai pris mon stylo et j'ai commencé à chanter ce morceau que j'écoutais en boucle façon diva. Je me remémore l'expression dépitée (et amusée, ce qu'il n'avouera jamais) de Robin. Trente secondes plus tard, la bibliothécaire me fichait dehors.

– Ce jour-là, tu as mis plus de vingt minutes avant de te décider à me rejoindre dans le froid, bougonné-je.

– J'ai toujours été long à la détente.

Un sourire en coin accompagne sa repartie.

Pause.

Robin use de l'humour.

Je répète : ROBIN USE DE L'HUMOUR.

Je peux mourir en paix.

– Je ne vais pas te contredire, le taquiné-je.

Mon Dieu, qu'il est plaisant de se sentir aussi apaisée. Malheureusement, le bien-être est de courte durée. Nous approchons de mon quartier et mon estomac se tord de plus en plus à mesure que les rues familières se succèdent.

– Tu peux me laisser à l'angle juste là, s'il te plaît ? Je finirai à pied. Si ma grand-mère t'aperçoit à travers la fenêtre, bonjour la syncope.

Robin enclenche le clignotant avant de se déporter le long du trottoir. J'inspire autant que mes poumons me le permettent en me triturant les doigts.

– Je ne suis pas loin, OK ?

Je hoche la tête.

– Rika ? dit-il en passant son index sous mon visage. Tu es adulte et tu n'as pas à subir ce qui te semble insupportable. Un coup de fil et je viens te chercher.

– Merci.

C'est tout ce que je trouve à dire. Je suis sincèrement reconnaissante de l'avoir près de moi. Sa présence vaut mille mots et le regard dont il me gratifie me donne la force d'affronter ma famille en posant les questions trop longtemps évitées pour ne pas blesser.

Robin se penche, nos bouches fusionnent.

– À plus tard, susurré-je avant de descendre.

Il attend que je m'éloigne avant de réintégrer la circulation. *Allez, Erika. Si les choses s'enveniment, il n'est qu'à trente minutes.*

Le début d'après-midi est moins chaud qu'à Paris, aussi je profite du vent tiède qui fait virevolter mes cheveux contre mon dos. Comme escompté, Nonna est assise dans le fauteuil côté fenêtre et tourne la tête en direction de l'extérieur au moindre mouvement. Je lui adresse un petit signe lorsque je passe le portillon du jardin. À peine suis-je arrivée sur le perron que la porte s'ouvre sur ma mère.

– Te voilà, ma puce. Entre !

– Bonjour, maman.

Je l'embrasse, accroche mon sac au portemanteau du vestibule avant d'aller saluer ma grand-mère.

– *Buongiorno, Nonna.*

Je dépose un baiser sur sa joue fripée et elle me demande comment je vais. Elle semble de bonne humeur, point plutôt rassurant.

– J'enfourne mes biscuits et je suis à vous ! s'exclame ma mère depuis la cuisine.

Bien que je vienne d'arriver, je vois l'occasion de discuter seule à seule avec elle s'offrir à moi.

– Je reviens, dis-je à ma grand-mère.

Cette dernière pique du nez, comme souvent à cette heure. Les paumes moites et le cœur battant, je rejoins ma mère, prends soin de refermer la porte derrière moi. Elle s'affaire à glisser les plaques de cuisson à l'intérieur du four.

– Je suis contente que tu sois là, est-ce que tu…

Elle se retourne, remarque mon expression que j'imagine pincée. Nous n'évoquons jamais mon géniteur, je crains sa réaction.

– Tu as un problème, Erika ?

Si je n'en avais qu'un…

– J'ai besoin de te parler.

– Oh mon Dieu, tu es enceinte ?

Je lève les yeux au ciel en soupirant.

– Non, maman. Je ne suis pas enceinte, par pitié ne recommence pas avec ça.

Elle essuie ses mains que je jurerais déjà sèches sur son tablier.

– Assieds-toi. Tu veux un café ?

– Oui, merci.

Je profite qu'elle me tourne le dos pour me jeter à l'eau :

– J'aimerais savoir ce que représente la voiture de collection au garage. Celle de mon grand-père.

Ses gestes se suspendent au-dessus de l'évier, ses épaules se crispent.

– Pourquoi ? finit-elle par demander.

Autant jouer franc jeu, sinon elle risque de botter en touche afin d'éviter le sujet.

– Ben la revendique. Je suis sûre que c'est pour m'embêter, mais s'il y parvient…

– Non.

Non ? Le souffle court, elle se retourne et prend appui contre le plan de travail, les mains de part et d'autre de ses hanches.

– Il ne peut pas exiger ça, décrète-t-elle.

– Malheureusement, si, il peut. Il cherche à prouver mon infidélité et a même engagé un détective pour cela.

Son visage se décompose.

– Ce n'est pas dans les films, ça ?

Un rictus étire mes lèvres. Les gens pensent souvent que c'est réservé aux fictions, mais c'est une technique courante et fréquemment utilisée.

– Maman… Je me battrai pour cette voiture si j'ai conscience de sa valeur à tes yeux. Car me concernant, elle n'en a aucune.

Elle jure en italien, tandis que sa vue se brouille de larmes.

– Tu vas trouver ça ridicule.

Je parie que ça ne le sera pas davantage que mon mariage avec un homme en espérant en oublier un autre.

– Prends ton temps, l'encouragé-je.

Du pouce, elle essuie une goutte salée qui dévale sur sa joue.

– J'avais tout juste vingt ans quand je suis arrivée en France. Nonna m'a rejointe bien plus tard. Tout ce que je possédais se résumait à une bourse ridicule et à cette voiture de collection léguée par mon père avant son décès. C'était mon chez-moi, en quelque sorte. J'ai navigué de droite à gauche jusqu'à ce que je rencontre ton père avec qui j'avais beaucoup de cours en commun à la fac. Je ne connaissais personne, tandis qu'il avait un réseau de copains impressionnant. Nous sommes devenus amis, il m'invitait à sortir presque chaque soir. Puis nous nous sommes mis en couple, j'ai emménagé avec lui, pris un travail après les cours afin de participer au loyer. Nous filions le parfait amour. Tout a basculé lorsque je suis tombée enceinte.

Tomber enceinte. Cette expression m'a toujours fascinée. Comment peut-on se réjouir de porter la vie en utilisant le terme « tomber » ? Jusqu'à preuve du contraire, une chute est tout sauf agréable et ne se range pas dans la case des bons souvenirs.

Je sors de mes pensées, observe ma mère. Un sourire nostalgique illumine ses traits, elle ne remarque pas combien entendre ces mots est difficile pour moi. Elle poursuit, le regard vague :

– J'étais folle de joie, Erika. Notre amour allait donner la vie. C'est un sentiment…

– J'imagine, coupé-je.

Que l'on m'épargne le refrain sur la supposée merveilleuse aventure.

– Bref, je l'ai appelé pour qu'il rentre, mais…

Un sanglot casse sa voix. Même après vingt-neuf ans, la douleur demeure intacte.

– Je suis là, maman…

– Et c'est tout ce qui compte, ma chérie. Ton père n'a pas partagé mon bonheur. Il est resté mutique et s'est renfermé sur lui-même. Un mois après, il me quittait, je perdais l'appartement et je retournais dans ma voiture. J'y ai dormi quelques semaines jusqu'à ce que ta grand-mère me rejoigne et s'occupe de moi. De nous.

– Quelle enflure.

Je n'éprouve aucune colère contre mon géniteur de ne pas souhaiter assumer son rôle. On ne peut obliger un homme à devenir père. Je n'ai manqué de rien et son absence ne m'a jamais affectée. En revanche, je lui en veux d'avoir abandonné ma mère aussi lâchement.

– Je ne sais pas… D'un côté je le hais pour ça, de l'autre je suis triste pour lui.

– Triste ? répété-je sans comprendre où elle veut en venir.

– Il n'a pas la chance de t'avoir dans sa vie, ma chérie. Tu es le plus beau cadeau que le destin m'ait apporté. Tu as donné un sens à mon existence.

Ses mots me touchent profondément. Je me lève, contourne la table pour me fondre entre ses bras. Je n'enlace pas souvent ma mère. Tant de choses nous séparent. Mais en cet instant, je redeviens la petite fille qui adorait se blottir contre son cou, bercée par l'odeur rassurante de son parfum. J'ai conscience qu'elle m'aime de toute son âme et qu'elle ne regrette pas un instant ses choix. Cependant je ne peux m'empêcher de penser que si elle ne m'avait pas eue, peut-être qu'elle se serait débrouillée autrement et que sa vie aurait été plus facile.

– Je t'aime, maman.

– Moi aussi. Si fort… J'ai besoin que tu sois heureuse pour l'être également.

Il est *là,* le problème principal. Famille ou non, j'ai la conviction que notre bien-être mental ne doit jamais dépendre de quelqu'un d'autre.

Je me détache doucement, frotte ses épaules dans un geste que j'espère réconfortant, puis je m'installe sur la chaise juste devant moi.

– Pour en revenir à ta question, reprend-elle, je tiens à cette voiture car elle incarne tout ce que j'étais, tout ce que je suis devenue. Comme elle, j'ai de nombreux kilomètres au compteur, quelques bosses sur la carrosserie, ma mécanique n'est pas parfaite, mais tout roule. Il ne faut jamais oublier d'où l'on vient. Je n'ai pas eu beaucoup de biens matériels, Erika, te l'offrir à tes vingt ans était symbolique. Sans compter que tu as failli naître à l'intérieur !

Elle s'esclaffe à la mention de ce souvenir. Cette histoire, je la connais par cœur. Je suis arrivée si vite (soi-disant pressée de découvrir le monde, *hum*) que les ambulanciers ont hésité à la faire accoucher sur la banquette arrière. Finalement, je suis née dans le couloir, sur un brancard.

– Merci, m'man. J'avais besoin de savoir.

– Tu penses que Ben peut vraiment l'obtenir ?

Non, sauf si j'embrasse ou tiens la main de Robin en public. Minute. N'est-ce pas ce que nous avons fait hier soir en plein milieu de la rue ?

Mon téléphone vibre pile au même instant. Je le sors et y trouve un message de Robin :

Tout va bien ?

– Tout va bien ? demande ma mère.

Ils se sont donné le mot ou quoi ?

– Oui, pardon. Concernant Ben, je n'en sais rien. Mon avocat suit le dossier.

– Pourvu que…

Soudain, une odeur de brûlé chatouille mes narines.

– Tes gâteaux crament, je crois.

Elle pousse un juron dans notre langue maternelle avant de sauter sur le four. J'en profite pour répondre à Robin.

Oui. Mais nous nous sommes
embrassés en public hier.

Je sens l'angoisse tisser sa toile en moi. Emportés par notre élan, nous avons fait preuve d'une imprudence affligeante.

Je sais. Mais en plus de l'obscurité,
il pleuvait des cordes.
Des clichés de ce temps
ne vaudraient pas grand-chose.

Je suis moyennement convaincue par son argument. Les objectifs professionnels sont tout de même d'une précision non négligeable.

Un autre message arrive aussitôt :

Et puis j'ai vérifié.
Les photos sont recevables
pour un impact « visuel »
par rapport au juge,
mais elles n'ont aucune valeur légale.

Mes muscles se détendent légèrement.

Après tout, ce n'est pas le genre d'homme à proférer des paroles en l'air. S'il le dit, c'est qu'il le sait.

Règle numéro 2 : toujours se fier à Robin Lefebvre.

CHAPITRE 39

ROBIN

– Robin ? T'es là, gamin ?

Gamin. À trente-cinq balais, je n'ai pas le cœur à le contredire.

Je sors la tête de la cabine, repère Marcel qui s'avance vers moi. Bien que je ne parte pas en mer, j'apprécie de passer du temps sur mon bateau.

– J'ai sonné chez vous tout à l'heure, il n'y avait personne. Comment allez-vous ?

Le vieux marin dont les rides creusent le visage me sourit en réajustant son béret sur son crâne. Parfois, je me demande à quoi il ressemble sans. À croire qu'il est né avec. Vu l'usure et la couleur délavée, je penche de plus en plus pour cette éventualité.

– Bien, et toi ? Tu t'apprêtes à quitter le port ?

– Pas aujourd'hui.

Il fronce ses épais sourcils.

– Je ne comprends pas.

– Je dois aller chercher une… amie.

– Une amie, répète Marcel.

– Chez sa mère, oui. À une demi-heure d'ici.

Je fais mine de ne pas remarquer son regard pétillant de malice quant à la mention de « l'amie ». J'ai paniqué, je n'ai pas su comment la qualifier. D'habitude, je n'évoque personne.

– Et pourquoi tu n'y es pas, toi ?

– C'est compliqué. Bon, vous voulez boire quelque chose ?

– Une bière, s'il te plaît. Figure-toi que j'ai tout mon temps, alors je vais m'installer sur le pont et tu vas m'expliquer ce que tu fiches ici plutôt qu'avec elle.

L'ancien marin a la tête aussi dure que la coque d'un paquebot. Il pourrait tout à fait s'entendre avec Madeleine, notre vieille tante ardéchoise. Je ronchonne, plonge dans le frigo à la recherche de nos boissons avant de le rejoindre à l'extérieur. La peinture blanche du bateau réverbère la lumière du soleil et me fait plisser les paupières. Je tends une des deux bouteilles à Marcel, puis je remonte les manches de ma chemise. Je m'assieds en face de lui, glisse mes lunettes de soleil sur mon nez.

– Tu peux te cacher derrière tes carreaux teintés, Robin. Ça ne changera rien.

– Je n'ai pas envie de finir aveugle, est-ce un problème ?

– Amateur de marin, ricane Marcel.

Je souris, portant le goulot à mes lèvres.

– Donc tu as quelqu'un dans ta vie, reprend mon invité.

– C'est compliqué.

Contre toute attente, il éclate de rire.

– Vous, les jeunes de cette génération-là, vous rendez tout difficile. Plus vous avez des moyens pour communiquer, moins vous le faites.

– Je ne suis pas tout jeune, quand même.

En dehors de WhatsApp avec ma famille, je n'utilise pas les réseaux sociaux (à cause de la notion de social, je suppose). J'aime qu'on me foute la paix et les vidéos de chatons ne m'intéressent pas.

– Tu n'es pas plus dégourdi pour autant, déclare Marcel.

– Je n'avais pas remarqué que c'était la Saint Robin, grommelé-je.

– Tu peux me raconter, si tu en as envie.

– Dans l'immédiat, elle est mariée. Son divorce s'annonce pénible et je ne veux rien brusquer.

– C'est compliqué, concède-t-il.

Le vieil homme a parfois un côté très agaçant, mais je souris malgré moi. Je bois une longue gorgée de bière fraîche, tandis que je sens son attention rivée sur moi. Il finit par reprendre :

– Je sais que tu n'aimes pas discuter, alors je vais me contenter de te filer un conseil. Si tu tiens à cette femme comme ça semble être le cas, bats-toi. L'amour est semblable à la mer, tu vois. Calme et tempête ne cessent de se…

Il s'arrête net, se gratte la tempe avant de ronchonner :

– Merde, je sais plus la fin. Je suis marin, pas poète, moi. Mais t'as compris, hein, gamin ?

À mon tour de le tourmenter.

– Non. Vous pourriez fournir un effort.

Il râle des propos que je ne saisis pas. D'une certaine manière, nous nous ressemblons.

– Et vous, Marcel, aucune charmante retraitée ne fait battre votre cœur ?

– Mon seul amour est et restera la mer. Avec elle, je suis tranquille et la routine n'existe pas.

La routine… souvent associée à l'enfer. Personnellement, je lui trouve un aspect rassurant. Mes pensées s'envolent, je m'imagine rentrer chaque soir auprès d'Erika. Manger, sortir, échanger, rire, me chamailler avec elle. Comment pourrais-je finir par m'en lasser ? J'appréciais déjà ces moments lorsque nous étions amis, alors…

La sonnerie de mon téléphone me ramène à l'instant présent.

– Je vais te laisser, je dois aller aider un ami à retaper le pont de son rafiot.

– Vous n'arrêtez jamais.

– J'aurai le temps de m'ennuyer dans la tombe, tu ne crois pas ?

– J'imagine que si.

Il me salue, pose la bouteille vide près de la mienne avant de disparaître. Nos discussions ne durent jamais très longtemps. Pragmatique, il préfère l'action aux discours. Je décroche avant la dernière sonnerie :

– Salut, Rob', tu vas bien ?

– Bonjour, Victor. Très bien, et toi ?

Il marque un temps d'arrêt :

– C'est la première fois que tu réponds « très bien ».

Je lève les yeux au ciel face à son exagération.

– Comment va ta petite famille ? m'enquiers-je.

– Bordel.

Un ange passe de nouveau. Pourtant, je ne distingue aucun bruit autour de lui. J'écarte mon portable de mon oreille, constate que la communication est toujours effective.

– Vic' ?

– Est-ce que tu te drogues ? Tu as sombré pour l'alcool, c'est ça ? Putain, Louna avait dit que ça arriverait…

– Euh…

– Tu viens de prendre des nouvelles de façon spontanée, Robinou.

– Louna a vraiment pensé ça ?

Il éclate de rire.

– Non ! C'était Baptiste, pardon.

– Bande de salauds.

– Je plaisante. Bon, est-ce que je peux te parler une minute, ou tu es occupé ?

Je me retiens de lui répondre que je suis *toujours* occupé à quelque chose :

– Je t'écoute.

– Je ne sais même pas pourquoi je t'en parle à toi… Peut-être pour que tu me ramènes à la raison. J'ai envie d'être papa de nouveau.

– Les jumelles ne vous donnent pas assez de travail ?

Elles n'ont que quelques mois !

– Si, mais elles changent si vite… J'ai envie de ressentir ça encore.

– Tu ne devrais pas en parler à Camélia plutôt qu'à moi ?

– Tu ne comptes pas me sermonner ?

– Pourquoi je ferais une chose pareille ? Je ne suis pas ton père, et quand bien même… Si vous êtes tous les deux sur la même longueur d'onde, je ne peux que vous souhaiter bon courage.

Les nuits, les couches, les vomis, les pleurs…

– Je vais devoir acheter un monospace, tu crois ? Bon sang… Si ce sont encore des jumeaux, c'est une camionnette qu'il va falloir !

Décidément, ces histoires de véhicules me suivent partout.

– Commence par le commencement, peut-être ? Genre… Créer l'enfant ?

– Si une de tes connaissances vend un camion, fais-moi signe, ajoute-t-il.

Du Victor tout craché.

Bon sang ! Il vient de me donner une idée. Pourquoi n'y ai-je pas pensé avant ?

Si Erika ne veut pas se séparer de sa voiture de collection, elle peut la mettre en vente et je peux la lui racheter le temps qu'elle divorce. Je dois vérifier que son contrat de mariage divise correctement les biens de chacun avant leur union, mais d'après elle, c'est le cas.

– Ah, j'entends Romy émerger de sa sieste. Je te laisse avant qu'elle réveille sa sœur ! À plus, Robin.

– À bientôt, et passe le bonjour à ta moitié.

Je raccroche puis décide de rejoindre la cabine de mon bateau afin d'éviter l'insolation. Je tape un SMS pour Erika, satisfait de détenir une potentielle solution à son problème.

J'ai peut-être trouvé un plan B
qui éviterait de filer ta voiture à Ben.
On en parlera tout à l'heure.

Je repose mon téléphone sur la banquette, démarre mon ordinateur afin de travailler un peu. Le bip signalant l'arrivée d'un message se fait déjà entendre. Je souris d'avance, certain qu'il s'agit d'Erika.

Je déchante en voyant « Laura » inscrit sur l'écran.

Un long soupir franchit mes lèvres lorsque j'ouvre la conversation. Une pièce jointe charge, la légende indique « On a reçu ça au bureau, à ton nom ».

L'instant d'après, une photo apparaît. Inutile de zoomer pour reconnaître la rue sombre, la pluie battante, et ma bouche pressée contre celle d'Erika. Cet abruti pense me mettre la pression en me l'adressant au tribunal ?

Je me suis planté. La météo ne prête pas à confusion, et malheureusement, le détective était au bon endroit au bon moment. J'aurais dû réfléchir, me montrer prudent.

J'ai longtemps cru que l'amour rendait stupide, c'est désormais une certitude.

Comment vais-je rattraper la situation, maintenant ?

CHAPITRE 40

ERIKA

Installée dans le salon avec les deux femmes de ma vie, j'ai attendu que le jour décline pour demander à Robin de venir me chercher. Il devrait arriver d'une minute à l'autre.

– Tu es certaine de ne pas vouloir rester dîner ? interroge ma mère.

– J'ai vraiment beaucoup de choses à rattraper.

Par « choses », j'entends des instants avec Robin, tandis qu'elle associe ce mot au travail. De cette manière, ce n'est pas vraiment un mensonge, juste une question de point de vue.

– Tu viendras pour l'anniversaire de ta mère ? s'enquiert Nonna depuis son fauteuil fétiche.

Je réfléchis à toute allure. C'est dans quinze jours, déjà !

– Oui, bien sûr.

Tous les ans, ma grand-mère se met aux fourneaux et mijote un festin pour douze personnes alors que nous ne sommes que trois. Je sais d'avance ce qu'elle va cuisiner.

– Je préparerai de l'*osso buco*.

Je souris, ma prévision était bonne.

Un SMS de Robin m'indique qu'il est au coin de la rue, au même endroit où il m'a déposé plus tôt.

– Le taxi est là, dis-je en rangeant mon téléphone.

– Je ne vois personne, rétorque Nonna qui regarde par la fenêtre.

Aïe. J'esquisse un rictus en dépit du léger vent de panique qui souffle en moi. Je suis adulte, d'accord. Mais croyez-moi, personne ne veut se frotter à ma grand-mère sur les questions de « bienséance ».

– Il te faudra des lunettes, mamie.

– Aucune voiture n'a bougé depuis vingt minutes. Il n'y a pas de taxi, c'est certain.

Ma mère se redresse, attrape son verre d'eau posé sur la table basse et en boit une gorgée avant de déclarer :

– Peut-être que Robin pourrait venir jusqu'ici ?

Je m'étouffe avec ma propre salive.

Comment... ?

– Tu… Je…

Le spectacle est lamentable. Je bégaye à l'instar d'un ado pris en train de fumer à la fenêtre de sa chambre.

– Tu es arrivée en marchant, et tu ne cesses de jeter un œil à ton téléphone. Je pense également qu'il n'y a pas de taxi, et qu'il t'attend. Tu vis toujours chez lui, il me semble ?

– Oui.

– En colocation ? raille ma grand-mère qui ne comprend toujours pas le concept.

– Oui.

Ma mère ignore la pique et poursuit, sans me quitter du regard :

– Alors, invite-le à prendre un verre. Il t'aide depuis ton retour, sans compter que j'entends parler de lui depuis la fac… ça me ferait plaisir de le rencontrer.

D'où vient cette ouverture d'esprit si soudaine ? Est-ce qu'elles vont le cuisiner ? Ma mère, non. Elle est plus douce que Nonna. Cette dernière, en revanche, risque bien de se montrer acerbe.

– Personne ne va le manger, ajoute-t-elle en réponse à mes pensées.

– OK. Je vais lui proposer.

J'extirpe mon portable, tape brièvement la suggestion. Robin répond par un long message, fidèle à lui-même :

J'arrive.

J'ignore dans quel état d'esprit il se trouve. A-t-il râlé ? Est-ce qu'il m'en veut de ne pas avoir trouvé de subterfuge pour décliner ? Pense-t-il que je l'ai piégé ?

Je me lève et sors sur le perron afin de l'accueillir, mais c'est sans compter sur les deux commères qui ne me lâchent pas. Impossible de lui poser quelques questions et il est trop tard pour lui renvoyer un message, car déjà, sa voiture arrive devant le portail. Il se gare, extirpe sa large carrure de l'habitacle. Il a remonté les manches de sa chemise, ouvert les premiers boutons sur son torse.

Il n'est pas beau, il est renversant.

– Entrez ! crie la maîtresse de maison par-dessus mon épaule.

Robin pousse le portillon, tandis que j'essaye de repérer les expressions de son visage.

– Coucou, dis-je un peu bêtement lorsqu'il se dirige vers nous, insondable.

J'ai la sensation d'avoir affaire au juge plus qu'à l'homme. Je crois qu'il s'agit d'une manière pour lui de se protéger, de mettre des remparts.

– Vous devez être le fameux Robin ! s'exclame ma mère.

J'effectue un pas sur le côté au cas où il aurait l'idée de m'embrasser, bien que ça ne soit pas son genre.

– Bonjour, madame.

– Appelez-moi Clara. Entrez, dit-elle en ouvrant le passage. Je vous présente ma mère, Gemma.

– Enchanté, répond-il avec un petit hochement de tête.

Nonna baragouine un « bonjour », ce qui est déjà bon signe. Nous rejoignons tous le salon, je ferme la marche. Robin se retourne une fraction de seconde, murmure :

– Ça va ?

– Oui. Je suis déso…

– Que buvez-vous, Robin ? m'interrompt ma mère.

Je m'assieds à côté de lui sur le canapé, tandis que Nonna regagne le fauteuil qui nous fait face.

– Un Coca ou un jus de fruits, ce serait parfait, s'il vous plaît.

Je demande la même chose, puis elle disparaît dans la cuisine. J'aimerais l'aider, mais laisser Robin seul avec ma grand-mère me semble inconcevable.

– Pas d'alcool ? s'étonne Nonna.

– En dehors d'une bière de temps en temps, non. Surtout quand je conduis après.

– Un homme à cheval sur les règles, commente-t-elle.

Il marque un point à ses yeux.

– Un juge, Nonna, ajouté-je en souriant.

Elle me fixe d'une étrange façon avant de reporter son attention sur lui. Lui, dont les avant-bras reposent sur ses genoux dans une allure que je devine faussement décontractée.

– Donc pas du genre à séduire une femme mariée non plus. Ouf.

Sa repartie me cloue sur place, une chape de plomb s'écrase sur mes épaules.

C'est un cauchemar, je vais me réveiller.

Hébétée, aucune réponse ne me vient. Robin se contente de l'examiner, impassible.

– Effectivement, acquiesce-t-il.

Je trouve enfin assez d'air pour alimenter mes poumons :

– Mamie, arrête.

Elle se renfrogne, sa fille revient, chargée d'un plateau supportant verres et bouteilles. Elle fronce les sourcils quand elle remarque ma mine contrariée.

– Tout va bien ?

– Nous faisons connaissance, déclare Robin.

Je jurerai qu'un sourire en coin vient d'étirer ses lèvres.

Les apéritifs sont servis, ma mère entame la conversation avec les banalités :

– Donc vous vous fréquentez depuis la fac, c'est ça ?

Elle sait que c'est le cas, mais je la remercie intérieurement de ne pas le brusquer. Contre toute attente, la discussion s'enchaîne de façon assez naturelle. Robin donne le change, je complète certaines de ses interventions. Nonna nous fiche la paix, se contente d'écouter.

– Merci d'héberger Erika, déclare ma mère. On s'en rend moins compte ici, mais c'est vrai que l'immobilier a encore beaucoup augmenté ces derniers mois.

– Avec plaisir.

– Tu m'étonnes, grogne mamie. Dites, si je peux me permettre une question…

– Tu ne peux pas, rétorqué-je, de plus en plus agacée par sa vision étriquée de la société actuelle.

– Allez-y, contre Robin.

S'il ne me largue pas en sortant de cette maison, j'aurai de la chance.

– Qu'est-ce qu'un beau jeune homme comme vous, avec votre situation et votre maturité, fabrique encore seul ?

Sa fille et moi protestons à l'unisson, alors que le juge demeure stoïque, indifférent à la provocation.

– On rentre ? proposé-je à Robin.

– On va y aller, oui. Mais avant ça, je vais répondre à ta grand-mère, qui visiblement s'inquiète beaucoup à l'idée que je pervertisse sa petite-fille.

– Je n'ai pas dit ça ! s'indigne-t-elle.

– Un peu, si. Vous ne cessez de mettre en avant son mariage, sans prendre en compte la notion d'épanouissement. Mais là n'est pas vraiment le sujet. Je vous jure, madame, que je suis seul, et pour une bonne raison. Cependant, cette dernière ne vous regarde pas. Erika est une adulte, et si vous me le permettez, peut-être que vous devriez réfléchir aux motivations qui l'ont poussée à trouver refuge chez moi plutôt qu'auprès de vous.

J'avale ma salive, compte les secondes silencieuses avant la tempête. Robin vient de débiter ça avec un flegme impressionnant. Je devrais probablement m'indigner ou ne serait-ce que m'imposer, mais j'en suis incapable. Il a raison sur toute la ligne. J'ai fui le domicile familial non par lâcheté, mais parce que je suffoquais de vivre selon des principes qui ne me correspondent pas.

– Tu n'as rien à dire ? tonne ma grand-mère à mon intention.

Ses joues se marbrent de rouge.

J'essuie mes paumes moites avec discrétion sur mes cuisses, puis je me lève. Aussi vif que mon ombre, Robin m'imite en calant ses mains au fond de ses poches.

– Euh… Passez une bonne soirée ?

Elle vocifère en italien, tandis que nous regagnons l'entrée. Ma mère ressemble à une enfant lorsqu'elle promet de la calmer.

– Vraiment, Robin, je suis désolée pour l'accueil. Nonna est…

– Disons franche et directe, finit-il.

Nous acquiesçons toutes les deux d'un léger signe du menton. J'ai l'impression d'avoir des excuses à lui présenter. J'espère très fort qu'il ne m'en veut pas, qu'il ne pense pas que j'ai prémédité cette rencontre.

– Vous êtes le bienvenu, déclare ma mère au moment où nous sortons. Et Erika, concernant la voiture… fais au mieux, je ne peux rien te conseiller de plus.

Je ne sais pas trop ce qu'elle souhaite dire par là. J'ai conscience de la valeur qu'elle a à ses yeux et combien ça la rendrait malade que Ben la récupère dans l'unique dessein de venger son ego blessé. Robin a peut-être une solution, j'ai hâte qu'il m'expose son idée.

– À plus tard, maman. Je t'aime.

– *Ti amo,* ma puce.

Je m'effondre plus que je ne m'assieds sur le siège passager. Un dernier « coucou » accompagné d'un sourire, et la maison rétrécit dans le rétroviseur. Robin n'a toujours pas décroché un mot. Je le sens soucieux, je prie pour qu'il ne fasse pas marche arrière nous concernant.

– Robin, je suis désolée, je te jure que ce n'était pas mon idée.

Il se gare avant de quitter la ville. Veut-il que je descende et commande un taxi ?

– Je sais, Rika. À aucun moment je n'ai douté de toi.

– Mais quelque chose te tracasse.

– Ça n'a rien à voir avec toi.

Je regarde autour de moi, ne comprenant pas pourquoi nous sommes arrêtés si tout va bien.

– Qu'est-ce que…

– J'ai terriblement envie de t'embrasser.

Oh. Il s'incline, je me penche dans sa direction. Nos souffles se rejoignent, son parfum mêlé à une note de sel envahit mes narines.

– Surtout ne te retiens pas, chuchoté-je.

CHAPITRE 41

ROBIN

– Où va-t-on ? Paris est dans l'autre sens… ?

Je double une voiture puis me rabats avant de jeter un œil à ma passagère.

– J'ai pensé qu'une nuit tranquille en mer ne pourrait pas nous faire de mal ? Je dois te parler d'une chose.

Cette foutue photo arrivée anonymement.

Devant son silence, je cherche son regard une nouvelle fois. L'expression contrariée de son visage me pousse à ralentir.

– Tu préfères rentrer ? Ce n'est pas un problème.

– Non ! s'exclame-t-elle.

Je fronce les sourcils, essayant de me remémorer ces dernières minutes. Qu'est-ce que j'ai loupé ? Ai-je dit quelque chose de vexant ? *Bon sang.* Si seulement il existait un manuel de compréhension féminine.

Peut-être que la réponse que j'ai fournie à sa grand-mère était inappropriée ?

– Qu'est-ce qui ne va pas, Rika ?

– Je ne me fais pas beaucoup d'illusions… Tu veux « me parler », dit-elle en mimant les guillemets, alors que ma famille est exécrable.

– Et ?

– Je sais combien tu peines avec mon mariage. Elle a réussi à te mettre suffisamment mal à l'aise pour que tu aies besoin d'une pause, c'est ça ?

– Ai-je l'air mal à l'aise ?

– Tu es contrarié, je l'ai remarqué dès que tu es descendu de la voiture.

Ma main entoure son genou qui bat frénétiquement le tapis.

– Je voulais attendre d'être arrivé pour te le dire, mais j'ai reçu une photo anonyme au bureau. Laura me l'a envoyée par message.

Je me contorsionne afin d'extirper mon téléphone de ma poche, puis le lui tends.

– Cherche dans les messages.

– Je ne vais pas fouiller dans ton portable, quand même.

Sa réaction me fait sourire.

– Je n'ai rien à cacher.

Encore moins à toi, Rika.

– OK.

Elle inspire profondément avant de s'exécuter. Je serre plus que de raison le volant entre mes mains. Je n'ai toujours pas trouvé d'issue pour nous sortir de cette mauvaise passe. Du coin de l'œil, j'observe ses pouces s'agiter puis se suspendre au-dessus de l'écran.

Voilà, elle sait.

– *Cazzo !*

– Cazzo, comme tu dis.

– Comment ai-je pu épouser cet abruti ?

Je me retiens de démonter Ben avec une remarque acerbe, ce ne serait pas très fair-play.

– Tout le tribunal va savoir, j'imagine ? marmonne-t-elle.

J'y ai pensé aussi, bien que je n'aie pas posé la question à Laura.

– C'est le risque, oui. Je suis désolé, Erika… J'aurais dû y penser, me montrer prudent.

– Tu n'as pas à t'excuser. J'étais là, je suis responsable autant que toi.

– Je vais trouver une solution.

Elle entoure mon poignet, amène ma paume sur sa cuisse.

– *Nous*, Robin.

Cette précision et la douceur de son geste me prennent de court. Incapable de donner le change, je me contente de caresser ses doigts emmêlés aux miens.

– Au fait, tu voulais me parler d'un plan B ?

Celui-ci tombe à l'eau à cause de cette photo. Racheter sa voiture afin qu'elle la garde viendrait étayer les accusations de son futur ex-mari.

– Oui, mais il y a un « mais ». (J'inspire profondément, je choisis mes mots.) Tu peux revendre la voiture, puisqu'elle t'appartient. Ainsi, Ben ne pourrait plus la demander en compensation. Je voulais te l'acheter, mais puisque la photo est sortie avant, ça risque d'être compliqué.

Un ange passe. L'émotion brise sa voix lorsqu'elle réagit enfin :

– Tu… Tu voulais…

– Il faut que j'étudie la faisabilité.

– Tu n'imagines pas combien ça me touche, mais je ne veux pas. Tu en as fait assez, il est hors de question que tu t'amuses à ça, Robin. Je te mêle à bien assez de choses, et crois-moi, je m'en veux suffisamment pour tout ça.

– Tu n'as pas à t'en vouloir et je…

– La discussion est close.

Je savais qu'elle n'accueillerait pas bien la proposition, mais pas à ce point. Je respecte son choix et n'insiste pas, au risque de la contrarier davantage.

Le reste du trajet se déroule en silence. Je réfléchis, cherche en vain le moindre alinéa qui pourrait nous être favorable.

– Ton après-midi n'a pas été trop long ? demande-t-elle lorsque nous arrivons près de mon bateau.

Je tends le bras, l'aide à grimper à bord.

– Non, j'ai vu Marcel, l'homme qui s'occupe de l'entretien de la bête, dis-je en tapotant le montant de la cabine.

– Il est sympa ?

J'entre afin de poser nos sacs, Erika sur mes talons.

– Plutôt taiseux.

– Vous devez bien vous entendre, alors ! s'esclaffe-t-elle.

Je m'arrête brusquement, elle bute dans mon dos. Je me retourne, un rictus aux lèvres.

– Dites donc, jeune insolente…

Je ne lui laisse pas le loisir de rétorquer et scelle ma bouche à la sienne. Ses bras se referment sur ma nuque, son corps s'alanguit contre mon torse. Je savoure son contact, me gave de son odeur.

Les vibrations répétées de mon iPhone m'obligent à rompre ce moment hors du temps.

– C'est peut-être important ? suppose Erika.

Je regarde brièvement les notifications. Toutes viennent du groupe familial sur WhatsApp. D'après les aperçus, Victor partage le résultat d'un shooting photo de sa femme et ses filles. Louna est déchaînée, Baptiste aussi.

Je coupe la sonnerie et le pose sur le chevet.

– Rien d'urgent. Un de mes frères bombarde WhatsApp de clichés de ses jumelles.

Ses ongles raclent légèrement ma peau lorsqu'elle s'agrippe avec fermeté au tissu de ma chemise.

– Ça va ? m'enquiers-je en cherchant son regard.

Le sourire qu'elle m'adresse n'atteint pas ses yeux.

– Oui, oui ! Je me demandais juste… Tu es heureux d'être tonton ?

Je hausse les épaules :

– J'imagine que oui ?

Ma franchise peut choquer, j'en ai conscience. Je ne souhaite pas passer pour un monstre sans cœur, alors j'ajoute :

– Enfin je suis heureux pour eux ! Mais ce n'est pas moi qui m'en occupe, donc…

Pour le peu que je les vois, je ne détiens pas un rôle primordial au sein de la vie de mes neveux et nièces.

Ma réponse semble la troubler davantage. Je suis maladroit option « empoté », par conséquent je choisis de changer de sujet.

– Que dirais-tu de manger vite fait et de regarder un film ? J'ai pris mon ordi et la clé Internet.

– Le programme parfait.

– Je nous sors du port avant la marée basse et on fait ça.

– Tu as de quoi cuisiner ?

– Des sandwichs, oui. Je ne savais pas si on resterait.

Elle propose de les préparer pendant que je manœuvre. Je l'embrasse comme si nous n'allions pas nous revoir, puis je regagne la console de pilotage.

Le soleil tire progressivement sa révérence à l'horizon, striant le ciel d'un dégradé de couleurs magnifique. Je m'apprête à appeler Erika pour admirer le spectacle naturel qui se joue devant nous quand elle me rejoint, le plateau chargé en main.

– Waaahou ! C'est…

– Oui.

Le bateau fend la surface de l'eau, tandis que le port devient de plus en plus petit derrière nous. Je m'arrête au bout de quelques minutes, stabilise l'embarcation.

Nous nous asseyons sur la banquette et mangeons en profitant du coucher de soleil.

– Je peux te confier quelque chose ? questionne-t-elle à voix basse, comme si elle craignait de rompre la magie de l'instant.

– Bien sûr.

– Tout à l'heure, chez ma mère, quand tu as dit que j'avais trouvé refuge chez toi… Tu avais raison.

Elle fuit mon regard, époussette une miette imaginaire sur sa robe avant de souffler :

– Tu es mon refuge, Robin.

Mon cœur s'emballe.

– Pourtant je ne suis ni bavard ni très drôle.

Elle balaie ma réflexion d'un revers de main :

– Quoi que tu en penses, tu t'ouvres et j'aime ça. Concernant l'humour, je considère que le sarcasme en est.

– Alors tant mieux, dis-je en souriant avec franchise.

– Mais j'adorerais que tu me racontes une blague, ajoute-t-elle sur un ton taquin.

– Je n'en connais pas.

– Impossible.

– Tu t'amuserais beaucoup avec Victor. Il en débite des tonnes, toutes plus nulles les unes que les autres.

– Donc, réfléchis. Une seule blague et en échange tu choisiras le film, je ne protesterai pas, je le jure.

Ah, voilà qui est intéressant. J'ai une chance d'échapper à un énième visionnage de *N'oublie jamais*.

– J'ai trouvé.

– Lance-toi, Robin. Je ne te jugerai pas.

– Pourquoi les girafes ont-elles un long cou ?

– Je ne sais pas.

– Parce qu'elles puent des pieds.

Contre toute attente, elle éclate de rire. Intérieurement, je remercie mon frangin et les blagues dont il abreuve ses pauvres filles qui ne les comprennent même pas.

– Bon, tu as gagné, alors choisis.

– Si je mets *L'Exorciste*, tu…

– Je saute par-dessus bord, coupe-t-elle. Tout, mais pas ça.

Ce n'était qu'une technique pour qu'elle se blottisse contre moi, mais tant pis. En vérité, je me fiche du programme. Je sais que je vais décrocher en moins de dix minutes et retourner à mon obsession du moment : trouver comment la sortir de ce mariage selon ses désirs.

– Je crois que j'ai très envie de revoir *N'oublie jamais*.

– Menteur.

– Ah si, j'adore Ryan Gosling.

Elle me donne une tape sur l'épaule en riant.

Ce rire… J'aimerais le capturer juste pour le faire réapparaître les jours de pluie.

CHAPITRE 42

ERIKA

– Debout, marmotte… il est sept heures.

Robin se penche au bout du lit et masse mes chevilles à travers le drap.

– Je veux retourner en mer, et ne plus jamais travailler, bougonné-je.

Lui est levé depuis longtemps, il revient de son jogging. Je soulève péniblement une paupière.

– Pourquoi le lundi existe ?

– Je me pose la même question, avoue-t-il.

Comme lui, le sommeil me fuit depuis la réception de la photo. Je dois trouver un moyen d'empêcher Ben de la récupérer, tout en ne blessant personne. À la différence de Robin, quand je dors mal, je traîne. Quelle idée de sauter dans des baskets ?

Je m'assieds avec difficulté en tirant le drap sur ma poitrine dénudée. Le juge transpirant n'en perd pas une miette.

– Je vais me doucher, le café est chaud, dit-il avant de se détourner.

– Et mon bisou, monsieur Lefebvre ?

– Je dégouline de sueur.

– Ça m'est complètement égal.

Il s'avance, se courbe jusqu'à ce que ses lèvres déposent un baiser sur les miennes.

– Tu devrais retirer ton tee-shirt.

– C'est vrai que pour la douche, ce sera plus pratique.

Je hausse les yeux au ciel. Tout ce que je souhaite, c'est le reluquer quelques secondes. Malgré sa raillerie, il obtempère et fait glisser le tissu par-dessus sa tête. *Dio mio, qu'il est beau !* Il regarde l'heure sur sa montre, s'éloigne dans la pièce en maugréant qu'il va finir par être très en retard.

Je suis certaine que cette éventualité lui file des remontées acides. Robin est du genre ultra carré.

– Si tu es sage, tu auras un strip-tease ce soir, lance-t-il depuis le couloir.

– C'est vrai ?!

– Bien sûr que non !

Je balance mon oreiller, qui s'écrase contre la porte sous le ricanement du juge.

Nous tentons de plaisanter tous les deux alors que la journée s'annonce longue et pénible. Nous avons vécu presque deux jours sur le bateau sans reparler de la photo ni de la soirée où le poing de Robin a rencontré le visage de Paul. La politique de l’autruche : sympa sur l’instant, horrible à gérer par la suite.

Qui a vu la photo ? Est-ce que tous savent que nous entretenons une relation ? Ce point ne me dérange pas, mais je connais le besoin de discrétion de Robin. Je dois également contacter mon avocat au cas où il n’aurait pas reçu une copie.

Bor-del.

Un café. Il me faut un café. En perfusion, ce serait le top. J’enfile ma robe de chambre en soie, puis je me traîne jusqu’à la cuisine. Deux tasses de caféine plus tard, Robin me rejoint. Je le sens quelques secondes avant de le voir alors que son parfum envahit divinement la pièce.

– Je t’en ai laissé, dis-je en glissant un mug dans sa direction.

– Merci. (Il boit une gorgée.) On va en avoir besoin.

– Je sais.

– Je vais te transmettre la photo pour que tu la montres à ton avocat et que tu puisses voir avec lui quelle est la meilleure solution.

Je hoche la tête tandis qu’il sort son téléphone. L’instant d’après, le mien vibre sur le plan de travail. Bien que je connaisse l’image, je l’ouvre. Nos corps pressés l’un contre l’autre s’affichent sur l’écran. J’aime la façon dont ses mains capturent mon visage en coupe, l’expression sur nos profils qui s’embrassent.

– Elle est belle, chuchoté-je.

– C'est vrai.

Je n'aurais jamais cru qu'un cliché de nous deux pourrait avoir tant de répercussions. Est-ce une fatalité ? J'ai passé mes dernières nuits à me demander quelles sont mes possibilités. Je n'en vois que deux : laisser gagner Ben, ou vendre la voiture, mais à un inconnu. Pas à Robin. J'ai beau permettre à l'idée de s'infiltrer au sein de mes pensées, ça me semble impossible de lui imposer de faire ça pour moi. Il ne sait pas tout me concernant et je ne veux pas qu'il finisse par nourrir des regrets si notre histoire se terminait rapidement.

Parfois, j'ai juste l'impression d'être une sous-merde. Un boulet. Une poupée avec un souci de fabrication. Comment ai-je pu croire que je pourrais vivre auprès de cet homme ?

– Rika ?

– On va être en retard, je me dépêche.

Je tente de fuir la cuisine lorsque sa main me retient.

– Je me fiche que tout le monde sache, si c'est ça qui t'inquiète.

Mes yeux s'arrondissent. Une chance qu'ils ne sortent pas de leur orbite.

– Tu t'en fiches ? répété-je.

– J'y ai réfléchi. Il fallait que ça arrive, un jour ou l'autre, un de nous deux aurait vendu la mèche. Je regrette le timing et les circonstances, c'est tout.

– Et Paul ?

– Il a eu ce qu'il méritait.

Voilà qui est clair. Je présume qu'il s'est passé quelque chose que j'ignore, et que je n'ai pas besoin de connaître. Je m'en remets au jugement de Robin.

Il s'approche, pose ses mains sur mes hanches afin de me ramener avec douceur contre lui.

– Il n'y a que toi qui m'importes.

Puis il m'embrasse pendant que ses mots résonnent dans la moindre parcelle de mon cœur.

Pour une fois, nous décidons d'arriver ensemble au Palais de Justice. Robin manœuvre pour se garer, tandis que mon cerveau s'emballe. Que dirait une amie ? La dernière que j'ai considérée comme telle était au lycée. Elle s'appelait Lana. Notre histoire s'est très mal terminée, ce que je peux comprendre. Qui aurait voulu être proche de moi après…

Ma gorge se serre. *Inutile de ressasser*.

À la suite de cette période noire, je n'ai jamais réussi à redonner ma confiance. Jusqu'à Robin. Jusqu'à ses yeux verts un peu éteints, son tempérament froid et solitaire.

Lui qui est à mes côtés aujourd'hui.

Et moi, l'idiote de service, qui nous mène la vie dure à cause d'une bagnole.

Soudain, tout me paraît clair au point de m'en provoquer un vertige.

– Robin.

Il coupe le contact, m'interroge du regard en fronçant les sourcils.

– Je vais la vendre. Je ne veux pas laisser Ben gagner, mais je ne veux pas me battre non plus.

– Et ta mère ?

– C'est son histoire, et elle me touche. J'ai pensé la lui restituer, elle refuse. Elle dit que ça lui fait trop mal, que c'est mon héritage. Dans l'absolu, je crois que j'aurais aimé la garder, néanmoins avancer est le plus important. J'ai besoin de l'argent qu'on m'en donnera. J'ai besoin de faire mes propres choix. Bons ou mauvais, je n'en sais rien. Je suis fatiguée de lutter sans cesse.

– Laisse-moi la racheter.

– Ma réponse n'a pas changé.

Robin l'ignore, mais je compte bien lui reverser une contribution pour ces semaines de colocation. Même si notre relation a évolué, je vais participer. Mes économies s'amenuisent et ce n'est pas mon salaire de vacataire qui me permettra d'être indépendante financièrement. Je ne peux m'autoriser à cracher sur cette somme supplémentaire.

– D'accord, acquiesce-t-il. Comme tu veux.

– Merci quand même, ça me touche.

Il dépose un rapide baiser sur mes lèvres avant de murmurer :

– On y va ?

– Tu es prêt ?

– Personne ne s'aventurera à me questionner.

– J'adorerais en dire autant.

– Contente-toi de grogner, c'est efficace.

Je souris en caressant sa joue mal rasée du bout des doigts.

– Je vous aime, Robin Lefebvre.

– Je peux t'embrasser encore ?

– Oui, mon choix est fait, ça n'a plus d'importance.

Ses lèvres sont de nouveau sur les miennes dans un baiser enfiévré. L'heure, le potentiel retard, les potins, plus rien n'a d'importance. Je suis à bout de souffle lorsqu'il s'arrête pour susurrer :

– J'ai envie de te basculer sur la banquette arrière.

Ses mots crus ont toujours le même effet sur moi. Je me sens rougir jusqu'aux oreilles.

– La loi l'interdit, monsieur le juge, dis-je en papillonnant des cils.

– Je suis au courant, ronchonne-t-il. Vivement ce soir.

Oui, vivement ce soir.

CHAPITRE 43

ROBIN

Erika est rentrée depuis une heure lorsque je pousse la porte de l'appartement. J'aurais aimé me libérer plus tôt, mais un dossier aussi pénible qu'urgent m'en a empêché.

– Rika ?

Elle surgit du couloir le téléphone à l'oreille et me fait signe de rester discret en barrant ma bouche de son index.

Je pose mes affaires, déboutonne le haut de ma chemise. Elle raccroche quelques instants plus tard.

– C'était mon avocat.

– À cette heure ?

Elle hausse les épaules avant de venir se blottir contre moi :

– Il faut croire.

– Tu veux en parler ?

Je sens ses poumons se gonfler d'air contre mon torse.

– Il sait pour la photo. Je lui ai demandé conseil pour la vente de l'Alpine. Si je veux être tranquille, c'est le moyen le plus rapide.

– Ben ne peut rien te demander d'autre, à ton avis ?

– Je n'ai rien de plus, chuchote-t-elle.

Je la serre dans mes bras, le menton posé sur son crâne. Ça me désole qu'elle doive en arriver là pour être libre. Son ex-mari est un égoïste fini.

Je m'écarte doucement d'elle afin de l'embrasser.

– J'aimerais qu'on fasse quelque chose, déclaré-je dans l'espoir de lui changer les idées.

– J'attends ton strip-tease, si c'est ce à quoi tu penses.

– Navré de te décevoir, je pensais plutôt à cuisiner tous les deux. Comme avant.

L'idée semblait moins ridicule dans ma tête.

À l'époque où j'étais à la fac, je ne sortais pas beaucoup et il m'arrivait d'oublier de manger, trop occupé à travailler. Alors, pour parer à ce rythme de vie un peu bancal, Erika avait décrété que nous cuisinerions ensemble tous les mercredis soir. Un vrai repas, qui demande du temps. J'ai accueilli le projet en râlant, évidemment. Puis je me suis laissé prendre au jeu. C'était *notre* moment et c'est l'un de ceux qui m'ont le plus manqué quand elle est partie.

– Je valide, dit-elle avant de poser ses lèvres sur les miennes. Tu as envie de quoi ?

Je feins la réflexion alors que je sais exactement ce que je veux tenter.

– Tu te souviens de ces fichus soufflés ? On les a ratés combien de fois ?

Impossible de garder l'aspect nuageux après cuisson.

L'enfer.

– Assez pour me déclencher des terreurs nocturnes pendant des semaines, s'esclaffe-t-elle.

– On réessaie ?

– Avec plaisir. Et appréhension.

Je souris, la pousse jusqu'à la cuisine. Je sors tout le nécessaire, pendant qu'elle saisit les ustensiles, puis je m'affaire à préparer le chocolat tandis qu'Erika casse les œufs. Nous exécutons la recette à la manière de deux chorégraphes. Les mots sont inutiles, nous connaissons la danse. Toutefois, je ne peux m'empêcher de tout ranger derrière elle. Elle laisse tout traîner, mélange restes de sucre et restes de farine. Je suis l'ordre où elle est le parfait désordre.

– Je n'ai même pas pensé à te demander si tu avais eu des questions nous concernant, lâche la jeune femme.

– Aucune. Quelques chuchotements sur mon passage, mais c'est tout. Et toi ?

Je connais déjà la réponse.

– Laura m'a invitée à déjeuner, je n'ai pas pu y échapper longtemps.

– Seigneur… Quelle plaie.

– Je lui ai servi une version un peu édulcorée, qu'elle s'est chargée de raconter aux autres. Je crois que ça lui a fait plaisir.

Je grogne un « hum » peu convaincu. Les gens ne sont jamais rassasiés de potins.

Quinze minutes plus tard, Erika pousse la grille de ramequins à l'intérieur du four.

– C'est parti pour douze minutes d'angoisse, soupire-t-elle en refermant la porte.

Elle pivote vers la table et commence à racler le saladier à la manière d'une enfant.

– Tu en veux ? propose-t-elle, l'index enduit de chocolat.

– Je…

Je n'ai pas le loisir d'achever ma phrase, car elle me colle son doigt dans le bec. Le goût sucré du chocolat explose sur ma langue, pourtant c'est le regard avec lequel elle me couve qui me provoque le plus de plaisir. Je suçote son index, en mordille la chair. Erika me scrute avec intérêt, la bouche entrouverte, le souffle raccourci.

– On dirait que c'est bon, bafouille-t-elle.

– Très.

Elle baisse sa main, tandis que je l'imite en récupérant à mon tour du chocolat sur la paroi. Ses yeux pétillent de malice lorsqu'elle rive son attention sur moi en ouvrant la bouche. J'y introduis mon doigt. Sa langue s'enroule autour et je ne parviens pas à réprimer le frisson qui me parcourt de la tête aux pieds. Cuisiner avec elle n'avait jamais été si érotique. Ses joues rosissent sous ma caresse innocente, et bientôt, ma bouche se plaque sur la sienne. Elle recule jusqu'à prendre appui contre la table, ses jambes se referment sur mes hanches. Mes paumes passent sous son chemisier, cajolent la peau de son dos. Elle renverse la tête en arrière, m'offrant ainsi l'accès à son cou que je dévore.

– Robin…

Entendre mon prénom me ramène à la réalité. Il est hors de question de coucher sur la table de ma cuisine, alors je la soulève dans mes bras et nous conduis jusqu'à la chambre sans cesser de l'embrasser.

– La banquette arrière, mais pas la table ? se moque Erika quand je la dépose sur le matelas.

– C'est sacré, on mange dessus.

– Rabat-joie.

Je me hisse au-dessus d'elle, en appui sur mes avant-bras.

– Effrontée.

Un sourire coquin naît au coin de ses lèvres. Joueuse, elle déboutonne ma chemise avant de laisser traîner sa main sur ma peau, du haut de mon torse jusqu'à mon bas-ventre. Je me penche tandis qu'elle se bat avec la ceinture de mon pantalon, en profite pour mordiller le lobe de son oreille, l'angle de sa mâchoire, sa gorge. Impatient, je me redresse afin de retirer le reste de nos barrières de tissu en quelques gestes rapides. Erika, étendue nue sous mon corps, est un spectacle à elle toute seule.

– Tu es magnifique, chuchoté-je, à genoux entre ses cuisses.

Sa respiration s'accélère en réponse, ses yeux se voilent de convoitise. Je me penche, embrasse son ventre avec délicatesse puis descends plus bas, à l'endroit où pulse son désir. Ses doigts se perdent dans mes cheveux, elle se cambre pour donner le rythme. Je m'interromps quand je la sens sur le point de lâcher prise, attrape un préservatif dont je me couvre avant de reprendre ma place sur elle. Peau contre peau, souffle contre souffle.

Elle soupire mon prénom lorsque je glisse en elle. Je m'arrête, savoure l'instant. Erika bouge son bassin en griffant mes épaules.

– Impatiente ?

– Tu vas me tuer, geint-elle.

Ses talons s'enfoncent dans mes fesses, je commence de lents va-et-vient.

Je souris, enfouis mon nez contre son cou avant de la mordiller. J'augmente la cadence, nous ondulons l'un contre l'autre à un rythme effréné en étouffant jurons et gémissements. Au bord du précipice, je faufile ma main entre nous et caresse son point sensible. Elle ferme les yeux, me serre fort lorsque l'orgasme l'emporte. Deux coups de reins plus tard, le plaisir me terrasse à mon tour. Pile au même instant où je sens la capote se rompre.

– Merde.

– Qu'est-ce qu'il y a ? demande Erika, les yeux toujours clos.

Quelques mèches collent sur son front. Je me retire doucement. C'est la première fois que ça m'arrive. L'ai-je mal mise ? Est-ce un défaut de fabrication ? Bon sang, j'espère qu'Erika a un moyen de contraception…

– La capote a craqué.

Elle ouvre grand les paupières. Je jurerais qu'elle a cessé de respirer.

– Quoi !?

– Je ne sais pas ce qu'il s'est passé.

– Pousse-toi, dit-elle en pressant mon torse.

Je ne reconnais pas son ton teinté de violence. Je lui ai dit être clean, elle ne craint rien de ce côté-là.

– Tu prends la pilule ?

– POUSSE-TOI ! hurle-t-elle à présent.

Elle bondit hors du lit et se rue dans la salle de bains.

Qu'est-ce que j'ai fait ? Dit, ou loupé ?

Le temps s'étire silencieusement, puis j'entends l'eau couler dans la douche.

L'eau et ses sanglots.

CHAPITRE 44

ERIKA

Je demeure prostrée dans la douche jusqu'à ce que l'eau devienne tiède, puis froide. Les gâteaux sont cramés, l'odeur arrive jusqu'à la salle de bains. Robin est assis de l'autre côté de la porte, je l'ai entendu glisser contre le battant après de vaines tentatives de communication. J'aimerais lui parler, sortir toute cette souffrance qui me ronge, mais les mots restent bloqués quelque part entre mon cœur vide et ma bouche. Je coupe l'eau, grelottante.

– Rika… Ouvre, je t'en supplie.

Il faudrait déjà que je parvienne à me lever. Je suis léthargique depuis si longtemps que mes genoux vacillent sous mon propre poids. Je me retiens au mur pour ne pas tomber. Mes cheveux dégoulinent, j'attrape ma serviette d'une main tremblante.

Je me déteste.

J'évite mon reflet dans la glace, je ferme les yeux, me sèche en claquant des dents.

Je me déteste.

J'enfile au hasard un tee-shirt qui traîne près de la corbeille à linge sale et déverrouille la porte. Comment affronter Robin ? Comment justifier mon comportement ?

Je vois l'inquiétude déformer les traits de son visage.

Seigneur, ce que je me déteste.

Je baisse la tête, incapable de lui faire face.

– Erika.

– Je vais me coucher.

– Qu'est-ce que…

– Pas maintenant, s'il te plaît, coupé-je d'une voix faible. Juste… plus tard. Je suis épuisée.

Les larmes que je croyais taries depuis un moment reviennent de plus belle. Il se décale afin de me barrer la route, bien qu'il ne me touche pas. Il ne devrait pas insister, je n'en vaux pas la peine. J'aurais dû y penser avant. Ne pas réintégrer sa vie. Me débrouiller seule. Le préserver, *nous* préserver de cette part sombre qui me ronge.

– Ne me laisse pas comme ça, murmure-t-il.

Je trouve la force de le regarder. Sa silhouette est floue à cause des larmes qui brouillent ma vue. J'en essuie une qui glisse sur ma joue avant de répondre :

– Je suis désolée.

C'est tout ce dont je suis capable. Être désolée. Demain, je lui demanderai pardon. Je lui dois bien ça.

Malgré mon envie de me blottir contre lui, je me faufile jusqu'à la chambre d'amis et me roule sous la couette. J'imagine sans mal l'expression sidérée de Robin, cependant dormir à ses côtés m'apparaît comme impossible. J'ai besoin d'être seule, de faire le point, de ne pas lui imposer mon mal-être.

Au terme de longues heures à virer d'un bord à l'autre du lit, je finis par m'endormir.

– Bonjour, mademoiselle. Vous venez pour une échographie, c'est bien ça ?

La jeune femme hoche la tête, l'angoisse chevillée au corps. Elle est seule dans cet hôpital. Personne ne doit savoir. Jamais.

– Suivez-moi.

Ses pas la succèdent, son esprit s'envole.

La gynécologue tourne l'écran afin qu'elle ne puisse pas voir ce qu'il montre, puis elle enduit son ventre d'un gel froid avant d'y apposer la sonde de l'échographe.

– Vous êtes dans les délais pour l'avortement, mais il ne faut pas traîner. La semaine prochaine, j'ai un créneau.

– OK.

– Vous êtes sûre que c'est ce que vous voulez ? assène-t-elle d'un ton dédaigneux.

– Oui.

– Qu'est-ce qu'il s'est passé ? À dix-sept ans, on ne sait toujours pas qu'il faut se protéger ?

L'avortement n'est pas un moyen de contraception, jeune fille.

La bile remonte dans sa gorge. Qu'est-ce qu'elle croit ? Qu'elle l'ignore ? Qu'être ici est une partie de plaisir ?

Elle se rend compte qu'elle pleure lorsque le ton de la gynéco se radoucit :

– Vous pouvez encore changer d'avis. Des tas de femmes rêvent de devenir mères et n'y arrivent pas.

C'est ce qui l'achève.

– Non.

– D'accord. Alors rhabillez-vous et patientez en salle d'attente, ma secrétaire vous fixera le rendez-vous.

Cette jeune femme, c'est moi.

Je me réveille en sursaut, couverte de sueur, l'estomac en vrac. Je cours jusqu'aux toilettes et vomis toute l'horreur que représente ce souvenir. J'ai été assez stupide pour accepter de coucher sans me protéger. Il avait réussi à me convaincre qu'en se retirant avant, on ne risquait rien. C'était faux. Faux et archi-faux. Et si lui ne risquait rien, moi j'étais là, à affronter les conséquences. Seule.

Je m'effondre, sanglotante. Je ne sais pas gérer ça. Je pensais y arriver, mais ce n'est pas le cas. Assise sur le carrelage froid, les genoux remontés sur ma poitrine, je me berce comme un bébé. Deux bras puissants me soulèvent. Je n'avais pas entendu Robin. Son corps est chaud, néanmoins sa voix est claire, signe qu'il n'a pas fermé l'œil.

– Qu'est-ce qu'il se passe, mon ange…

– J'ai été stupide, répété-je, perdue dans les limbes de mon propre enfer.

– Je t'emmène consulter un médecin.

Ces quelques mots suffisent à me ramener sur terre.

– Non. J'irai en voir un demain, promis.

Je comptais y aller, de toute façon. Je veux être sûre de ne prendre aucun risque. Il soupire en me reposant sur le matelas de la seconde chambre :

– OK. Veux-tu que je vienne avec toi ?

– Non, merci.

– Je me fiche du travail, Erika. Si tu as besoin que…

– Ça va.

Il s'assied près de moi, caresse mes cheveux avec douceur.

– Parle-moi… chuchote-t-il.

Battre en retraite. Vite.

– Là, il est tard, il faut dormir.

– Il est presque sept heures, en réalité.

Je n'avais même pas remarqué que le jour commençait à pointer le bout de son nez à travers le store.

– Alors va travailler. Le monde a besoin de toi pour rester en sécurité.

– Et toi non ?

Sa question me scie les jambes. Dieu merci, je suis allongée.

– On discutera ce soir, réponds-je.

– Tu me le promets ?

La crainte s'entend dans son intonation. J'ignore s'il me fait promettre de me livrer ou d'être là lorsqu'il rentrera. Probablement les deux.

– Oui.

Et je vais tout mettre en œuvre pour tenir parole.

Robin finit par s'en aller à contrecœur, après m'avoir dit à douze reprises de l'appeler en cas de besoin. Je sais qu'il s'inquiète et je ne suis pas certaine d'être parvenue à le rassurer, moi-même écrasée par l'angoisse.

Je me recouche un peu, juste le temps de calmer mes muscles secoués de spasmes. Quand je me lève pour de bon, je suis en mode robot. Je me lave, coiffe mes cheveux (mais renonce à me maquiller), m'habille. Je bois un café sans réfléchir. Comme morte. Vide.

Les soufflés sont au fond de la poubelle, calcinés.

– On ne saura jamais s'ils étaient gonflés.

Pourquoi je pense à ça ?

Une fois prête, je m'installe sur le canapé, un coussin posé sur le ventre, et je déverrouille mon portable afin de chercher un médecin. Difficile d'en trouver un lorsqu'on n'en consulte jamais. Moins je les vois, mieux je me porte. Généralement, un paracétamol et de la patience suffisent à me guérir. Après une heure à écumer l'application de réservation en ligne, j'ai déniché un rendez-vous à la suite d'un désistement. Trente minutes plus tard, je patiente dans une salle d'attente qui sent la poussière et le renfermé. Les chaises grincent, on se croirait au milieu d'un mauvais film. Deux mamies patientent en lisant un magazine. La porte s'ouvre sur un vieux monsieur, d'à peu près ma taille. Ses cheveux gris contrastent avec ses yeux bleus d'une clarté étonnante.

– Madame Conti ?

Je me lève, pénètre à l'intérieur du cabinet.

– Asseyez-vous, je vous en prie.

Je m'exécute. Le médecin contourne son bureau en cerisier afin de s'installer en face de moi.

– Qu'est-ce qui vous amène ?

– J'aimerais avoir une prise de sang. J'ai eu un rapport non protégé, j'ai peur d'être enceinte.

Inutile de lui déballer les détails exacts, la résultante est identique.

– Vous prenez la pilule ou un autre moyen de contraception ?

– Oui.

– Et tout se passe bien ? Pas d'oublis ?

– Aucun.

Quand bien même, je porte également un stérilet en cuivre. La sage-femme qui me l'a posé n'était pas pour l'accumulation des contraceptifs, mais tant pis. Je ne veux jamais revivre ce que j'ai traversé.

– Vous ne risquez pas de grossesse, à mon avis.

– Les préservatifs ne sont pas censés lâcher, pourtant ça vient de m'arriver, donc les statistiques…

– Je comprends. Je vous prescris une prise de sang pour les IST, ainsi qu'une autre pour le dosage des Bêta-HCG[11] à réaliser un peu plus tard, en cas de retard de règles.

– Merci.

– Vous n'avez pas l'air très en forme.

– Je suis malade. D'ailleurs il me faudrait un arrêt de travail, s'il vous plaît.

Il m'examine, suspicieux. On dirait qu'il cherche à deviner à qui il a affaire. Mes yeux sont rouges d'avoir trop pleuré, j'imagine sans mal l'image que je renvoie.

– D'accord, mais uniquement deux jours.

L'imprimante crache l'ordonnance qu'il me signe avant de me la tendre. Il ne m'ausculte pas, me regarde à peine lorsqu'il déclare :

– Ça fera vingt-cinq euros.

La brise est tiède quand je regagne la rue, pourtant j'ai rarement eu si froid. La vie grouille, cacophonie de sons et couleurs. Je contemple les passants, les voitures, le vent qui remue les feuilles.

Je ne me suis jamais sentie aussi seule.

11. Hormone sécrétée pendant la grossesse.

CHAPITRE 45

ROBIN

J'aurais peut-être dû rester avec elle.

Mais comment aider quelqu'un qui ne souhaite pas l'être ? Avais-je le droit de lui imposer ma présence alors qu'elle ne demandait qu'un peu de solitude ? Pour la première fois depuis des lustres, je suis complètement à côté de mes pompes. L'audience de cette fin de matinée n'en finit pas. L'avocat du prévenu est bavard et je dois reconnaître que je n'écoute pas la moitié de sa plaidoirie. Mon inattention contribue à l'accroissement de ma contrariété. Je suis un bon à rien, en tout point.

Discrètement, je jette un œil sur mon téléphone. Aucun message. Je lui ai pourtant demandé si elle avait trouvé un médecin, si oui, à quelle heure était son rendez-vous. Et rien.

Est-ce qu'elle m'en veut ? Pour quelle raison ? « J'ai été stupide. » C'est ce qu'elle murmurait en boucle. A-t-elle couché avec un autre ? Je n'y crois pas. A-t-elle un souci de santé ? Est-ce que je lui ai fait mal ? Cette perspective me glace. Machinalement, je passe deux doigts sous mon nœud de cravate pour le desserrer un peu. C'est un échec. Le tissu n'est en rien responsable de cette sensation désagréable. Oppressé par l'étau des sempiternelles questions qui restent sans réponses, je choisis la facilité et lâche d'un ton sans équivoque :

– L'audience est levée. Elle est renvoyée *sine die*[12].

Des protestations fusent, certains de mes collègues me dévisagent comme si un deuxième nez venait de pousser au milieu de mon visage. Je me lève et regagne le couloir sans plus attendre.

– Robin ! s'écrie Laura. Attends !

Je ralentis mais ne m'interromps pas. Elle court jusqu'à ma hauteur.

– Tout va bien ?

– Début de migraine.

Je mens, ma vie ne la concerne pas.

– Tu as peut-être chopé les microbes d'Erika…

Je m'arrête, pivote vers elle :

– Comment sais-tu qu'elle est malade ?

– Elle m'a envoyé un message il y a une heure.

Elle… Quoi ?! À Laura et pas à moi ?

Mais qu'est-ce que c'est que ce cirque !

Une colère mal placée commence à réchauffer mon sang. Je ne sais pas tout ; je ne sais même rien,

12. Sans fixer d'échéance temporelle pour une autre séance.

d'ailleurs. C'est bien là le problème ! Pourtant je suis présent pour elle, non ?

– Qu'est-ce qu'elle t'a dit ?

Laura fronce les sourcils, visiblement étonnée par mon interrogation.

– Vous n'êtes pas supposés être… euh… plus ou moins en couple ?

Elle a d'autres questions de merde dans ce style ?

Mû par l'agacement et l'incompréhension, j'avance d'un pas presque menaçant avant de répéter :

– Qu'est-ce qu'elle t'a dit ?

– Calmos, Robin. Elle sortait de chez le médecin. État grippal, elle reviendra après-demain.

J'encaisse l'information sans broncher et me détourne de ma collègue. Je voulais rejoindre Erika, néanmoins je ne suis plus sûr que ce soit une bonne idée. Je peine à gérer cet entrelacs émotionnel.

Voilà ce que fait l'amour. Il exalte et affaiblit.

À défaut de prendre une décision, je m'enferme à l'intérieur de mon bureau. Je sors mon iPhone une énième fois, prêt à l'appeler, lorsque le prénom de Louna s'affiche sur l'écran. J'hésite à décrocher, presse malgré tout le bouton vert.

– Hello, Robin. Ça va ?

– Et toi ?

– Oula, tu as l'intonation des mauvais jours.

– Je suis au travail.

Je me laisse retomber contre le dossier de mon fauteuil, attrape un crayon que je triture entre mes doigts.

– Si tu ne m'ignores pas, c'est que tu as deux minutes.

Je souffle suffisamment fort pour qu'elle l'entende.

– Tu peux me parler, hein ? dit-elle avec douceur.

– C'est toi qui appelles.

– Pour avoir de tes nouvelles. Ici tout roule comme sur des roulettes. Toi, en revanche, tu ne participes plus du tout sur le groupe familial.

– J'avais une tonne de choses à gérer.

– Tu sais que Zélie nous parle encore de ta copine Erika, parfois ? Elle prétend qu'elle a des cheveux dignes d'une princesse.

– Hum.

– Tu ne m'ordonnes pas de ne pas prononcer son nom, j'en déduis donc qu'elle fait toujours partie de ta vie.

– Louna… grogné-je.

– J'étais sûre que tu allais sortir les crocs. Est-ce que je la rencontrerai un jour ?

J'aimerais lui répondre que oui.

– C'est compliqué.

– Pour quelle raison ?

– Elle m'échappe, lâché-je du tac-au-tac sans réfléchir.

Même ma sœur semble troublée par ce subit aveu.

– Je suis passée par là, Robin. Gabriel fuyait chaque fois qu'il flippait. Et crois-moi, il flippait souvent.

– Je ne sais pas si c'est de la peur.

– Tu doutes de ses sentiments ?

– Non.

– Alors il y a forcément quelque chose qui l'effraie. Je ne la connais pas, en revanche je connais la solution universelle. La communication.

– C'est difficile pour elle.

– C'est vrai que tu es un modèle en la matière, me taquine-t-elle. Patiente. Si elle tient à toi, elle finira par s'ouvrir.

– Parfois les sentiments ne suffisent pas.

– C'est drôle, c'est exac-te-ment ce que m'avait sorti Gab'. Et regarde où on en est.

– J'en sais rien.

– Écoute, Robin… Tu es quelqu'un de formidable, mais ton côté « je contrôle tout » te dessert.

– Je ne souhaite pas tout contrôler, Lou.

– Si, car ça t'évite les mauvaises surprises. Mais tu loupes les bonnes, aussi.

Peut-être qu'elle dit vrai.

– Cette conversation est désagréable.

– Bien sûr qu'elle l'est ! Je suis certaine que tu écrases le bouchon d'un stylo, là.

Je repose le bic que j'avais dans la main, elle poursuit :

– Ce n'est qu'un mécanisme de défense.

– Tu m'ennuies.

Elle ricane, loin d'être choquée par mon amabilité.

– Tu peux m'insulter, je t'aimerai quand même. Tu as toujours craint l'abandon, je crois que ça vient de la grossesse compliquée de maman pour Baptiste, elle s'occupait moins de toi.

– Tu n'étais pas née, même pas en projet à cette époque, lui rappelé-je.

– Certes, mais maman m'en a déjà parlé. Tu sais, les personnes qui t'aiment vraiment ne s'éloigneront pas de toi aussi facilement.

– Je vais raccrocher. Embrasse les enfants.

Je m'exécute sans lui laisser le loisir d'enfoncer le clou. Comment a-t-elle réussi à me percer à jour ? Depuis quand suis-je si lisible ? Je pourrais m'agacer que ma sœur et ma mère abordent ce genre de sujet me concernant, toutefois j'ai bien conscience qu'il n'est pas simple d'échanger avec moi. Est-ce que ma crainte de voir partir les gens à qui je tiens viendrait de cette période ? Je l'ignore, c'était il y a longtemps. De mon enfance, je ne garde en mémoire que les exigences de mon père, le regard tendre de ma mère. Leurs emplois du temps surchargés et l'arrivée rapide de deux frères et d'une sœur. Je suis devenu l'indépendant, celui qui ne doit rien à personne, qui parle peu pour déranger un minimum. Quoi qu'il en soit, je ne suis pas plus avancé au sujet d'Erika.

Midi approche. Je ne vais pas rester ici à ruminer, aussi je rassemble mes affaires et choisis de rentrer chez moi. Si Erika a besoin de moi, je serai près d'elle, et si elle veut s'en aller, je serai fixé.

Je préviens mes collègues de mon absence pour cet après-midi avant de rejoindre ma voiture. Les questions ne cessent de fuser pendant le trajet. Une sensation étrange me tenaille l'estomac. *Et si elle était partie sans un mot ?* Mes mâchoires se crispent, je presse plus fort le volant entre mes mains. *Pas ça, Erika. Tout, mais pas ça.*

Après un trajet qui m'a semblé plus long qu'à l'accoutumée, je pénètre à l'intérieur de mon immeuble, puis j'appelle l'ascenseur. J'entends de la musique dès que les portes s'ouvrent sur le neuvième étage. Je n'ai pas besoin de m'approcher pour savoir qu'elle provient de mon appartement. Je fronce les sourcils, insère ma clé dans la serrure puis pousse le battant. Mon palpitant martèle dans ma poitrine. *Elle est là.*

Mon esprit avait envisagé beaucoup de scénarios, mais pas celui qui se déroule sous mes yeux.

Erika danse en chantant à tue-tête, debout sur le canapé. La musique est tellement forte qu'elle ne m'a pas entendu. Je pose mes affaires, me débarrasse de mes chaussures. Son corps est uniquement recouvert d'un tee-shirt et d'une culotte en dentelle. « Pressure », de Muse, résonne dans tout l'appartement. Elle reprend les paroles en yaourt, la télécommande en guise de micro dans une main, une bouteille dans l'autre qu'elle soulève au-dessus de son crâne comme trophée. Son penchant pour l'alcool m'inquiète. Plus encore en semaine, à midi et seule.

Je m'approche tandis que les derniers accords retentissent. *Comment réagir ?* Déboussolé, je cale mes poings au fond de mes poches et avance vers elle.

– Rika ?

Elle sursaute, une paume sur le cœur.

– Robin ! Tu m'as fait peur !

Sans prévenir, elle éclate de rire puis descend du canapé.

– T'inquiète pas pour ton canapé, il va bien, pouffe-t-elle. Il est déjà le soir ?

Je la fixe, les yeux fermement ancrés au fond des siens.

– Il est midi.

– Oh !

Je n'avais pas envisagé ce genre de réaction et je ne sais pas comment y faire face. Je l'ai quittée prostrée après une nuit à l'entendre pleurer, je la retrouve à danser joyeusement, bercée par l'ivresse.

« Blackout » succède au titre précédent. Radicalement différent, ses notes légères ressemblent davantage à un slow.

– T'as vu, j'ai mis Muse, dit-elle en renonçant à la bouteille pour s'accrocher à mon cou.

Je demeure statique, réfléchis à toute vitesse.

Son sourire n'atteint pas son regard. Qu'est-ce qu'elle cherche à noyer avec l'alcool, au juste ?

J'ai une centaine de questions à lui poser, mais j'ignore par laquelle commencer. Elle clôt les paupières, renverse la tête en arrière sans relâcher sa prise sur ma nuque et commence à fredonner.

– Danse avec moi, Robin.

– Non.

Je veux une discussion, des explications ou n'importe quoi d'autre qui me permettrait de comprendre.

– Ce que tu es coincéééé ! glousse-t-elle.

Loin de se démonter, elle esquisse quelques pas, m'obligeant à suivre son rythme. Mes mains quittent mes poches pour se poser sur ses hanches afin de nous assurer un minimum d'équilibre. Aussitôt, elle vient nicher son nez au creux de mon cou et hume doucement mon parfum.

Je me sens à la fois malheureux de la voir ainsi et fou de rage d'être aussi impuissant. Encore un curieux mélange de sensations.

– Erika, chuchoté-je…

Comme si ma voix la ramenait sur terre, elle relève la tête, les yeux ronds :

– J'ai oublié de te donner un truc !

Elle fonce jusqu'à la cuisine et revient avec une boîte en carton en sautillant.

– Qu'est-ce que c'est ?

– Bah regarde !

Je m'en saisis, l'ouvre. Deux magnifiques soufflés se trouvent à l'intérieur. Une émotion étrange me serre la gorge. *De la tristesse.* Je crois que c'est de cela qu'il s'agit. Je me fiche de ces soufflés, je voulais juste faire quelque chose avec elle. Ma bouche s'entrouvre, mais aucun son n'en sort.

– Ils ont l'air bons, hein ? poursuit-elle, une joie factice toujours accrochée au visage.

– Pourquoi tu n'as pas répondu à mon SMS ?

Son sourire se fane, son expression se rembrunit :

– Tu travaillais, tu détestes être dérangé.

Ce n'est qu'un prétexte, elle le sait autant que moi. Une fois encore, elle tente de fuir en lançant :

– Tu veux boire un coup ? Moi, j'ai soif !

Je l'arrête avant qu'elle n'atteigne la bouteille.

– Erika, s'il te plaît. J'aimerais savoir pourquoi tu es au milieu du salon à moitié à poil en plus d'être ivre.

– Je ne suis pas ivre.

– D'accord.

Ce n'est pas nécessaire de la contrarier. Elle sourit de nouveau. Je la trouve fascinante à jouer au caméléon avec autant de maîtrise.

– On regarde un film ?

Je dois avoir une drôle d'expression, car elle soupire avec exagération.

– Bah quoi ? Ce n'est pas assez bien pour monsieur ?

Son ton agressif ne lui correspond pas. Je croise les bras sur mon torse, la scrute sans comprendre.

– Rika…

– Arrête avec tes *Rika* ! Je veux juste danser ou regarder un putain de film ! C'est compliqué, ça ? J'en demande trop ?!

Je ne dois pas rentrer dans son jeu, cependant je n'ai toujours aucune idée de quelle manière gérer la crise. Elle ne me donne pas le temps de la réflexion, son index martèle déjà ma poitrine :

– Je… Tu… bafouille-t-elle, le visage crispé par le ressentiment.

Je la laisse décharger sa colère, puis, lorsque ses coups perdent en puissance, je referme délicatement mes doigts autour de son poignet.

– Mon ange…

Ses grands yeux noirs accrochent les miens.

– Pardon… Pardon… Pardon…

Elle bascule contre moi et éclate en sanglots.

CHAPITRE 46

ERIKA

Je ne saurais dire comment nous avons atterri sur son lit. Nous sommes blottis l'un contre l'autre et ses doigts caressent mes cheveux avec douceur. Je ne pleure plus. Une coquille vide, encore. Contrairement à ce qu'il pourrait croire, je n'ai pas beaucoup bu. Ça aurait sûrement été le cas s'il n'était pas rentré plus tôt. J'ai avalé de quoi m'anesthésier un peu, puis les nerfs, la fatigue ainsi que l'absence de petit déjeuner ont fait le reste. Je me sens ridicule.

– Je suis là… chuchote-t-il.

– Je suis désolée de t'imposer ça.

– Ce n'est pas moi le plus malheureux.

Sa déclaration fait naître un frisson que je ressens jusqu'au creux de mes os. Il voit juste, comme d'habitude.

J'admire sa patience. À aucun moment, depuis que nous nous sommes allongés, il ne m'a pressée de parler. Il se contente d'être présent et ça fait toute la différence. La boule immense qui enfle au fond de mon cœur me coupe la respiration. Je me réfugie contre son torse, inspire son odeur. Ses bras me serrent davantage et quelque chose lâche en moi. Je n'en peux plus de porter ce fardeau toute seule. Qu'importe les conséquences, en parler avec Robin est maintenant une nécessité. Si ce n'est pas avec lui alors ce ne sera avec personne.

J'ouvre ma propre boîte de Pandore et laisse les souvenirs affluer les uns derrière les autres dans ma mémoire. J'ai beau les avoir enfermés il y a longtemps, ils n'ont rien perdu de leur horrible éclat.

– Je n'ai jamais voulu d'enfant, commencé-je doucement.

J'imagine qu'il ne comprend pas le rapport. Tout se mélange un peu à l'intérieur de ma tête. Mes désirs, mes choix, mes peines et mes douleurs.

– J'ai peur de ne pas être très cohérente.

– Parle comme ça vient, je trierai.

Sa réflexion me tire un rictus. Trier, arranger, remettre sur les rails. C'est ce qu'il fait tout le temps.

– J'avais dix-sept ans… J'étais en terminale et tout se passait bien. J'avais un copain depuis quelques semaines. Le type populaire avec qui on aime être vu.

Je revois le sourire presque niais de Clément, de ceux qui font craquer les filles. Il m'appelait

« bébé » ; à l'époque c'était la classe qu'un gars vous surnomme comme ça en roulant des mécaniques.

– Je vois le genre, dit Robin.

– Désolée si ce n'est pas agréable à entendre, mais on a eu quelques rapports. On se protégeait chaque fois. Jusqu'au jour où…

En fermant les yeux, je peux encore sentir son corps peser sur le mien. Mon estomac se tord, je m'efforce à poursuivre :

– La boîte était vide et il avait très envie. J'ai accepté à condition qu'il se retire, ce qu'il a fait, mais…

Le silence qui s'ensuit alourdit considérablement l'atmosphère.

– Merde, lâche-t-il lorsqu'il commence à comprendre où je veux en venir.

– Je ne prenais pas la pilule et je suis tombée enceinte. J'ai été stupide.

Personne n'évoquait la contraception au lycée, encore moins à la maison. De plus, j'aurais eu bien trop peur que le médecin ou le pharmacien n'appelle ma mère.

– Tu n'es pas stupide, Erika. Je ne veux plus jamais entendre ça.

Il dépose un long baiser sur mon front, tandis que deux larmes s'échappent de mes paupières.

– Tu en as parlé à quelqu'un ?

– Oui, à Clément, dès que je l'ai su.

– Et ?

Je grelotte alors que je n'ai pas froid.

– Il m'a répondu que ce n'était pas son problème, qu'il avait fait ce qu'il fallait pour éviter ça. Que j'étais visiblement trop fertile, et que c'était ma faute.

J'entends Robin déglutir, comme je sens ses muscles se crisper contre moi.

– Le salopard, gronde-t-il.

– On était jeunes.

– Ne le dédouane pas, Rika… Vous étiez deux.

– Je sais et ce n'est pas mon but. D'une certaine manière, j'étais soulagée qu'il ne me supplie pas de le garder.

– Tu en as parlé avec ta mère ?

Je secoue négativement la tête. Comment aurais-je pu alors que, selon elle, la vie est un cadeau du ciel ?

– Tu as traversé ça toute seule ?!

– Oui, soufflé-je, un sanglot dans la voix. Je me suis rendue au planning familial. La première femme que j'ai vue était douce et bienveillante. Ça n'a pas été le cas des suivantes.

– Mon Dieu…

– Je ne comprends pas qu'on puisse traiter des femmes de cette manière. Quel que soit leur âge.

– Où était Clément ?

– Il m'a larguée quand je lui ai parlé de l'avortement que je projetais de subir.

Car quoi qu'on en pense, et malgré le fait que je ne veuille pas d'enfant, c'est un acte que l'on *subit.*

Les vannes cèdent, et le torrent de larmes que je retiens depuis des années s'écoule à présent sur mes joues.

– Mon ange… murmure Robin qui me serre plus fort que jamais.

– Tu sais ce qui est pire que la douleur physique ? C'est l'absence de compassion, d'humanité. Certains mots restent, indélébiles.

– Je suis tellement désolé pour toi, répète-t-il.

J'ai conscience qu'il ignore comment réagir. Il ne peut rien pour m'aider. Il me berce doucement.

– C'est fini, c'est fini…

– Non. C'est loin d'être fini. Ça arrive chaque jour, et ça me pend encore au nez… Je ne veux jamais revivre ça, Robin. Jamais.

– Ce n'est pas ce que je voulais dire.

Perdue dans l'abîme de mes souvenirs, je ne l'entends même plus. Les phrases qu'on m'a jetées à la gueule se pressent au fond de ma gorge. Je les vomis en un flot ininterrompu de pleurs et de mots :

– « Il fallait y penser avant », « évitez de coucher à droite à gauche, ou protégez-vous » « pas de père, j'imagine ? », « souhaitez-vous voir l'écran ? », « vous êtes sûre et certaine ? ».

– Erika…

Je perçois l'émotion qu'il retient dans sa voix. À bout de souffle, j'ai la sensation de couler inlassablement.

– Pour finir, je suis rentrée chez moi. Ma mère a mis mon mal de ventre sur le compte de règles plus douloureuses qu'à l'accoutumée. Je suis restée au lit pendant deux jours. Le troisième, je retournais en cours.

– Et personne n'a jamais rien su ?

– Si… Ma meilleure amie de l'époque. Lana.

– Elle t'a aidée ?

Un soupir m'échappe. *Si seulement.*

– Elle m'a tourné le dos en me traitant de fille facile.

Robin inspire, comme s'il s'apprêtait à réagir, mais il ne le fait pas. Probablement parce qu'il n'y a rien à dire. À force d'être assimilée à un monstre, j'ai commencé à le croire. Est-ce qu'il me considère ainsi, désormais ?

Le temps s'étire, nous restons tous les deux mutiques. J'ai peur de le perdre.

– Robin… ?

– Oui ?

– Est-ce que je te déçois ?

Il s'écarte aussitôt afin de me regarder.

– Je te demande pardon ?

Honteuse, je baisse les yeux.

– Est-ce que je…

– J'ai bien compris. Ce que je ne saisis pas, c'est comment tu peux penser ça.

– Les femmes de ma famille prônent que la vie est sacrée. Ma mère a tout sacrifié pour moi, elle aurait voulu que je devienne mère à mon tour. Le médecin m'a traitée comme une criminelle et tout le monde m'a lâchée. J'ai longtemps cru qu'ils avaient peut-être raison. Je l'imagine encore, parfois. Pourtant… Je ne regrette rien.

Il pose ses doigts sous mon menton, relève mon visage vers lui. Ses yeux reflètent mille émotions lorsqu'il rive son regard au mien :

– La seule chose qui m'écœure, c'est la façon dont tu as été jugée par tous ces gens. Tu as été d'un courage incroyable qui impose le respect, Erika. Tu as le droit de disposer de ton corps et de suivre ton instinct. Ton héritage familial n'a rien à faire là-dedans.

Tout à coup, le poids qui pesait sur ma poitrine s'allège un peu. Pour la première fois de ma vie, quelqu'un me soutient. J'aimais déjà cet homme avant cette discussion, mais là… Tout ce que je ressens pour lui éclate dans mon cœur.

– C'est difficile, soufflé-je. J'ai conscience que le chemin à parcourir par rapport à mon vécu est encore long.

– J'en ai conscience. Crois-moi.

– Une dernière chose…

J'inspire, incapable de me lancer. Ce sera quitte ou double… Accepterai-je de le perdre si sa vision de la vie diffère de la mienne ? Pour son bonheur, oui.

– Cesse de cogiter…

– Je ne souhaite toujours pas d'enfant. C'est trop de responsabilités et je ne trouverais pas juste d'imposer notre monde à un être qui n'a rien demandé.

– OK.

« OK » n'est pas une réponse.

– Je comprendrais que ce soit un besoin chez toi, je ne veux pas te rendre malheureux, précisé-je.

– Je n'ai pas la fibre paternelle. J'aime bien mes neveux et nièces, mais je n'ai jamais ressenti l'envie d'en avoir.

– D'accord…

– Tout ce qui compte pour moi, c'est toi.

Ses lèvres se posent sur les miennes. La délicatesse de son baiser agit comme un pansement sur mon cœur.

C'est *lui*, je l'ai toujours su.

CHAPITRE 47

ROBIN

Je laisse le silence flotter entre nous. Des dizaines de questions se pressent dans ma tête, l'une d'entre elles mérite de franchir mes lèvres :

– Loin de moi l'idée de remuer le couteau dans la plaie, mais… Qu'a dit le médecin ? Est-ce qu'il y a un risque ? Quelque chose à faire ?

– Il m'a prescrit une prise de sang à faire si j'ai un retard de règles, mais il n'y a pas de raison que ça arrive…

– Tu prends la pilule ?

Elle hoche la tête, puis elle enfouit son nez contre mes pectoraux.

– Et j'ai un stérilet, chuchote-t-elle.

Je n'y connais pas grand-chose en contraception féminine, mais il me semble que les deux ne se combinent pas, en principe.

– Je t'entends penser, ajoute Erika. Je suis tarée, je sais.

L'entendre parler d'elle-même de cette façon me brise le cœur. Je m'écarte légèrement afin de la regarder dans les yeux.

– Écoute-moi bien. Tu n'es pas folle, tu es traumatisée. Je peux comprendre ton choix. On pourra reparler de la contraception ensemble, si tu le souhaites.

Néanmoins, elle a besoin d'aide, c'est évident. Je l'admire pour ce qu'elle a enduré seule sans jamais se plaindre, mais elle doit trouver la paix. Deux larmes roulent sur ses joues avant qu'elle chuchote :

– Si tu savais comme je t'aime.

Je l'embrasse avec douceur. Elle n'imagine pas tout ce à quoi je serais prêt pour la voir sourire.

– Je peux te confier quelque chose à mon tour ?

Notez ceci : il s'agit d'une des rares fois où je l'ouvre sans réfléchir. Je le regrette dans la seconde. Parler de moi n'est pas mon fort.

– Bien sûr.

Je la sens suspendue à mes lèvres tandis que je repense à son vécu. Si ma vision de la vie peut la rassurer, je dois la lui livrer.

– Je n'ai jamais envisagé la paternité, pourtant je suis entouré de gosses. Contrairement à toi, ma famille ne me met pas de pression sur ce sujet. Pour mon père, l'important a toujours été qu'on s'en sorte professionnellement.

– Mais peut-être qu'un jour…

– Non, c'est là où je veux en venir. Je ne ressens pas l'envie de me reproduire. Je crois qu'il y a mille et une façons de s'aimer sans pour autant souhaiter donner la vie. Je…

J'inspire, peinant à choisir les termes adaptés :

– Tu risques de me trouver assez désabusé, Rika.

– C'est vrai que le ton de cette journée était très gai, raille-t-elle.

– Je ne veux pas mettre un enfant dans notre monde. La société actuelle me fatigue et m'inquiète plus qu'autre chose.

C'est peut-être une déformation professionnelle, à force de juger chaque année des centaines d'affaires. J'ai conscience que l'espoir et les belles choses existent, mais ça ne pèse pas assez dans la balance. J'estime qu'il est déjà difficile de trouver sa propre place, alors la donner à un enfant qui n'a rien demandé…

– Je te rejoins sur tous ces points.

Sur les milliards d'humains qui foulent cette terre, je trouve dingue d'avoir rencontré ma moitié, et ce depuis des années sans même le savoir.

Je la serre, elle s'endort entre mes bras. Je n'ose pas bouger de crainte de la réveiller. Nous avons encore de nombreux sujets à aborder, néanmoins je suis soulagé qu'elle se soit enfin livrée sur le plus important d'entre eux. La confiance qu'elle m'offre est précieuse, je ferai tout ce qui est en mon pouvoir pour la préserver.

Nous sursautons tous les deux lorsque son portable sonne. Titubante de fatigue, elle se lève afin de le récupérer pendant que je rejoins la cuisine en vue de nous préparer à manger. Le jour décline, l'après-midi s'est évaporé sans que nous nous en rendions compte.

Je l'entends parler sans comprendre ses propos.

– C'était un acheteur potentiel, déclare-t-elle lorsqu'elle vient me retrouver.

J'ai dû louper un épisode.

– Un acheteur ?

– J'ai mis la voiture en vente en fin de matinée. En dessous du prix du marché, mais j'aimerais qu'elle parte rapidement. Le gars voulait des infos supplémentaires que je n'ai pas, je vais me renseigner.

Je ne pensais pas qu'elle s'en était déjà occupée.

– Tu es sûre de toi ?

Je bats les œufs, tandis que ses bras se referment autour de moi et qu'elle pose sa tête contre mon dos.

– Je préfère encore cette option plutôt que de la laisser à Ben, et plus vite je serai divorcée, mieux ce sera.

Ben… Avait-il connaissance de son histoire ?

– Est-ce qu'il savait ?

– De quoi parles-tu ?

– Ton ex. Est-ce que tu lui avais confié ton passé ?

– Non. J'ai été claire sur la question des enfants, mais pas plus. En réalité, ça ne m'a même pas traversé l'esprit de tout lui déballer.

Je repousse le saladier, pose mes paumes sur le plan de travail. Ma tête retombe entre mes épaules, je lâche une longue inspiration.

– Qu'est-ce qu'il y a ? demande-t-elle en m'étreignant davantage.

– Ma curiosité était mal placée.

– Tout va bien.

Non, tout ne va pas bien.

– Tu ne peux pas prétendre ça, Rika.

Mon ton est plus dur qu'escompté. Je me retourne, cherche son regard.

– Je suis navré que tu aies vécu toutes ces années avec ce secret, cette douleur. Ça me tue que tu n'aies rien réussi à lui dévoiler alors qu'il partageait ta vie.

J'aimerais lui dire que je me dégoûte qu'une autre partie de mon être se réjouisse qu'elle en soit capable avec moi.

– Personne ne peut modifier l'histoire.

– Je suis d'accord. Mais j'apprécierais que ton avenir soit plus apaisé.

– Ce sera le cas, puisque je ne suis plus seule.

Une onde de bonheur me traverse de la tête aux pieds. Cependant, si je peux prendre soin d'elle, je ne peux pas soulager ses craintes viscérales.

– Je pense quand même qu'il serait peut-être bien de consulter, mon ange. Sortir tout ça, afin de vivre plus sereine.

Elle fronce les sourcils :

– C'est à cause de ma réaction d'hier ?

– Pas seulement.

Je la laisse réfléchir, car c'est à elle de prendre la décision.

– J'ai paniqué, mais on peut le faire sans capotes, hein, dit-elle. À mon avis j'en suis capable.

Son mécanisme de défense qui consiste à enfouir ses émotions ou à fuir n'est jamais bien loin. Comment peut-elle autant se renier ?

– Non. On utilisera des capotes aussi longtemps que tu le souhaiteras, ce n'est pas un souci. Il s'agit plutôt de…

– Oui, c'est bon, tranche-t-elle. Ma tendance à fuir, à boire pour m'anesthésier, car je précise que je n'ai pas de problème d'alcool, la double contraception et ma crainte maladive de tomber enceinte. J'ai capté. J'y réfléchirai.

Elle rend les armes plus facilement, force mon admiration.

– Viens par là…

Je saisis son visage en coupe et l'embrasse à en perdre haleine. Elle gémit contre ma bouche, s'agrippe à ma chemise.

– J'ai peur, lâche-t-elle soudainement.

– De m'embrasser ?

– Que tu ne veuilles plus me faire l'amour après ce qu'il s'est passé hier…

– Quelle drôle d'idée. (Je plaque mon bassin contre le sien.) Tu sens ?

Le rose lui monte aux joues.

– Oui.

– Et encore, je ne suis pas au max.

Elle s'esclaffe puis se pend à mon cou avant de s'emparer de mes lèvres.

Le dîner attendra. Je nous fais pivoter, la hisse sur le plan de travail. Mon corps se loge entre ses jambes, mes mains caressent le bas de son dos, puis ses flancs.

– Tu crois qu'on arrivera à manger dans cette cuisine, un jour ?

– On ne va rien mettre à cuire, cette fois.

Elle rit. Ce simple son accélère mon rythme cardiaque. Je la picore de baisers, mordille le lobe de son oreille. Son tee-shirt vole plus loin dans la pièce, je découvre avec joie qu'elle ne porte pas de soutien-gorge. Je plonge sur ses seins que je taquine à tour de rôle. Erika s'affaire à déboutonner ma chemise, tout mon corps est en ébullition.

– Chambre.

– Rabat-joie.

– Toujours.

Je la conduis jusqu'à ma chambre où je la dépose délicatement sur le lit. Nous nous déshabillons sans nous lâcher du regard. Elle est sublime, je pourrais user sa peau de baisers, la dévorer. Je m'étends contre elle en prenant soin de ne pas l'écraser, saisis une capote d'une autre boîte qui traîne dans mon chevet. Je mentirais si j'affirmais être tout à fait tranquille. Je crains de faire quelque chose qui lui déplairait, ou pire, qui réveillerait ses démons. Elle doit sentir mon hésitation, car elle me prend le préservatif des mains et se redresse, me pousse à m'allonger sur le dos. Elle embrasse mon cou, mes tétons, lèche mes abdos, ma hanche, puis le creux de celle-ci. Je frémis, ferme les yeux. Une main se referme sur mon érection, tandis que l'autre déroule le latex sur toute la longueur. Je retiens mon souffle, fou de désir pour elle. Je crois crever de plaisir lorsque ses lèvres remplacent sa poigne. Mon Dieu. Cette chaleur. Cette douceur. Je commence à me balancer lentement, les doigts perdus dans ses cheveux. Elle décélère, accélère, joue avec le rythme. Au bord du précipice, je dois rassembler toute ma volonté pour l'arrêter :

– Stop.

Mes paupières s'ouvrent, je découvre sa mine satisfaite, ses iris pétillants de malice. Sa bouche remonte jusqu'à la mienne par le même chemin que plus tôt, tandis qu'elle se hisse sur moi à califourchon. Elle glisse une de ses paumes entre nous pour me guider en elle. Son corps s'empare du mien. Ou peut-être est-ce l'inverse, je ne sais plus.

– Putain.

– Oui, comme ça, chuchote-t-elle.

Je remarque qu'elle tremble un peu.

– Si ça ne va pas, on arrête.

Elle me sourit avec une tendresse bouleversante en ondulant.

– Tout va bien. Je t'aime.

CHAPITRE 48

ERIKA

Robin est aux petits soins. Il se montre patient face à mes silences, distant lorsqu'il sent que j'ai besoin d'espace. Je fais de même avec lui. C'est assez étrange, je n'avais jamais vécu ça. Cette sensation de ne faire qu'un, tout en abordant différemment les choses. J'ai choisi de suivre son conseil et de prendre rendez-vous avec un psy. Aussi naïf que ça puisse paraître, je pensais réussir à me débrouiller seule avec mon histoire jusqu'à la fin de ma vie. Ce n'est pas le cas. Je crois que, parfois, certains maux ont besoin d'être entendus, intégrés, pour espérer pouvoir les évacuer. Ou apprendre à vivre avec, du moins. Je rince mon visage, sèche ma peau. Le reflet que me renvoie le miroir m'est plus tolérable que ces derniers jours. Je me souris. *Buongiorno, nouveau moi.* Mon divorce n'est pas réglé, néanmoins, c'est en bonne voie. Je compte mettre la pression à mon avocat dès que la voiture sera vendue. Vu le nombre d'appels quotidiens, je ne doute pas que j'y parviendrai ; ce n'est qu'une question de jours. En attendant, je dois retourner au travail, et si je ne me dépêche pas, je vais finir par être en retard. Je trace un trait d'eye-liner sur mes paupières quand on frappe à la porte de la salle de bains.

– Je peux entrer ?

– Oui, vas-y !

Robin pénètre dans la pièce. Mes yeux balaient son corps parfait. Toujours impeccable, son costume bleu nuit lui sied à ravir. Ses cheveux sont bien coiffés, tandis que son parfum remplace l'oxygène.

– Je te croyais déjà parti, déclaré-je en reprenant mon maquillage.

J'applique mon mascara, le reflet du juge en arrière-plan.

– Pourquoi est-ce que tu ouvres la bouche pour mettre ton mascara ?

Je la referme aussitôt.

– Je ne sais pas, tout le monde fait ça.

– À mon avis, c'est pour étirer la peau.

– Dites donc, monsieur Lefebvre, vous ne seriez pas en train d'insinuer que je perds en élasticité ?

Il sourit, les bras croisés sur son torse.

– Pas du tout.

Je lui tire la langue, puis je sors mon rouge à lèvres.

– Une seconde, me stoppe-t-il en s'approchant.

Il s'empare du stick carmin sous mon regard étonné.

– Qu'est-ce que…

– Je t'attendais pour partir. J'aimerais qu'on arrive ensemble.

– Vraiment ?

– J'en ai assez d'entendre leurs chuchotements. Ils te surnomment « migraine » depuis que j'ai quitté le tribunal sous ce prétexte avant-hier.

Moi qui croyais que la maternelle finissait à six ans.

– Ah.

Il profite de mon éloquence pour commencer à appliquer le rouge sur ma lèvre inférieure. Il coince mon menton entre son pouce et son index, incline ma tête en arrière. Lentement, il étire le trait, avant de répéter l'action sur la lèvre supérieure. Mon attention est rivée sur ses yeux verts. Il recule un peu en grimaçant.

– Je ne suis pas très doué.

Je me tourne face au miroir.

– Effectivement.

J'éclate de rire. Ça déborde au niveau des commissures, ce qui me confère un air de clown.

– Je suis meilleur pour le saccager, dit-il en s'emparant de ma bouche.

Inutile de préciser que ce baiser n'était pas un gain de temps. Nous avons tous les deux dû nous démaquiller.

Résultat des courses ? Nous arrivons en retard et je n'ai pas eu une seconde pour remettre du rouge à lèvres.

Le hall du palais de justice grouille de monde. J'aperçois quelques collègues, dont Laura, café dans une main, pochette cartonnée dans l'autre. Elle amorce un pas en notre direction mais se ravise lorsqu'elle remarque Robin. Je pivote la tête vers lui, constate que son expression est tendue. Ses mâchoires sont aussi crispées que ses épaules. Il est davantage sur son téléphone depuis deux jours… Est-ce que quelque chose le tracasse ?

– Tout va bien ? demandé-je en m'écartant un peu.

Je sais qu'il n'aime pas la proximité au travail.

– Oui.

– À plus tard ?

Il tourne son visage vers moi après avoir inspiré à pleins poumons.

– Juste une chose…

Robin accompagne sa déclaration en se penchant près, très près, de moi. Les notes épicées de sa fragrance saturent mes sens. Je me retiens de lui sauter au cou.

– Qu'est-ce que tu fabriques ? chuchoté-je.

– Je vais t'embrasser.

Mon souffle se coupe à la seconde où il s'exécute. Je ferme les yeux, savoure l'instant. Au moment où que je pense qu'il va s'écarter, je sens ses lèvres s'entrouvrir. *Ah ouais, un bon gros patin d'ado.*

Je chancèle, m'accroche malgré moi à ses avant-bras. La surprise et l'intensité de notre baiser me laissent pantelante lorsqu'il met fin à notre échange.

– Wow, soupiré-je.

– Les choses sont claires pour tout le monde, maintenant.

– Personne n'applaudit ? Je suis presque déçue.

– Crois-moi, ils n'en ont pas loupé une seconde. À toute ?

Il pose un baiser sur mon front avant de s'éclipser.

À mon tour, je me dirige vers mon service, sans oublier de m'arrêter pour le ravitaillement vital à la machine à café. J'agis comme si Robin ne venait pas de m'embrasser passionnément devant tout le monde et prends plusieurs cafés pour mes collègues. Les secrétaires interrompent leur conversation quand je passe le seuil. Je devine, au petit sourire en coin qu'elles arborent, qu'elles sont déjà au courant ou étaient présentes dans le hall.

– Café ? proposé-je.

– Non, merci, répond l'une.

– Avec plaisir, rétorque l'autre. Au fait, Paul souhaite te parler, il t'attend dans son bureau.

– D'acc', merci.

Qu'est-ce qu'il me veut ? Depuis que Robin lui a mis son poing dans la figure, il a plutôt tendance à m'éviter autant que possible. Il n'a jamais évoqué l'altercation, et moi non plus. Leurs histoires ne me regardent pas, je n'ai pas à justifier le comportement de Robin.

Je tente de frapper du mieux que je peux avec deux verres en carton entre les mains.

– Entre ! m'invite-t-il en ouvrant. Du café, cool !

Je lui tends un gobelet puis m'assieds en face de lui.

– Tu voulais me voir ?

– Oui…

Il boit une gorgée en se balançant doucement sur son fauteuil.

– Il va falloir être plus loquace, j'ai une tonne de boulot qui m'attend.

– Je n'étais pas au courant de ta relation avec Lefebvre. Est-ce que tu penses que ça peut changer quelque chose entre nous, notamment dans ton travail ?

Il se fout de moi, là ?

– Ce n'est pas un peu machiste et déplacé comme insinuation ?

Il n'est ni mon père ni mon patron.

– Si, excuse-moi. Je suis maladroit. (Il fronce les sourcils, fixe un point au sol.) Est-ce que tu sais pourquoi il s'en est pris à moi l'autre soir ?

– Non.

– Sérieux ?

– Je ne suis pas spécialement curieuse et Robin n'est pas le type d'homme à qui on demande des comptes.

– C'est vrai.

Il réfléchit quelques instants, je sens ma patience s'effriter. Je m'apprête à m'en aller lorsqu'il reprend la parole :

– J’ai eu des propos déplacés. Je ne dirais pas qu’il a eu raison de m’en mettre une, mais j’aurais fait pareil dans le cas inverse.

– OK. Merci pour ton honnêteté.

– Garde cette conversation pour toi, je ne le porte toujours pas dans mon cœur.

Je souris, pas certaine de tenir ma langue.

– Le contraire m’aurait étonné, dis-je en me levant. C’est tout ? Je peux retourner à mes paperasses ?

– Oui, et merci pour le café.

Je hoche la tête et sors, prête à enfin me mettre au travail.

Je plonge dans mes dossiers jusqu’à ce que la vibration de mon téléphone se fasse entendre. Il est presque midi, alors je m’autorise une petite pause. C’est un message de ma mère.

Coucou ma chérie ! Comment vas-tu ?
As-tu une idée de ce qui te ferait
plaisir pour ton anniversaire ?

Mon anniversaire est une semaine après le sien, soit dans quinze jours. Je n’y pensais même plus. Il faut avouer que j’ai passé l’âge de le fêter et qu’après vingt-cinq ans ce n’est plus vraiment une célébration. On se contente de vieillir avec la sensation que le temps nous échappe chaque année un peu plus. Je l’appellerai plus tard, quand j’aurai réfléchi à sa question.

Je n’ai besoin de rien, mon essentiel est à l’étage du dessus.

CHAPITRE 49

ROBIN

Une semaine aura été nécessaire avant que mes collègues cessent de piailler. À croire que ce baiser au milieu du hall était l'événement de l'année. Un potin en remplaçant un autre, les ragots concernent désormais une nouvelle personne.

J'attends qu'Erika rentre de son premier rendez-vous chez une psy en essayant de me concentrer sur le dossier étalé sous mes yeux. Homicide involontaire sur une jeune victime. Je n'ai pas eu ce type d'affaire depuis un moment et ça ne me manquait pas.

Mon téléphone vibre, j'ouvre la conversation familiale. Une petite pause est la bienvenue.

Victor : @Baptiste,
tout s'est passé comme prévu ?

Louna : Robin, tu m'épates…
Vous m'épatez tous.

Baptiste : @Victor cesse de me
harceler ! Bien sûr, tout est réglé.
@Robin, j'espère qu'elle sera contente !

Moi : J'espère aussi…
Merci, je vous suis redevable.

Victor : OH. BON. SANG.
Redevable, carrément.
Qu'est-ce qu'on va pouvoir demander ?

J'aurais dû peser mes mots. Ils ne vont plus me lâcher. Je souris en voyant que Baptiste et Louna sont déjà en train d'écrire.

Louna : Je compte également
dans le lot ? Gabin traverse
sa période super héros en ce moment.
Il se prend pour « super pénible »
et remplit très bien sa mission.
Je te le laisse, si tu veux.

Comme d'habitude, ils vont tous essayer de me refiler leurs gosses. Et après on s'étonne que je ne souhaite pas en avoir ?

Moi : Avant que Baptiste
ne me propose Marius,
et Victor les jumelles,
je tiens à vous répondre.
C'est NON.

Baptiste : T'es nul.
Peut-être que je vais tout faire foirer,
finalement…

Robin : Ce serait dommage.

Baptiste : C'est vrai.

Louna : Maman est surexcitée
d'organiser ce repas familial !
J'ai hâte d'y être.
Vous me manquez,
bande de nazes <3

Victor : Quelle idée de vivre
en Ardèche, aussi !

Baptiste : Vous avez de la chance
que nous soyons de passage à Lyon
pour visiter des appartements.
Vous me manquez aussi, j'avoue.

Victor : Moi je veux surtout rencontrer
l'élue.

Qu'est-ce qu'il raconte ? Et Camélia ?

Robin : L'élue ?

Victor : Bah ERIKA !
C'est un peu comme le Yeti.
Tout le monde en parle,
personne ne l'a jamais vu.

Louna : Euh…

Robin : Je rêve ou tu compares
la femme que j'aime à un Yeti ?

Baptiste : Oui @Victor… Tu aurais
pu choisir le loch Ness, par exemple.

Victor : Je n'ai jamais vu Erika,
toutes les métaphores sont bonnes.
Elle a du poil aux pattes ?

Louna : Comme tous les mammifères
avant l'arrivée du patriarcat,
@Victor. Laissez-le tranquille,
sinon il ne viendra pas !

Baptiste : Relax, on le taquine !

Robin : Quand je relis cette
conversation, je ne sais plus
si je vous aime ou si je vous déteste.

Pourtant, il me tarde d'être au week-end prochain (plus que de me rendre au sein de la famille d'Erika demain). Erika ne s'attend pas à fêter son anniversaire chez mes parents. La surprise que je lui réserve n'en sera que plus grande.

Justement, la voilà. Je bascule mon iPhone en silencieux à l'instant où la porte d'entrée s'ouvre.

– Bonsoir, dit-elle en refermant.

Je la rejoins, elle se loge aussitôt entre mes bras.

– Comment tu vas ? m'enquiers-je avant de déposer un baiser sur le haut de son crâne.

– Je me sens… bizarre.

– Laisse-toi un peu de temps. C'est nouveau.

– Oui. Mais le courant est bien passé, je pense que je pourrai lui faire confiance.

– Tant mieux.

Je l'embrasse en la serrant contre moi. Je suis si fier d'elle.

– J'ai pris à manger sur le chemin du retour, déclare-t-elle. Japonais, ça te va ?

– Parfait. J'avais le nez dans un dossier, je n'ai pas eu le temps de cuisiner.

En parlant de ça, je m'empresse de rassembler les feuilles éparpillées puis referme la pochette. Je ne tiens pas à ce qu'elle tombe dessus.

– Qu'est-ce que ça concerne ?

Merde.

– Une affaire.

– Merci, Sherlock. Tu ne veux pas en discuter ?

Elle penche la tête sur le côté afin de lire le nom inscrit sur la tranche.

Re merde.

– C'est… (Elle fronce les sourcils.)… c'est la terrible affaire à laquelle je pense ?

– Oui.

– Oh.

Son visage s'est soudainement fermé. Je sais exactement ce à quoi elle songe, car elle a eu la même expression lors de l'infanticide sur lequel elle avait travaillé. Je n'étais pas sur ce dossier, mais je me souviens de tout, à travers ses yeux à elle.

Sans un mot, elle s'écarte de la table avant de se laisser mollement tomber sur le canapé.

– Rika ?

– Tu te rappelles du scandale Mabert ?

Bingo. J'acquiesce en prenant place près d'elle. Une seconde plus tard, sa tête repose contre mon torse.

– C'était atroce.

– Oui… Cependant, et sans vouloir te vexer, la plupart des situations jugées au pénal le sont.

– Et cette histoire de pull commun, tu t'en souviens ?

– Aussi, oui.

– Je l'ai jeté dans les toilettes du Palais de Justice en sortant, ce jour-là.

– Je comprends…

Je laisse planer le silence, bien conscient qu'il y a quelque chose qu'elle préfère taire.

– Je peux tout entendre, tu sais, finis-je par murmurer.

Elle soupire :

– Tu vas en avoir marre de moi.

– J'en doute.

– Je… Je n'ai pas pu m'empêcher de m'identifier à cette femme.

– À cause du pull ?

Elle secoue la tête négativement.

– Pas seulement. Je me suis demandé si elle aussi refusait de devenir mère, si…

– Je t'arrête tout de suite. Ça n'a rien à voir. Strictement rien, Erika.

– Le pire c'est que je le sais. Jamais je ne ferais de mal à qui que ce soit, et encore moins à un enfant, mais toute la pression, mes convictions, ce fichu vêtement en commun… Intérieurement, j'ai perdu pied. Tout s'est mélangé.

– Et une fois de plus, tu as tout gardé pour toi.

– Personne n'était au courant, donc oui. Mais tu étais là pour me soutenir et c'est ce qui m'a sauvé.

– Hum.

– Je te le jure, Robin. Sans ta présence…

Ses mots semblent trébucher dans sa gorge, elle déglutit avec peine.

– Je ne te lâcherai plus jamais, réponds-je.

Tandis que nous débarrassons après le dîner, la sonnerie du portable d'Erika nous interrompt dans notre conversation.

– C'est mon avocat.

– Il n'appelle qu'à ces heures ?

C'est la deuxième ou troisième fois qu'il téléphone en soirée. Qu'on ne vienne plus me dire que je ne sais pas m'arrêter de bosser.

– Il faut croire. Je lui avais laissé un message vocal.

Elle décroche, puis elle pose une fesse sur le plan de travail après avoir activé le haut-parleur.

– Bonsoir, madame Conti. Je viens d'écouter votre message, j'espère que je ne vous dérange pas.

– Bonsoir, maître. Je suis disponible, pas de problème.

– Si j'ai bien compris, vous avez vendu votre voiture et souhaitez accélérer les choses concernant le divorce ?

– Tout à fait.

Elle écarte le combiné en tendant le bras pour me souffler du bout des lèvres :

– J'ai oublié de te dire, j'ai un acheteur !

J'avais deviné. Je hoche la tête, tandis que son avocat parle dans le vide.

– Pardon, maître, mais je n'ai pas tout entendu.

– Je vous informais que je contacterai le représentant de votre ex-mari dès que la vente sera effectuée. Vous avez une idée de la date ?

– Le jeune homme était pressé, il souhaite venir la chercher lundi, dans deux jours.

Ce qui signifie qu'il faudra redescendre la voiture demain, sauf si l'acheteur se déplace jusque chez sa mère.

– Parfait. J'attends votre confirmation, ensuite je ferai le nécessaire, poursuit maître Yaudah.

– Merci.

– Avez-vous d'autres questions ?

– A priori, non. Merci d'avoir appelé.

– Bonne soirée, madame Conti.

Ils raccrochent, je la scrute d'un regard interrogateur.

– Tu as des choses à me raconter, petite cachotière.

Elle sourit à la mention de ce qualificatif ridicule.

– Je te dirai tout dans les moindres détails, cependant je ne rêve que d'une douche, dans l'immédiat.

– Est-ce que je peux t'aider ? Pour te frotter le dos, par exemple.

– Naturellement, mes bras sont trop courts.

CHAPITRE 50

ERIKA

Plus les kilomètres défilent, plus mon ventre se noue d'appréhension. Je crains que ma grand-mère ne se montre désagréable au cours du repas, notamment avec Robin. Nul doute qu'il saura la remettre à sa place si elle dépasse les bornes, mais je ne suis pas certaine de supporter son comportement déplacé. Je connais d'avance les sujets qu'elle et ma mère vont engager.

– Tu ne stresses pas ? demandé-je à Robin.

– Stresser ? À quoi ça servirait ?

J'attrape sa main posée sur le levier de vitesse afin de la serrer dans la mienne.

– Elles vont nous accabler de questions.

– Je m'en doute.

J'ignore pourquoi, mais le voir si calme ne fait que renforcer mon angoisse. On dirait qu'il se dirige vers une catastrophe sans en mesurer l'ampleur.

Il doit savoir ce qui l'attend, quitte à opérer un demi-tour.

– Ma grand-mère va te cuisiner sur ton intention de fonder une famille ou non.

– Je m'en doute, répète-t-il.

Malgré moi, je broie ses doigts.

– Me déboîter les phalanges ne changera pas la donne, chérie.

– Comment peux-tu être aussi serein ?!

– Ce n'est pas une question de sérénité. Désolé de me montrer un peu direct, mais leur opinion m'importe peu. Je t'aime, je sais où nous en sommes et c'est bien là l'essentiel.

Il a le don de sortir ce genre de déclaration sans prévenir. Une fois encore, elle me coupe le souffle.

– Ah… euh… OK.

Un rictus satisfait étire le coin de ses lèvres tandis qu'il porte ma main à sa bouche avant d'y déposer un baiser.

– Veux-tu aborder le sujet de la maternité avec elles ?

– Je n'ai pas prévu d'être reniée aujourd'hui, donc non.

– D'accord. C'est tout ce que j'avais besoin de savoir.

Annoncer à ma mère que je repartirai avec la voiture en vue de la vendre était déjà particulièrement délicat, bien qu'elle connaisse la nécessité de m'en séparer.

Robin me jette un regard, tandis que nous sommes bientôt arrivés.

– Si tu veux qu'on s'en aille plus tôt de chez ta mère, dis-le-moi. Je trouverai un prétexte, OK ?

Il est adorable.

– J'ai l'habitude, t'inquiète.

– Est-ce que rencontrer ma famille te stresse autant ?

– C'est différent. D'après ce que tu me racontes parfois, ils ont l'air gentils. Et puis j'ai déjà vu tes parents, mais oui, c'est intimidant d'arriver comme un cheveu sur la soupe au sein d'une famille soudée.

– Je vais t'aider à dédramatiser. Prends mon téléphone, puis ouvre la galerie photo. Il y a un dossier par membre de la fratrie.

– Tu es sûr ?

– Certain.

Il accompagne sa réponse en me donnant son portable. Je le déverrouille, sans comprendre pourquoi je m'exécute, ni ce sur quoi je vais tomber. Les dossiers sont classés par ordre alphabétique et chaque aperçu est un très beau cliché de chacun.

– Je garde précieusement les photos compromettantes qu'ils postent sur notre conversation WhatsApp, déclare Robin à l'instant où je clique sur « Baptiste ».

Son frère le plus jeune est méconnaissable. Je ne sais même pas comment il peut grimacer de la sorte sans rester défiguré à vie. J'éclate de rire.

– Pourquoi ? dis-je en tournant l'écran dans sa direction.

Sur cette image, Baptiste dort. Un énorme phallus tracé au marqueur recouvre son front.

– Ah, souvenir de ses vingt ans. C'est vieux, mais utile.

– Utile ?

Un sourire machiavélique se dessine sur son visage.

– Ils me harcèlent tous parce que je ne suis pas très bavard concernant ma vie privée. C'est ma petite vengeance personnelle. Simple et efficace. Je n'ai jamais présenté de compagne, alors je te laisse imaginer toutes les suppositions que j'ai entendues…

Beaucoup trop d'informations m'assaillent.

– Jamais, jamais ? Même plus jeune ?

– Je ne suis pas un vieux croûton, non plus.

– Bah, trente-cinq ans quand même.

Choqué, il tourne brièvement la tête vers moi. Cependant, il garde le silence.

– Tu auras ton dossier aussi, promis, finit-il par lâcher.

– Méchant.

Il ricane, pendant que je regarde rapidement les autres photos. Il avait raison, ça enlève le côté très formel des futures présentations.

– Que fait Victor, déjà ?

– Cardiologue.

– Il aurait pu faire clown.

– Il aurait pu, c'est vrai. Mon père aurait adoré.

Je pouffe de rire, consciente de la pression familiale qu'ils ont tous vécue.

Nous arrivons peu après.

Contre toute attente, l'accueil est chaleureux. Ma mère porte sa robe d'anniversaire, sa préférée. La joie de nous recevoir se lit sur son visage. Ma grand-mère ne parle pas beaucoup, mais je crois qu'il vaut mieux ainsi. Pas de paroles, pas d'embrouilles. Nous prenons l'apéritif sur la terrasse, le soleil réchauffe mon dos. Robin a sorti ses solaires qui lui confèrent une allure encore plus sexy que d'habitude. Il a troqué son costume habituel au profit d'un bermuda en jean et d'un polo gris clair, assorti à mon combishort. Objectivement, nous formons un beau couple.

À table, nous nous installons côte à côte. Robin est en face de ma mère, moi de ma grand-mère.

– Si j'ai bien compris, tu as trouvé un acheteur pour la voiture ? s'enquiert ma mère.

Je n'arrive pas à déchiffrer l'émotion qui teinte son regard. Résignation ou tristesse ?

– Oui. Un passionné.

– Ça me fait tout drôle, chuchote-t-elle avec un sourire nostalgique.

– Je sais, maman. Mais je préfère qu'elle fasse le bonheur de quelqu'un plutôt que de la laisser à Ben qui s'en moque.

– Tu as raison.

Sous la table, Robin recouvre mon genou de sa grande main.

L'entrée et le plat principal sont divins. Ma grand-mère s'est surpassée. Comme prévu, il y a assez d'*osso buco* pour nourrir dix personnes pendant une semaine. La conversation est étonnamment détendue, naturelle. Ma mère questionne Robin sur son travail, puis sur son cursus. Je me décontracte de plus en plus, malgré les réserves de la doyenne. Je devine à sa bouche pincée et à son regard transpirant le jugement que notre relation n'est pas à son goût. Elle s'en remettra.

– Vous avez des frères et sœurs ? interroge Nonna qui sort enfin de son mutisme.

– Oui, deux frères et une sœur. Je suis l'aîné.

– Qu'est-ce qu'ils font dans la vie ?

– Baptiste est obstétricien, Victor est cardiologue et Louna partage son temps entre ATSEM et ouvrière agricole.

– C'est super ! s'exclame ma mère. Ils sont tous du côté de Paris ?

– Oh non ! Mon plus jeune frère est au Kenya, les deux autres à Montpellier et au Cheylard, en Ardèche.

– Ils ont des enfants ? surenchérit ma grand-mère.

Ah, voilà où elle voulait en venir. Je me crispe légèrement, plonge sur mon verre de vin dont je bois une lampée. Robin lui offre un sourire poli, tandis que son pouce caresse ma peau avec douceur.

– Oui, tous.

– Et vous ?

– Maman…, rouspète ma mère.

– Je n'ai pas d'enfants, madame.

– Par choix ?

Cette conversation va mal finir. Nonna s'est renfrognée, allant jusqu'à repousser son assiette encore pleine. Ses yeux ne lâchent pas Robin. Fidèle à lui-même, rien ne semble l'ébranler.

– Nonna… ça ne te concerne pas, râlé-je.

Elle me fusille du regard. Soudain, je me demande ce que nous fichons ici. Je n'aurais pas dû emmener Robin. Il va se rendre compte de combien je suis faible en présence des femmes de ma famille. Je n'ai pas leur prestance. Je ne suis même pas capable de leur tenir tête plus de cinq secondes. Mes mains se mettent à trembler, l'idée de m'enfuir de cette maison m'effleure. Robin cherche mon attention, mais je ne parviens pas à le regarder. La honte de me laisser traiter comme une gamine me paralyse.

– En vérité, je ne peux pas en avoir, dit-il.

Qu... quoi ?!

– Ah.

– Il n'y a même pas de sujet, puisqu'il n'y a aucune possibilité de mon côté.

Non, non, non ! Je refuse qu'il déforme la réalité pour me protéger. Certes, cela me touche, en plus de clore le débat. Mais je sais que, pour lui, proférer un mensonge est compliqué. Il se bat chaque jour pour la recherche de la vérité et de la justice. Je ne peux pas le laisser faire.

Mon cœur cogne si fort sous mes côtes. Mon souffle s'accélère alors que je ne bouge pas. Mes oreilles bourdonnent et je ne reconnais pas ma propre voix lorsque je lance :

– C'est faux.

– Rika… murmure Robin.

Je rassemble la moindre miette de courage avant d'affirmer :

– Je ne veux pas d'enfants, lui non plus.

Je ferme les yeux, m'exhorte intérieurement à retrouver mon calme. La bombe est lâchée, il ne reste plus qu'à en subir les conséquences. J'ouvre les paupières, fixe les contours un peu flous de l'homme qui se tient près de moi. L'onde de choc semble terrasser les deux femmes de ma vie. Ma mère laisse échapper la spatule qui retombe sur le gâteau dans un « ploc » assourdissant. Ma grand-mère est comme statufiée. On pourrait entendre une mouche voler.

– Je suis désolée, murmuré-je.

– Comment ça, ma puce ? Vous n'en voulez pas *maintenant*, mais plus tard, c'est ça ?

– Non, maman. Jamais.

Et je mesure mes mots. Quand une femme affirme vouloir un bébé, est-ce qu'on lui dit « Oh tu changeras peut-être d'avis » ? Rarement. Alors pourquoi le cas contraire est si difficile à comprendre ?

– Mais…

– C'est impossible, tonne Nonna. Impossible.

Le calme qui précédait la tempête est révolu.

– Mamie…

– Nonna. Je m'appelle Nonna. Tu n'as pas honte ?!

– Je vous demande pardon ? intervient Robin.

– Oh vous ! Vous l'avez pervertie !

Je ne peux pas entendre des inepties pareilles. Comment ose-t-elle ?!

– Stop ! Il n'y est pour rien, nous sommes d'accord sur le sujet. Tu devrais être contente pour moi !

– *Contente ?* Alors que tu piétines ton avenir ?

– Je ne suis pas un utérus sur pattes.

Ma repartie la cloue sur sa chaise, elle recule sous l'impact de mes propos.

– Erika… tente doucement ma mère.

– C'est la vérité, maman. Je n'ai jamais osé vous l'avouer, car je sais que je vous déçois.

– Ta mère t'a tout offert, comme je l'ai fait pour elle.

D'un calme olympien, Robin répond :

– Et ?

– Et c'est le devoir d'une femme de donner la vie.

– Ça l'était peut-être à votre époque.

Oh, Seigneur, venez-moi en aide. Ma grand-mère n'a pas l'habitude qu'on lui tienne tête. Stupéfaite, elle bégaye quelques mots inintelligibles.

– Je ne souhaite pas me fâcher avec vous, reprend Robin. J'aime Erika, et c'est réciproque.

Nous n'attendons pas votre bénédiction, juste un minimum de respect.

Ma mère garde le silence. Une part de moi lui en veut de ne pas prendre parti, de ne pas me rassurer sur son amour inconditionnel. D'un autre côté, je la comprends. Je sais qu'elle a toujours vécu selon les préceptes de sa mère. Elle-même ne parvient pas à dire « stop ». Elle est entrée dans le moule que ses ancêtres avaient préparé pour elle. Connaissant tout cela, je conçois sa difficulté à intervenir.

– Quelqu'un prendra un café ? se contente-t-elle de demander.

– Avec plaisir, merci, répond Robin.

– Moi aussi.

– Je vais monter me reposer, déclare Nonna.

Elle n'attend pas de réaction avant de quitter la table. L'ambiance demeure pesante pendant de longues minutes. Ma mère s'éclipse dans la cuisine, le juge se tourne vers moi :

– Tu avais déjà toute mon admiration, mais là…

Il me vole un baiser enfiévré.

– Merci…

– Ça va aller ?

– Je crois que oui. Et toi ?

– Si tu vas bien, je vais bien, répond-il. Tu n'avais pas un cadeau pour ta mère ?

Le moins que l'on puisse dire, c'est qu'elle se souviendra de son anniversaire. Je me lève afin d'aller chercher le petit paquet à l'intérieur de mon sac et lui dépose près de son assiette. J'espère au moins que le bracelet lui plaira.

Elle revient quelques instants plus tard, un plateau chargé entre les mains. Son nez est rouge, ses joues sont striées de larmes qu'elle a tenté de sécher.

– Maman…

Je me sens misérable de la décevoir ainsi.

– Je t'aime, ma puce.

Mon cœur bondit dans ma poitrine.

Cet aveu… C'est tout ce dont j'avais besoin.

CHAPITRE 51

ROBIN

Cinq jours se sont écoulés depuis notre visite chez la mère d'Erika. Depuis, elle ne fait que sourire. Elle danse à la moindre note de musique, ses yeux pétillent de malice en permanence. C'est difficile à croire, mais elle semble avoir retrouvé l'insouciance dont elle a été privée trop tôt. Déchargée du poids matriarcal de sa famille, elle revit. Ce sera encore davantage le cas lorsque le divorce sera prononcé. À ce propos, elle a rendez-vous avec son avocat la semaine prochaine. Ben était fou de rage quand il a appris qu'elle avait revendu la voiture. Elle a tenté de lui parler en vue de trouver un accord, mais cet abruti fait la sourde d'oreille. J'aimerais être sûr qu'il ne lui réserve pas une nouvelle crasse, mais j'ai peu d'espoir. Son ego est blessé, il risque probablement de chercher à l'atteindre d'une autre façon. Je réfléchis aux différentes possibilités tandis que je prépare le dîner. Je suis parti plus tôt (avec un tas de dossiers sous le bras, j'en ai pour la nuit et une partie du week-end) afin de cuisiner un repas d'anniversaire digne de ce nom pour Erika. Elle ne s'y attend pas du tout, j'espère avoir visé juste.

Je vais vite le savoir, car j'entends la porte de l'entrée claquer, pile lorsque le four se met à biper.

– Robin ?

– Cuisine !

Je devine qu'elle se débarrasse de ses escarpins au soupir d'aise qu'elle laisse échapper, puis elle me rejoint :

– Ça sent divinement bon ! s'exclame-t-elle.

– Stop ! Ne bouge plus ! ordonné-je avant qu'elle ne pénètre dans la pièce.

Elle s'arrête sur le seuil, lève innocemment les mains.

– Qu'est-ce qu'il y a ?

– J'ai passé plus de deux heures à cuisiner. Sans vouloir me jeter des fleurs, ça a l'air délicieux. Promets-moi que nous allons en profiter et que tu ne vas pas me sauter dessus. Pour une fois, j'aimerais qu'on mange.

Elle éclate de rire en secouant la tête :

– Je rêve ou tu me traites de terrible succube ?

– Je préviens, c'est tout.

Elle s'avance d'une démarche féline, ses yeux noirs braqués sur moi.

– Je vais résister, assuré-je.

Rika rit encore tout en se nichant contre moi, ses bras refermés dans mon dos. Ses cheveux sentent bon la vanille, j'inspire leur parfum à pleins poumons.

– Ta journée s'est bien passée ? m'enquiers-je.

Nous ne nous sommes pas croisés depuis ce matin.

– Oui, et la tienne ?

– Routinière. J'ai un tas de choses à régler ce week-end.

– Tu vas emporter du travail chez tes parents ?

– Non, mais il faudra que je m'y colle ce soir et en revenant de Lyon, très probablement.

– D'accord.

– En attendant, je te propose de t'installer à table. Tu as faim ?

– Je n'ai même pas eu une minute pour manger autre chose qu'une pomme, mon estomac crie famine.

– Paul te donne trop de travail ?

– Même pas, j'ai pris du retard toute seule.

– Bon… Alors, assieds-toi et profite.

– De toi ? demande-t-elle, taquine.

– De mes talents culinaires.

Elle prend place pendant que je dresse l'entrée.

– *Antipasti* de légumes rôtis et marinés à l'italienne pour madame.

Je pose l'assiette devant elle. Elle la fixe, bouche bée.

– Wow ! En quel honneur ?

– Ton anniversaire. Je sais que c'est demain, mais je voulais qu'on le fête tous les deux. Et puis tu as eu une semaine éprouvante.

Vendre la voiture de son grand-père l'a plus affectée qu'elle ne le laisse paraître. Symboliquement, c'est violent, comme si un pan de son histoire venait de s'en aller.

– Je…

Elle essuie une larme sur sa joue.

– Merci, Robin. Je suis très émue.

– Goûte, si ça se trouve c'est infect.

– J'en doute.

Effectivement, c'est bon. Je m'épate.

– Ben m'a rappelée, tout à l'heure.

Je repose ma fourchette, verse un peu de vin dans nos verres. Je sens que je vais en avoir besoin. Parler de lui a une légère tendance à m'irriter.

– Ah ?

– Il va exiger la moitié de la somme de ce que j'ai touché en vendant l'Alpine.

– Ça ne fonctionne pas de cette façon.

– C'est ce que je lui ai expliqué. Je me suis agacée… Ce n'était peut-être pas malin de ma part.

– Il y a de quoi perdre son sang-froid.

– Je lui ai balancé qu'il ne pourrait rien, que c'est mon métier et que je trouverai toujours une issue.

– Ce qui n'est pas faux.

– On verra ce qu'en disent les avocats.

– J'ai une surprise pour toi.

– Encore ?

Je débarrasse les assiettes, puis je pose le plat de cannellonis farcis sur la table avant de m'éclipser :

– J'en ai pour une minute, sers-toi.

Je file dans la chambre, récupère le paquet au fond de mon tiroir à cravates. Le doute m'assaille. Elle va trouver ça terriblement ridicule. Je reste planté à fixer l'emballage pendant de longues minutes. Mes vieux démons reviennent chuchoter à mon esprit. Et si j'allais trop vite ? Et si j'en faisais trop au point de la pousser à fuir ? Peut-être qu'elle n'a pas réfléchi à un avenir commun et qu'elle se laisse porter par la vie. Malgré moi, mon souffle se raccourcit.

– Robin ?

Je sursaute, ne l'ayant pas entendue arriver.

– Tout va bien ?

– Je… J'ai ça, pour toi.

Elle fronce les sourcils, son regard sonde le mien à la recherche de ce que je préfère taire. Je lui tends le cadeau.

– Merci ?

– Je n'aurais pas dû l'emballer, c'est un peu… nul.

– Tu dis vraiment n'importe quoi.

Elle déchire déjà le papier. Je m'appuie contre la commode, tente de deviner ses pensées à travers les expressions de son visage. Elle s'arrête net lorsqu'elle découvre la photo que j'ai fait retoucher et encadrer. Une de celles qui ont été prises par le détective privé, où nous nous embrassons sous la pluie.

Je murmure après m'être éclairci la voix :

– Tu la trouvais magnifique, alors…

– Je t'ai déjà dit combien je t'aime ? Elle est magnifique, je confirme… Je n'ai plus les mots, Robin.

Elle pose le cadre sur le matelas, les larmes aux yeux. Nous nous jetons l'un sur l'autre dans une parfaite synchronisation. Mes lèvres capturent les siennes, elle gémit de bonheur. Ses ongles griffent délicieusement la peau de ma nuque, mes mains caressent ses fesses. L'instant d'après, elle est assise sur la commode, ses jambes refermées autour de mes hanches.

Décidément, manger n'est pas une priorité.

Je quitte la chambre une fois que Rika s'est endormie. J'aimerais rester contre elle, mais je dois ranger et travailler. Je n'ai pas le choix si je veux éviter d'accumuler trop de retard.

Je bosse jusqu'à ce que je pique du nez sur mon bureau. La pendule indique presque quatre heures du matin. Je clos le dossier, masse ma nuque douloureuse. J'abandonne mes vêtements dans la salle de bains et regagne la chambre afin de grappiller quelques heures de sommeil. Notre train pour Lyon est dans moins de cinq heures.

Je me couche et ne résiste pas à enlacer Erika qui gigote en baragouinant des choses incompréhensibles. Elle me fait face, niche son nez dans mon cou pendant que je referme délicatement mes bras autour d'elle.

La perspective de présenter une femme à ma famille ne m'a jamais rendu si heureux.

CHAPITRE 52

ERIKA

– Il y a des choses que tu dois savoir à propos de ma famille.

– Encore ?

J'ai déjà eu droit à tout un tas d'anecdotes au cours du trajet. Sans surprise, notre train est arrivé avec une heure de retard, mais nous sommes enfin à Lyon, à attendre que quelqu'un vienne nous chercher.

– Oui. On pourrait écrire des bouquins avec leurs histoires, je te jure. Victor a une peur un peu particulière, mais réelle.

– Je crois qu'après les photos que j'ai vues sur ton portable, plus rien ne m'étonne.

– Il a la phobie des grille-pain.

Ah. Si, en fait.

– Sérieux ?

– Oui. Personne ne sait d'où ça vient, ça a toujours été. Je me souviens qu'enfant il hurlait quand les tartines sautaient. Il a fini par les redouter, c'est assez étrange.

Je me mords les joues afin de contenir mon hilarité et hoche la tête.

– Tu peux rire.

– Non, non, je respecte.

Un sourire amusé se dessine sur son visage. Il a enfilé une chemise couleur bordeaux sur un bermuda en jean qui met en valeur son fessier musclé à la perfection. Un régal pour mes rétines.

– Autre chose. Louna a beau vivre à la campagne, elle sursaute dès qu'un insecte se pose sur elle donc ne t'étonne pas si elle gigote sur sa chaise.

– OK.

– Baptiste va probablement parler de trucs gynéco avec des détails sans penser que nous sommes à table.

– Miam.

Il s'esclaffe en m'attirant contre lui tandis que son regard se perd au loin.

– Mon père ne va pas tarder à arriver. Il grogne, mais il ne mord pas.

– C'est drôle, j'en connais un comme ça.

Les chiens ne font pas des chats. Le fourbe me mordille l'oreille.

– Non, moi j'attaque, tu vois.

Je lève les yeux au ciel, puis je l'embrasse.

– Tiens, on dirait que mon père a eu un empêchement, Louna arrive.

Je me tourne afin de suivre son regard et repère une jeune femme aux longs cheveux blonds perchée sur la pointe des pieds. De toute évidence, elle cherche son frère.

Robin nous entraîne à sa rencontre.

– Ah ! Vous voilà ! s'exclame sa sœur lorsqu'elle nous remarque.

– Bonjour à toi aussi, répond Robin.

– Oui, pardon ! Hello frangin (elle lui claque une bise énergique sur les deux joues), bonjour, Erika ! Je suis si heureuse de faire ta connaissance !

– Moi aussi, j'ai beaucoup entendu parler de vous.

– En bien, j'espère ?

En bien et en photos compromettantes... Notamment une où tu as des Curly enfoncés dans les narines.

– Évidemment, souris-je.

Nous nous mettons en marche en direction du parking.

– Papa ne voulait pas venir nous chercher ?

– Si, mais…

Elle s'interrompt avant de se tourner vers son frère.

– C'est la cata à la maison.

– Vic' a encore fait une folie pour ses filles ?

– Même pas… Baptiste et Sam nous ont avoué être mariés depuis presque un an.

– Je m'en doutais, répond Robin.

– Tu le savais ?! s'écrie sa sœur.

– Non, Baptiste ne m'en a pas parlé et je ne suis pas de nature curieuse. Mais d'un point de vue législatif, seuls les candidats mariés peuvent prétendre à l'adoption internationale.

– Ils auraient pu nous l'annoncer, quand même… J'en veux énormément à Sam.

Robin m'a briefée, si j'ai tout suivi, Louna et Sam sont amies depuis le lycée.

– J'imagine qu'ils ont leurs raisons ? dit son aîné.

Louna hausse les épaules avant de changer de sujet. Je monte à l'arrière de la voiture et prie pour que l'ambiance soit tout de même détendue. Débarquer dans une famille qui tire la tronche me tente moyennement.

Nous arrivons une demi-heure plus tard. La villa des Lefebvre est exactement comme Robin me l'a décrite. Imposante. Il faut d'abord composer un code afin d'accéder à la propriété. Robin me tient la main, je serre ses doigts un peu plus fort qu'à l'accoutumée. Je mentirais si j'affirmais ne pas stresser.

– Tout va bien se passer, murmure Robin lorsque nous arrivons sur le seuil.

Louna nous devance, balance son sac sur le meuble du vestibule en hurlant :

– On est là !

Aussitôt, deux enfants déboulent dans l'entrée :

– Tontoooon ! crie le petit Gabin que j'ai déjà rencontré chez Robin.

L'autre petit garçon, plus timide, se tient contre le mur. Zélie (la fille de Gabriel, le mari de Louna) se joint à nous.

– Allez viens Marius, ils sont gentils et regarde comme Erika est belle, déclare-t-elle en prenant le fils de Baptiste et Sam par la main.

Je me penche pour les embrasser, tandis que Louis et Élise nous rejoignent. Le chef de famille nous salue avant de me souhaiter la bienvenue.

– Je suis désolée pour l'accueil… soupire la mère.

– Tout est ma faaaaute ! lance Baptiste qui arrive derrière elle.

Son ton théâtral fait grogner son père.

– Hello, frangin. Louna a dû te dire, nous nous sommes mariés entre deux témoins, fin de l'histoire.

Robin se contente de sourire en hochant la tête.

– Donc la voilà, l'élue ! blague Baptiste avant de me dire bonjour.

– Elle est oùùùù ? hurle une autre voix masculine.

Victor glisse sur le carrelage, se rattrape de justesse contre le mur. Ses yeux vairons sont impressionnants, encore plus spectaculaires en vrai qu'en photo.

– Victor, tonnent en chœur Louis et Robin.

– Je plaisantais. Enchanté, Erika.

– Le plaisir est partagé.

Gabriel, Camélia et Sam finissent par arriver, chacune un bébé dans les bras. J'en déduis que ce sont Manon et Romy, les jumelles de Victor.

Les deux jeunes femmes sont très avenantes, et maintenant que j'ai vu tout le monde, je commence à me détendre.

Élise nous indique que nous allons manger dehors, car le temps le permet et qu'autant de personnes au sein d'une même pièce serait compliqué. Je traverse la cuisine à la suite de Robin. La baie vitrée donne sur une magnifique terrasse ombragée, juste au-dessus de la piscine creusée.

Robin est assis à ma gauche, les femmes de la famille sont toutes à ma droite. D'après le juge, tous allaient me scruter comme une bête de foire. Je suis heureuse de constater que ce n'est pas le cas. En fait, tout le monde agit comme si j'avais toujours fait partie du décor. Moi qui n'ai que ma mère et ma grand-mère pour seule famille, je suis troublée par cette grande tablée. Les plats s'enchaînent, les discussions sur la vie vont bon train.

– Tout va bien ? chuchote Robin alors que nous attendons le dessert.

– Oui, merci. Et toi ?

J'ai la sensation que plus le temps s'écoule depuis notre arrivée, plus il est nerveux.

– Oui.

Je lui pince la cuisse, parfaitement consciente qu'il me ment.

– Lefebvre, tonné-je.

Tous les hommes sursautent, sauf Gabriel, avant de répondre :

– Quoi ?

– Mon choix de mot n'était pas judicieux, m'esclaffé-je.

– Oh crois-moi, quand elles font ça, c'est signe que tu vas passer un sale quart d'heure, ricane Victor à l'attention de Robin.

– Je pense que nous sommes grillées, me murmure Camélia.

Nous éclatons tous de rire, sauf Robin. Crispé sur sa chaise, il attend que l'hilarité générale s'estompe pour se pencher vers moi :

– On peut parler une seconde ?

– Maintenant ?

– Oui.

Son air grave m'angoisse. Qu'est-ce qui lui prend ? Ai-je dit quelque chose de mal ? Je n'ai fait que poser des questions à Gabriel sur son métier. Je ne connais strictement rien au monde agricole. Pas plus qu'à l'obstétrique dont nous avons discuté avec Baptiste, à l'ostéopathie avec Sam et… *Stop.* J'ai beau me triturer les méninges, je ne trouve pas.

Tandis qu'il s'apprête à se lever, sa mère revient de la cuisine avec une pièce montée recouverte de bougies. Inutile de les compter pour savoir qu'il y en a trente. Son attention me touche profondément.

– Bon anniversaire, Erika ! Nous tenions à marquer le coup. Ce n'est pas tous les jours que l'on passe le cap de la trentaine.

Arf. Merci de remuer le couteau dans la plaie.

Et puis d'abord, comment sont-ils au courant ?

J'aimerais questionner Robin, mais je n'en ai pas l'occasion. J'éteins les bougies que Louis rallume environ vingt fois afin que tous les enfants les soufflent à leur tour.

Le gâteau est délicieux, le vent tiède agréable. Les plus jeunes jouent autour dans le jardin, tout le monde est adorable. Pourtant, rien ne parvient à défaire cette sensation qui noue mon estomac.

– Rob', ramène tes fesses, s'il te plaît, lance Baptiste.

L'intéressé me jette un coup d'œil avant de s'excuser, puis de quitter la table. Victor les suit également.

Il me cache quelque chose, c'est certain. Peut-être que ses frères ont senti son malaise. Seigneur, c'est tellement gênant !

– Ça va, Erika ? demande Sam.

– Euh… Oui.

Camélia rapproche sa chaise de la mienne, tandis que Sam et Louna contournent la table afin de s'installer près de moi.

– Tu sais, Louis me déteste, confie Sam.

– Moi aussi je te déteste, sale traîtresse, surenchérit Louna.

Sam rit malgré le coup de coude qu'elle vient de prendre dans les côtes.

– Tu exagères, Louna ! Nous nous marierons en bonne et due forme avec nos familles quand nous rentrerons en France. On aimerait faire ça bien.

– Mouais.

– Je pourrai créer ta robe, si tu veux, déclare Camélia.

– Cela va de soi ! s'exclame Sam. Mais revenons à nos moutons…

Soudain, une ombre recouvre mon dos. Vu la taille, elle est forcément masculine.

– Je dérange ? demande Gabriel, le mari de Louna.

– Oui, répond sa femme.

– Pas vraiment, en fait, rétorque Sam. J'allais dire à Erika qu'elle peut se détendre, que Louis nous déteste tous. Puisque tu fais partie des élus…

– Et c'est moi qui exagère ? s'indigne la cadette des Lefebvre.

Donc elle pense que je suis tendue à cause du chef de famille. Par chance, ce n'est pas le cas. J'avoue que Louis est assez impressionnant, donc qu'est-ce que ça doit être quand il n'apprécie pas quelqu'un… ?

Gabriel tire un siège, s'assied à l'envers dessus, les bras calés sur le dossier.

– Alors ? Quelles sont vos tares ? dis-je d'un ton amusé.

– Je suis la meilleure amie grande gueule, et lui…

– Le vieil agriculteur, termine l'intéressé.

– Quant à moi, tout roule, ajoute Camélia.

– Oui, mais toi, tu supportes Victor. On pourrait te filer une médaille rien que pour ça ! lance Louna.

– C'est pas faux, concède-t-elle.

– Crois-moi, Louis t’apprécie, reprend Sam. Il ne grogne pas quand tu parles et parvient à te regarder pour discuter. Il lui a fallu des mois pour réussir avec moi et il lui arrive encore de grimacer, parfois.

– Charmant, souris-je.

Sur le point de leur demander ce que mijotent les hommes de la fratrie, je suis interrompue par Gabin qui débarque en courant :

– Rikaaa ! Erikkk ! Erikkaaa ! Tonton dit que tu dois venir le voir.

– Où est-il ?

– Sur le canapé.

Je me tourne vers les adultes et remarque leurs sourires en coin. Je fronce les sourcils, mais je n’ose pas les questionner.

– Tout de suite à gauche en sortant de la cuisine, indique Louna.

– Merci.

Je me lève, lisse ma robe, les mains tremblantes. Il ne pourrait pas me larguer devant sa famille, quand même ? Non. Il ne pourrait pas me larguer tout court.

N’est-ce pas ?

Je le rejoins, les pensées en vrac. Il est assis, seul.

– Tu me fais peur, Robin.

– Viens par là.

Il tapote la place vide que je m’empresse de combler. Ensuite, il prend ma main entre les siennes. On pourrait jurer qu’il va m’annoncer la mort de notre chien, cependant nous n’en avons pas.

– J'ai peut-être fait une bêtise.

Une bêtise…

– Laura ?

Je panique, et quand c'est le cas, je débite n'importe quoi.

– Quoi ? Qu'est-ce que Laura vient faire là-dedans ?

Il comprend la seconde d'après.

– Attends, Rika… Tu me penses capable de te trahir ?

– Non, je te demande pardon. C'était ridicule.

– Carrément, même.

– Tu me rends nerveuse, Robin. Viens-en aux faits.

– J'ai une surprise pour toi.

– On a déjà vécu ce moment hier soir.

– Oui mais je ne vais pas finir par t'allonger sur ce canapé.

Je pouffe de rire en roulant des yeux :

– Très classe.

– Tu me laisses m'exprimer ? Je crains d'être allé trop loin…

– Oh bordel, sors-toi les doigts du cul, Robin ! hurle Baptiste depuis la cuisine.

– Il a raison ! Zou, dehors ! ajoute Victor.

– Vous êtes vraiment des salauds, râle le juge.

Il se lève, conserve ma main dans la sienne. Au lieu de nous guider en direction de la terrasse, il m'entraîne de l'autre côté de la maison. Je le suis sans comprendre. Il s'arrête devant la porte du garage puis se tourne vers moi.

– Tu vas me tuer.

« Ah » est mon unique réponse. Il recule de quelques pas, presse un bouton qui actionne l'ouverture de la porte. Je n'en crois pas mes yeux. Là, devant moi, sagement garée, mon Alpine.

– Tu…

J'en fais le tour, les mots me manquent.

– C'est exactement la même…

– Parce que c'est elle, précise Robin. Joyeux anniversaire, mon ange.

Je vois flou à cause des larmes qui montent inlassablement. Les doigts tremblants, je touche la carrosserie.

– Mais… comment ?

J'ai rencontré l'homme qui l'a achetée et ce n'était pas un Lefebvre.

– Alex est mon meilleur ami, intervient Baptiste qui nous rejoint. On se rend ce genre de service, de temps à autre.

Appuyé contre le chambranle de la porte, la situation semble habituelle pour lui. Une opération de routine, en quelque sorte.

– Et le nom ?

– Nous gardons nos petits secrets…

– Je ne sais pas quoi dire… C'est complètement dingue.

– Robin nous a bien aidés au moment où Sam avait des ennuis. C'est normal de lui rendre la pareille. Puis c'est lui qui paye, alors on s'en fout, ajoute-t-il en riant.

Je me tourne vers Robin. Son air soucieux est sincère, il ne me lâche pas du regard.

– Ça devient chaud, je file ! s'exclame son frère.

Il s'éclipse, tandis que je ne vois que l'homme planté devant moi. Des larmes de joie ne cessent de couler. Ce qu'il a fait pour moi dépasse l'entendement, les mots…

– Tu allais la regretter.

Je la regrettais déjà.

– Merci. Merci pour tout. Merci d'être ce que tu es et de me permettre de vivre à tes côtés.

Mes bras s'accrochent à son cou, nos bouches s'unissent. Je le sens se détendre contre moi alors qu'il me rend mon baiser, plus passionnément encore.

Dieu que je l'aime.

ÉPILOGUE

ROBIN

Quatre mois plus tard.

Enfin quelques jours de congés. Noël n'est pas ma période préférée de l'année, mais l'idée de rester à la maison avec Erika me ravit. La nuit est tombée depuis quelques heures lorsque je pousse la porte de l'appartement. Une voix insupportable hurle *« All I want for Christmas is you ».* Des guirlandes, accrochées aux murs, aux meubles, aux cadres photo, scintillent de mille feux.

– Ah, Robin ! Tu es là ! Surpriiiise !

Je bugge, incapable de choisir entre rire nerveusement ou pleurer.

– Qu'est-ce que…

Erika se dandine en chantant (faux) jusqu'à l'enceinte et baisse le son. Miracle, mes oreilles cessent aussitôt de saigner.

– Je t'attendais pour décorer le sapin, dit-elle en souriant.

Ses yeux pétillent de joie, ses joues sont rouges de s'être donné tant de mal. Je suis content qu'elle s'éclate, cependant ce n'est pas pour moi. Je ne ressens pas ce que les gens comme elle appellent « la magie de Noël ». Les repas interminables, les cadeaux de dernière minute, les faux-semblants pour ne pas vexer avec un « oh encore une cravate ». Les bûches aux marrons. Sérieux, qui mange des marrons ?

– Je te laisse gérer, mon ange.

Je pose un baiser dans ses cheveux avant de m'éclipser. C'était sans compter sur sa détermination sans faille :

– Oh non, non, non, monsieur Lefebvre ! Tu restes ici ! C'est notre premier Noël ensemble…

– Et ce pourrait être le dernier, bougonné-je.

– Je t'entends, vieux Grinch !

Je lui souris, puis j'accepte de m'affaler dans le canapé, pile-poil entre une hotte en tissu et un bonhomme de neige en coton.

– Je t'ai rapporté quelque chose qui t'aidera peut-être à te mettre dans l'ambiance… déclare-t-elle d'un air malicieux. Ne bouge pas.

Elle fouille à l'intérieur d'un sac puis dégaine un serre-tête à ramures de renne qu'elle pose sur son crâne.

– Seigneur…

– Si tu râles parce que tu es jaloux, rassure-toi. J'ai le même pour toi.

Elle accompagne la parole au geste et brandit le second.

– Hors de question que je porte cette horreur.

Trop tard, Rika me saute déjà dessus en jurant que si.

Une heure après, le sapin est entièrement décoré par *nos* soins.

– On va prendre une photo, jubile Erika. Il est magnifique !

Je retiens ma réflexion sarcastique et commence à me relever. Mes genoux grincent sous l'effort.

– Où tu vas ? demande ma tortionnaire.

– Tu as dit vouloir prendre une photo.

– De nous devant le sapin !

Je lève les yeux au ciel, soupire, puis je me laisse retomber au sol à la manière d'un animal blessé. Ce que je suis un peu, sans exagération.

Erika éclate de rire avant de venir se blottir contre moi. Son parfum m'envahit, je la respire à plein nez. J'aime son odeur, le son de sa voix, et plus que tout, lorsque son corps épouse le mien. Je l'embrasse sans remarquer qu'elle nous mitraille, portable en main.

– Merci, chuchote-t-elle.

Je l'embrasse encore, car jamais je n'avouerais avoir trouvé du plaisir à faire ça avec elle. Cependant, j'espère qu'elle ne compte pas me coller des paillettes et autres guirlandes dans toutes les pièces. Inquiet, je finis par l'interroger :

– L'appartement est assez décoré à ton goût ?

– Si je te réponds que non, tu vas me faire une syncope et je n'y tiens pas.

– Ouf.

– Tu peux retirer ton serre-tête.

Oui, je l'ai porté. Les hommes sont des êtres faibles.

– Enfin !

Elle me pince le bras en s'esclaffant. C'est alors que je repense à la lettre qui est arrivée pour elle. Je n'ai pas songé à la lui donner en rentrant, traumatisé par la métamorphose du salon. Je me lève afin d'aller la récupérer dans la poche de mon manteau.

– Tiens, il y avait ça au courrier.

Elle s'en saisit, le sourire aux lèvres. Sa joie s'estompe à l'instant où son regard se pose sur l'adresse.

– Cette écriture…

– Tu sais à qui elle appartient ?

Bien vu, Sherlock.

– C'est celle de ma grand-mère.

Ah. J'espère pour cette dernière que ce n'est pas une lettre d'insultes ou de remontrances, car après presque cinq mois de silence, je sens que je pourrais m'agacer. Erika n'a plus eu de nouvelles d'elle depuis son aveu concernant la maternité. Sa mère, elle, nous a rendu visite à plusieurs reprises. Erika y est allée une fois, mais Nonna était absente. Je sais qu'elle en souffre. Malgré les désaccords, Rika aime profondément sa grand-mère.

– Et si elle me reniait ? Maintenant que le divorce est prononcé… Je n'ai peut-être plus aucune valeur à ses yeux.

Erika est officiellement libérée de cette union depuis une semaine. Ben a fini par lâcher l'affaire, conscient qu'il ne parviendrait pas à l'atteindre à travers leur contrat de mariage. Il a choisi de poursuivre sa vie au fin fond du Pérou et je trouve que c'est la meilleure décision qu'il ait prise.

– Ce serait étonnant, ma puce. Ouvre, tu seras fixée.

Ses doigts tremblent, elle caresse l'enveloppe sans oser découvrir ce qu'elle contient. Je sens qu'un peu de solitude lui est nécessaire.

– Je vais préparer le dîner. Prends ton temps.

Elle hoche la tête.

Je m'affaire en cuisine, tandis qu'aucun son ne parvient du salon. *Pourvu que ce soit positif.* Mon portable vibre dans ma poche, il s'agit de Louna, sur la conversation familiale :

Louna : Robin…
Les bois de renne te vont trop bien !

Victor : C'est presque émouvant
de te voir sourire.

Baptiste : Hahaha,
dis merci à Erika pour la photo !

Bon sang, quelle traîtresse !
Cette femme me tuera avant mes quarante ans.
Je leur réponds par un doigt d'honneur.

Baptiste : Un doigt d'HONNEUR
pour un juge… Bravo.

Victor : Ça tire à balles réelles
par ici…

Louna : Rien à voir : il neige à plein
temps. Les gosses sont surexcités,
je me caille. HELP ME.

Baptiste : Tu as voulu l'Ardèche,
tu y restes. Appelle Gab'
et débrouillez-vous.

Victor : Cela ne nous regarde pas !

Baptiste : Ou viens au Kenya,
nous n'avons pas de problème
de ce genre et ce sont les enfants
qui s'occupent des décorations.

Robin : Erika a décoré l'appart'.
On se croirait aux Galeries Lafayette.

Louna : J'aime Erika.

Victor : Oh !

Baptiste : Je dirais même « Oh oh oh »
🎅

Louna : @Baptiste, tu sors !

Robin : Je crois que j'aime ça.
Si vous lui dites, je balancerai
à maman que c'est vous
qui avez cassé son vase préféré.
Le bleu qui venait de Chine.

Baptiste : C'était il y a vingt ans !

Robin : Je m'en fous, j'ai des preuves.

Victor : Tu bluffes.

Je leur envoie une série de photos, de celles que je garde précieusement. Une fois satisfait par leurs « hurlements » de protestation, je bascule mon téléphone en silencieux. Nous projetons de partir quelques jours tous ensemble, avec nos moitiés, mais sans enfants. C'est Erika qui en a eu l'idée.

D'ailleurs, la voilà qui me rejoint. Ses yeux sont aussi rouges que son nez. Un sourire sincère illumine son visage.

– Tout va bien ?

– Oui. *Très* bien.

Elle se pend à mon cou, pose sa joue contre mon torse.

– Tu m'aimes ? chuchote-t-elle.

Elle connaît déjà la réponse. J'ai vécu seul des années durant, mais désormais je n'imagine pas une journée sans elle à mes côtés. Je la serre dans mes bras et murmure :

– Je ne dis pas ça pour te plaire. C'est toi et moi. L'un pour l'autre, quoi qu'ils en disent. Je t'aime depuis le premier regard et à chaque seconde.

FIN

Erika,

Je suis une vieille dame, et malgré le nombre de printemps que j'ai au compteur, il m'arrive de commettre des erreurs.

J'ai tout donné pour élever ta mère. Tout comme elle l'a fait avec toi. Les enfants doivent ou devraient toujours être au centre de notre univers. C'est ce que l'on m'a appris.

Aujourd'hui, tu choisis un chemin différent du nôtre. Je ne peux m'empêcher de prier dans l'espoir qu'un jour tu reviennes sur ta décision, ton jugement. Mais en attendant... ma petite-fille me manque. Je ne veux pas finir ma vie avec des regrets. Toi et ta mère êtes tout ce que je possède.

Il mio mondo[13].

Baci,

Nonna.

---

13. Mon monde/univers.

REMERCIEMENTS :

Je ne pleure pas, j'ai une poussière dans l'œil, d'accord ?

Bon, en réalité… Je suis très émue de poser le mot « fin » sur ce dernier tome. J'ai adoré écrire les aventures de cette fratrie, avec leurs forces et leurs failles. Ils me manquent déjà !

Bien sûr, tout cela arrive grâce à vous, votre soutien, votre amour pour cette famille qui est devenue la nôtre. Merci infiniment, je ne suis que reconnaissance pour tout ça.

Une fois encore, j'ai une pensée particulière pour mes amies : Marie, Laura, Nath, Erika, Kim, sans qui écrire n'aurait pas la même saveur.

Un IMMENSE merci à Laura et à Sarah pour leur aide si précieuse concernant les notions de droit. Laura, j'admire ta patience face à mes questions, mes incompréhensions. J'ai cru devenir chauve à plusieurs reprises, mais c'est fait et c'est en grande partie grâce à toi ! Tu as ma gratitude éternelle.

Merci à toutes les personnes qui permettent à cette saga de vivre, que ce soit via vos chroniques ou vos messages.

Je n'oublie pas les équipes de HugoPublishing, notamment Sylvie, mon éditrice, de m'avoir donné sa confiance.

J'embrasse ma famille et remercie l'éternel soutien de mon mari. Toi et nos enfants êtes mes piliers.

Je finirai par vous conseiller de garder en mémoire ceci : Qu'importe la nature de vos choix, il y aura toujours quelqu'un pour les critiquer, alors VIVEZ. Vous êtez assez.

À bientôt,
Avec tout mon amour,

Noémie.

P.-S. : Puisqu'il m'est difficile de les quitter, je fais durer le plaisir… Sur la prochaine page, vous trouverez un bonus regroupant toute la famille. Si vous n'avez pas encore découvert les autres tomes, je vous conseille de revenir le lire plus tard 😉J'espère qu'il vous plaira !

Cette fois… Je me tais et vous dis à très vite !

BONUS

MARCEL

Un jour, quelque part en Ardèche…

– Quand est-ce qu'on arrive ?

– Marcel… Vous nous avez posé la question trois cent cinquante-deux fois pendant le trajet. Nous y sommes presque, répond Erika.

– Permets-moi de te reprendre, mais j'ai compté trois cent cinquante-quatre fois, intervient Robin.

Ce dernier me lance un regard noir dans le rétroviseur. Je bougonne en me renfrognant contre le siège.

– Je n'ai pas demandé à être là ! Vous m'aviez promis la mer, pas le trou du cul du monde !

Les deux ingrats se pincent les lèvres afin de contenir leur hilarité. Ils me le paieront.

– Changer d'air vous fera grand bien, assure le juge. Et puis ce ne sont que deux jours !

Erika se retourne et rive ses yeux chocolat aux miens, un sourire malicieux au coin de la bouche :

– D'après Louna, il y a un petit étang pas loin. Vous pourrez toujours aller faire trempette si vraiment…

Cette fois, Robin s'esclaffe. Je continue de maugréer dans ma barbe en croisant les bras sur mon torse.

– Je vous déteste, grogné-je.

– Vous êtes pire qu'un gosse.

– Elle a raison, ajoute Robin.

Le paysage qui défile à l'extérieur est trop vert, trop feuillu. Les virages se succèdent, heureusement que j'ai le pied marin et l'estomac bien accroché. Depuis combien d'années n'ai-je pas quitté ma Normandie chérie ? L'air iodé me manque déjà. Afin de détendre l'atmosphère, Robin allume la radio.

– Existe-t-il des comptines pour endormir les gens âgés ? lance Erika.

– Je ne crois pas, répond sa moitié. Marcel, vous en connaissez ?

– Mettez « L'Auberge de l'Écu ».

Erika cherche sur son téléphone avant de relever la tête, sidérée :

– Mais c'est une chanson paillarde !

Je mords l'intérieur de ma joue, puis je hausse les épaules d'un air nonchalant :

– Ah oui ?

Robin m'adresse un œil rieur. Erika est rouge et j'imagine que si elle pouvait, elle sauterait par la fenêtre.

– Je peux chanter, si vous voulez, proposé-je.

– Surtout pas ! s'indigne la greffière.

Je ricane, fier de ma bêtise. Non mais ils pensent avoir affaire à un lapin de six semaines ? J'en ai vu d'autres !

Nous arrivons une heure plus tard. La route était tellement longue que je crains de ne plus réussir à déplier mes genoux.

– Nous y voilà, s'exclame Robin en se garant devant une exploitation agricole.

Il verrouille les portes avant que je puisse m'extirper du véhicule et se retourne vers moi.

– Qu'est-ce que tu fabriques, gamin ? Je dois payer la course en plus ?

– Je tiens juste à préciser quelques points avant que vous vous sauviez.

Erika hoche vivement la tête.

Que vont-ils encore m'inventer ?

– Ici, c'est chez Louna, ma sœur, et Gabriel, son mari. Victor et Camélia sont déjà là, ainsi que Baptiste et Sam. Je vous épargne les prénoms de la tripotée de gamins qui les entourent, vous n'allez pas tout retenir. Mes parents seront également présents.

Moi qui ne possède aucune famille, me voilà propulsé au milieu d'inconnus. Manquait plus que ça.

– Qu'est-ce que je fabrique ici ?

Robin s'apprête à prendre la parole, mais Erika le devance :

– Vous êtes un peu notre famille.

Jamais, ô grand jamais, je ne leur avouerai que cette remarque se fraie un chemin jusqu'à atteindre mon vieux cœur solitaire.

– Conneries, bougonné-je à la place.

Ils sourient à l'unisson. Le juge, qui pour une fois a troqué son costume pour un combo jean chemise, ajoute :

– Nous nous rassemblons pour l'anniversaire de Madeleine, une tante côté Lefebvre.

– Il y aura de l'alcool ?

Erika roule des yeux, tandis que Robin nous libère.

Nous n'avons pas le temps de sortir de la voiture que trois petits êtres cognent contre la carrosserie :

– Tontooon ! Tataaaa !

Je sors en tâchant de ne pas en abîmer un. *Dès l'arrivée, ça ferait mauvaise impression.*

– C'est qui le vieux monsieur ? demande une des gosses.

Je vois double ou elle a sa copie conforme ?

– Romy… râle l'homme qui la suit. On ne dit pas ça, c'est impoli !

Il a les yeux vairons, donc d'après les descriptions de Robin, j'en déduis qu'il s'agit de Victor. Il attrape ce que je suppose être sa fille dans ses bras avant de me tendre la main :

– Désolé… Elles n'ont pas tous les codes. Enchanté, je suis Victor.

– Marcel, réponds-je en lui offrant une poignée de main.

Nous sommes aussitôt rejoints par le reste de la famille. Je les salue tous un par un, et Dieu sait que ça fait du monde. Cependant, je remarque qu'il manque *la star* présumée de la journée.

– Votre canne, chuchote Erika.

Elle s'en saisit sur la banquette arrière et me la tend. Je la remercie, conscient qu'il m'est de plus en plus difficile de me déplacer sans. *Non, je ne suis pas âgé, j'ai les articulations fragiles.*

– Entrez, je vous en prie, dit Gabriel.

Nous le suivons jusqu'à la maison.

L'entrée offre un accès direct au salon, lui-même ouvert sur la cuisine. Les meubles ont été poussés contre les murs, une longue table occupe toute la pièce. C'est à cet instant que je la remarque. Assise sur une chaise, maquillée comme un camion volé.

– Venez, je vais vous présenter ma tante, déclare le plus vieux des Lefebvre.

Le père… Louis, je crois.

– C'est Manon qui m'a maquillée, se justifie-t-elle de but en blanc.

Elle se redresse avec autant de souplesse que moi, non sans grimacer.

– Si le but était de ressembler à un clown ou à une voiture volée, c'est plutôt réussi, réponds-je avec un rictus en coin.

– Quel goujat… souffle-t-elle faussement blessée si j'en crois ses iris qui pétillent de malice.

– Marcel. Je m'appelle Marcel.

– Je ne vous avais pas invité.

– Ça tombe bien, je ne serais jamais venu si j'avais eu le choix.

Louis toussote, embarrassé par notre échange.

Son absence est vite comblée par l'arrivée de Baptiste :

– Vous pensez vous entretuer ?

– On peut filmer ? renchérit Victor.

– Qui veut filmer quoi ? intervient Louna.

– Marcel… râle Robin. Après la tentative de nous pervertir avec des chansons paillardes, vous envisagez de vous en prendre à une demoiselle en détresse ?

– Et toc, balance Madeleine.

– Vous avez vraiment fait ça ? ricane Gabriel. Vous allez très bien vous entendre tous les deux, j'en suis certain.

– C'est pas un peu dangereux ? chuchote Louna.

La jeune femme accrochée aux basques de Baptiste comme une huître à son rocher ajoute :

– Je mise cinq euros sur Marcel.

– Au combat de cannes ? s'étonne Victor.

Sa femme le rabroue d'un pincement discret.

– Cette journée va être un carnage, se lamente Louis.

Est-ce à cela que ressemble une famille ? Si oui, ce n'est pas si déplaisant que ça en avait l'air.

Nos hôtes nous invitent à nous installer peu de temps après. Par un triste concours de circonstances, je suis assis en face de *Maddie*.

– Combien de printemps fêtez-vous ? m'enquiers-je afin d'être poli.

– Vingt-trois, ça ne se voit pas ?

– La vie ne vous a pas épargnée.

Elle me gratifie d'un coup de pied sous la table.

– Aïe !

– Tout va bien, Marcel ? demande Erika.

– Elle me frappe ! râlé-je en désignant la tante acariâtre.

– Il suffit les petits vieux, sinon on vous sépare, déclare Robin.

Victor éclate de rire, aussitôt suivi par toute la fratrie.

Au cours de l'apéritif, j'apprends que Baptiste et Sam ont vécu quelques années au Kenya avant de revenir du côté de Lyon il y a deux ans. C'est marrant, le contraste qu'il existe entre tous et toutes. Camélia, la couturière, est calme et posée là où Sam paraît plus explosive. Louna est un mélange des deux jeunes femmes, quant à Erika… Je la connais désormais trop bien pour que mon appréciation ne soit pas biaisée. Elle et Robin ont traversé des passes difficiles avec le divorce de cette dernière, mais ils filent le parfait amour. Honnêtement, je n'aurais jamais misé un sou sur le juge que je « fréquentais ».

Je n'écoute plus les bavardages depuis un moment. Mon attention se porte sur Élise et Louis. Le patriarche semble dépassé par les événements, mais heureux. Sa femme sourit et chatouille un des petits qui s'est hissé sur ses genoux.

– Elle est déjà prise et vous n'êtes pas son genre, raille Madeleine qui n'a pas perdu une miette de mon étude silencieuse.

Comme si Élise Lefebvre m'attirait. Non pas qu'elle ne soit pas agréable à regarder, mais quand même ! Je pourrais être son père.

– Je n'ai qu'un amour.

– Oh.

Traitez-moi de fou si cela vous chante, mais je jurerais que son expression relevait de la légère déception.

Robin se penche près de Maddie :

– Il n'aime que la mer. En même temps… Il n'y a qu'elle qui le supporte.

Louna se penche à son tour près de mon oreille :

– De la même façon, il n'y a que la verdure qui soit capable d'endurer le charmant caractère de Maddie.

L'intéressée grogne, Louna ne se démonte pas :

– Vous vous souvenez de ce que vous m'avez fait vivre lorsque je suis arrivée ici ?

– Tu étais trop fragile, se défend la tante.

Louna rit franchement, tandis que Gabriel intervient :

– Ah ! La liste de courses…

– Avec du lubrifiant à la fraise, des couches confiance et des bougies de massage.

– C'était de la vaseline, pas du lubrifiant ! s'insurge-t-elle.

– Vous êtes fourbe, ricané-je.

En réalité, c'est tout à fait mon genre d'humour.

– Oh, vous pouvez parler, Marcel ! Dois-je vous rappeler les paquets de préservatifs XXL que j'ai trouvés dans mon bateau après une de vos excursions ?

Toute la tablée éclate de rire.

Tous, sauf un :

– Seigneur, je vais faire une attaque, se plaint Louis.

– T'inquiète, je connais un cardiologue, renchérit Victor.

Je crois que je rougis. C'est vrai, j'ai parfois des blagues de très bon goût.

– Et c'est moi qui suis fourbe ? murmure Maddie.

Il m'aura fallu arriver à cet instant précis pour remarquer la couleur de ses yeux. Bleu foncé, un peu comme les eaux de la Manche. Autour de ses paupières, des rides sinuent sur sa peau. Même lorsqu'elle ne sourit pas, son visage en conserve l'expression. Sous ses airs de vieille bique, je suis certain qu'elle aussi apprécie ce moment.

Le repas se poursuit entre éclats de rire et hurlements stridents. Pas ceux de Madeleine et moi, non. Ceux des monstres de moins d'un mètre trente. Je crois, et ça m'ennuie de l'avouer, que nous avons fait connaissance.

C'est sûr : l'air ardéchois est vicié.

Loin de l'iode, mon cerveau dépérit.

J'ai besoin de me trouver toutes les excuses du monde, car… je crois que j'ai passé une bonne journée.

Toute la famille Lefebvre, ainsi que les membres rattachés, est partie se promener avant que Gabriel ne doive rentrer ses vaches pour la traite. Je m'avachis dans un fauteuil et savoure le calme. Mes oreilles bourdonnent, ce qui me rappelle les folles années où je sortais danser au bal avec les autres matelots.

Je sursaute lorsqu'un coup de canne s'abat contre mon tibia :

– Eh, le marin, tu dors ?

– Non, Madeleine.

– Bien. Je peux te faire une confidence ?

Donc nous nous tutoyons.

Je garde les yeux clos, mais je hoche la tête :

– Si c'est pour m'avouer que tu as failli cracher ton dentier en soufflant les bougies, je l'avais remarqué.

Elle s'insurge, néanmoins j'entends son sourire.

– Je t'écoute, Maddie.

– Ils pensent tous que je refuse de quitter l'Ardèche, mais… Je rêve de voir la mer.

FIN

(Cette fois, c'est vrai !)

SUJETS POUVANT HEURTER LA SENSIBILITÉ

- Souvenirs de violences médicales
- Interruption volontaire de grossesse

Composition et mise en pages
Nord Compo à Villeneuve-d'Ascq